A marca FSC® é a garantia de que a madeira utilizada na fabricação do papel deste livro provém de florestas que foram gerenciadas de maneira ambientalmente correta, socialmente justa e economicamente viável, além de outras fontes de origem controlada.

AMILCAR BETTEGA

Barreira

COMPANHIA DAS LETRAS

Copyright © 2013 by Amilcar Bettega

Grafia atualizada segundo o Acordo Ortográfico da Língua Portuguesa de 1990, que entrou em vigor no Brasil em 2009.

A coleção Amores Expressos foi idealizada por RT/ Features

Capa
Retina 78

Preparação
Ciça Caropreso

Revisão
Ana Maria Barbosa
Adriana Cristina Bairrada

Os personagens e as situações desta obra são reais apenas no universo da ficção; não se referem a pessoas e fatos concretos, e não emitem opinião sobre eles.

Dados Internacionais de Catalogação na Publicação (CIP)
(Câmara Brasileira do Livro, SP, Brasil)

Bettega, Amilcar
    Barreira / Amilcar Bettega. — 1ª ed. — São Paulo : Companhia das Letras, 2013.

    ISBN 978-85-359-2313-1

    1. Romance brasileiro I. Título.

13-07188   CDD-869.93

Índice para catálogo sistemático:
1. Romances : Literatura brasileira 869.93

[2013]
Todos os direitos desta edição reservados à
EDITORA SCHWARCZ S.A.
Rua Bandeira Paulista, 702, cj. 32
04532-002 — São Paulo — SP
Telefone: (11) 3707-3500
Fax: (11) 3707-3501
www.companhiadasletras.com.br
www.blogdacompanhia.com.br

*Para a Maria João,
que de vez em quando me perguntava
em que pé andava a minha história.*

De manhã, nada restava do sonho a não ser um ressaibo de fracasso.
Samuel Beckett, *Murphy*

Porque o acesso a um segredo é mais secreto do que o próprio segredo.
Maurice Blanchot, *O livro por vir*

BARIYER

Veja, e seu braço fez um movimento lento, longo, foi distendendo-se pouco a pouco como se do ombro partisse uma onda que despertava as articulações do cotovelo, passava pelo antebraço, o punho, a mão, o dedo, e orientava ossos e músculos na direção de uma linha fluida e mais ou menos horizontal apontando para um janelão que logo após o movimento brusco da webcam passou a ocupar a tela inteira do meu computador, um retângulo escuro recortado contra a parede branca e compondo uma imagem granulosa, completamente irreal com suas cores saturadas e contornos distorcidos onde eu deveria ver, em tempo real, a cidade que ela descobria, a cidade escondida durante tanto tempo em histórias que um dia existiram somente para dar corpo e sentido a um passado que eu acreditava digno desse nome, estanque, ainda capaz de formar uma referência, de se colar a uma identidade e mendigar-lhe um traçozinho de caráter ou da fisionomia, mas nada mais do que isso, nada mais do que uma memória postiça, esta sopa de lembranças voláteis, algumas fotografias em preto e branco e nomes de sonoridade e grafia bizarras, tudo requentado pelos relatos ora mais ora menos inventivos de alguém mais velho e repetidos à exaustão nas reuniões de família até virarem uma lenda, como são, aliás, todos os passados, veja, ela repetiu, logo depois dessas luzes fica o Haliç, e ela dizia alitch se esforçando para fazer passar por natural a pronúncia carregada e bem típica de um aluno em suas primeiras aulas de turco, e depois ainda, ela continuou, na outra margem, ficam Balat e Fener, hoje à tarde fui até lá, caminhei muito, caminhei com o único objetivo de me sentir ali, de me sentir pisando aquelas ruelas, de sentir que meu corpo habitava um espaço que até então era apenas um nome, um sonho ou uma imaginação, veja, ela insistiu, veja como tudo é quase palpável daqui, de repente um monte de imagens que me eram familiares se materializam na minha frente sem que eu as reconheça como aquelas imagens tão familiares, acho que foi por isso que fiz muitas fotos, não que quisesse, como dizem, apreender o momento para eternizá-lo, se uma foto serve para alguma coisa o certo é que não é para isso, o que eu sentia ali era a necessidade de ao menos tentar olhar de fora para aquilo que eu estava vendo de dentro, talvez eu quisesse me proteger, é bem possível, mas eu sei que todas as vezes que eu olhar de novo para cada uma dessas fotos o que eu vou ver sou eu mesma, como se eu estivesse não atrás mas diante da câmera, veja, veja, ainda a ouvi dizer outra e muitas vezes, mas eu não via nada, apenas o retângulo escuro de uma janela dando para o nada, através da qual eu não via nada, onde eu não conseguia, apesar de todos os esforços possíveis, reconhecer o que quer que fosse simplesmente porque não há como reconhecer algo que já não existe ou, melhor ainda, não há como ver de novo o que foi visto por alguém que não existe mais, não, eu não posso ver nada, eu queria lhe dizer, não adianta, não vejo nada, eu queria de uma vez por todas fazê-la entender isso, mas me calava diante do entusiasmo expresso na voz que me chegava um tanto metálica e desfigurada pela má qualidade dos alto-falantes, me calava diante do movimento desse braço, evasivo e suspenso no instantâneo de uma imagem truncada pela conexão instável, um movimento que parecia continuar ainda, mesmo agora e sempre, como se o braço não cessasse nunca de se distender, lenta e longamente, ombro, cotovelo, antebraço, punho, mão, dedo, e ainda depois do dedo, no prolongamento do gesto que insistia em avançar para além do retângulo escuro, para dentro de alguma coisa que deveria mover-se também, naquele exato instante, no outro lado da janela, não, eu não via nada, mas o simples pensamento de que poderia haver alguma coisa depois daquela janela, que no interior da escuridão estampada na tela do meu computador uma cidade pudesse se esconder, este simples pensamento me trouxe uma vertigem e a necessidade de correr até a janela da pequena peça que me servia de escritório e ver, com imenso alívio, que o sol morria docemente atrás das palmeiras da Oswaldo Aranha, que os ônibus cruzavam a avenida com o mesmo estrépito que sempre fizera as vidraças tremerem em seus caixilhos, que uma massa verde e cheia de reflexos se estendia sob meus olhos lá embaixo e que era esta a vista que eu preferia da minha cidade, o parque da Redenção margeado pela Oswaldo Aranha de um lado e a João Pessoa de outro, o sol de inverno descendo obliquamente por entre as folhas das árvores e a certeza de que atrás da cadeia de prédios à minha direita o Guaíba corria silencioso e quase despercebido rente aos muros da Mauá, contornava a ponta do Gasômetro e ia compor, na altura do Beira-Rio e com esse mesmo sol descendo sobre as palmeiras, o cartão-postal por excelência de Porto Alegre, era isso que eu via, um cartão-postal, e isso me bastava, não precisava de outra imagem para perceber a minha cidade e tampouco para descrevê-la, aliás nunca precisei descrever ou contar Porto Alegre como tantas vezes fizera com Istambul diante de uma Fátima muito concentrada e seguindo sabe-se lá com qual imagem na cabeça cada rua mencionada, cada descrição de um bairro, de um mercado, de mercearias, armarinhos, de todos os lugares por onde um dia meu pai me levou puxando-me pela mão enquanto despejava detalhes sobre a época das construções, os movimentos migratórios, a formação dos bairros e a fundação das lojas de comércio pelas quais passávamos e onde ele parava para tomar um chá com o proprietário, cuja história, a da sua família e a do seu estabelecimento, ele começava a contar logo após ter acabado o chá e se despedido do seu interlocutor, era quando nos púnhamos em marcha outra vez, ganhávamos as ruas e então os sons da cidade misturavam-se ao da sua voz, abafavam-na por vezes, sobrepunham-se a ela com o nervosismo típico dos ruídos urbanos, mas sem que eu cessasse jamais de ouvi-la e de me deixar guiar por ela e pelo fluxo confuso de relatos que a bem da verdade não me interessavam muito, ou melhor, não era propriamente a suposta sucessão de acontecimentos que prendia a minha atenção, no fundo as histórias não tinham nem um encadeamento nem um fim muito precisos e emendavam-se na história do outro conhecido com quem cruzávamos logo adiante, misturavam-se nomes e datas numa só torrente de informações que a mim sempre pareceram pertencentes a um mundo que não dizia respeito ao Ibo que eu era, alheio a tudo que não fizesse parte do pequeno universo cotidiano dos seus brinquedos e protegido por essa bolha concentrada de presente que a gente chama de infância, onde as distâncias físicas ou temporais são sempre grandes demais para nos vincular a algo que não está logo ali ao alcance dos sentidos, e o que ele, Ibo, via e podia sentir não estava no que era contado, mas na voz que contava e em sua capacidade para avançar sempre e sempre como se tomada por uma engenharia complexa cujo movimento gerava o combustível necessário para a manutenção do próprio movimento, para a sua extensão, para o seu prolongamento, um pouco como o movimento do braço de Fátima que eu via agora, suspenso e fluido, ampliando o espaço para muito além da sua extremidade física, dotando-se de uma força que a partir de determinado momento parece se desvincular do impulso inicial, deixa de ser esforço ou intenção e torna-se autônoma, entregue ao simples desejo de continuar (o gesto), de continuar a falar através do gesto (veja), de continuar a contar (a voz) e a empilhar detalhes em cima de detalhes numa urgência que o discurso caudaloso tornava evidente, como se ele (o pai) soubesse que um dia tudo aquilo iria desaparecer e como se eu (o filho) tivesse que tudo apreender de uma só vez, como se fosse preciso fixar cada rua, cada esquina, prédio, fachada, poste, calçada, placa, semáforo, cada pedra, cada elemento material que compunha a cidade, mas também cada ruído, cada cheiro, cada luz, cada tom de cor, cada molécula da cidade para estabelecer o mapa definitivo e particular desta (outra) cidade que então poderíamos percorrer, e não apenas com os pés mas também com os ouvidos, olhos e todos os sentidos, onde quer que estivéssemos, onde quer que nos encontrássemos mais tarde, após o desaparecimento, porque no fundo era isso, sim, era isso o que no fundo estava sendo contado, quando agora olho para trás e vejo Ibo em meio à multidão que desce das barcas em Eminönü, de mão com seu pai que aponta para a ponte Galata e lhe diz alguma coisa antes de atravessarem a rua e caminharem entre os pombos que disputam restos de comida, cascas de pistache e farelos de milho espalhados pelo amplo espaço lajeado à frente da Mesquita Nova, quando os vejo contornarem o Bazar Egípcio, enveredar-se por uma ruela estreita onde, segundo o pai, é possível encontrar o peixe mais fresco da cidade, que eles levarão enrolado num papel parecido com os que os vendedores ambulantes de simits utilizam e que colecionávamos com zelo recortando-os em quadrados de quatro por quatro centímetros e colando-os num caderno onde ele anotava o dia, a hora e o local onde tínhamos comprado aquele simit, papéis cuja textura macia e delicadeza dos desenhos formavam mais um mapa para a cidade que percorríamos, um mapa codificado, fechado aos outros mas que se abria a nós numa série de conexões que se deflagravam ao simples toque ou olhar e que podiam nos levar de novo e quantas vezes quiséssemos a um ponto preciso da cidade, qualquer um, por exemplo aquele em que agora eles se encontravam não tocando o papel sedoso e colorido dos simits, mas sentindo nas mãos a textura mais áspera deste outro tipo de papel, mais espesso e suficientemente resistente para manter-lhes as mãos secas durante o trajeto de volta até o apartamento em Kasımpaşa que os receberá em sua sala escura onde eles vão se sentar e ler alguma coisa juntos enquanto a mãe limpa o peixe e prepara o almoço de domingo, quando agora olho para esse menino entre seis e sete anos de joelhos sobre a cadeira e lendo com uma destreza ainda cambaleante as frases que o dedo do pai vai lhe indicando ao longo da página como se as puxasse, como se as inventasse ali mesmo, sobre a página e no momento em que pronuncia a primeira sílaba da palavra e espera que Ibo a complete, quando tento decifrar o que dizem essas palavras, o que contam essas frases, do que trata o livro aberto em cima da mesa, não consigo construir uma imagem que vá além dessa sala escura, dessa mesa, do livro aberto e desse dedo acompanhando a leitura, já que o menino entre seis e sete anos é ainda incapaz de percorrer uma cidade ou as linhas impressas nas páginas de um livro sem a ajuda de um adulto, sem que este lhe empreste seus passos e seus olhos e lhe revele o que ele ainda não pode decifrar, traduzir, ler, ver ou seja qual for a palavra que se queira usar para falar do sentido que pode ter para alguém o que se apresenta diante de seus olhos, por isso quando vejo os olhos vidrados daquele homem segurando com uma firmeza maior do que a de costume a mão do pequeno Ibo, parados os dois diante do cordão de isolamento que os separa de uma montanha de vigas tombadas, paredes desmoronadas, lajes inteiras desabadas num amontoado caótico de pedaços de concreto e ferros retorcidos, e panos, couros, plásticos, vidros, pedras de bijuterias, correntes, colares e uma quantidade infinita de outros materiais, todos fundidos e carbonizados e formando uma montanha negra de destroços e cinzas que exalam um cheiro muito forte e mandam para o ar uma fumaça que cinco dias mais tarde e mesmo com o fogo já extinto continuará a subir no céu de Istambul, quando percebo que nesse preciso instante aquela voz, que era já uma espécie de respiração ou batimento cardíaco, algo já incorporado ao meu interior e fazendo parte da minha existência, quando percebo que aquela voz está agora calada, que o que parecia não se interromper jamais está agora em suspenso e como que à espera de uma tragédia ainda maior, quando a fumaça e o cheiro de queimado realçam com uma nitidez impressionante, dir-se-ia material, o silêncio absoluto em que todos os que se aglomeram junto ao cordão de isolamento estão mergulhados, um silêncio pontuado apenas e de vez em quando pelos estalidos da madeira que ainda queima sem chamas no interior das cinzas e pelo som surdo do movimento dos bombeiros arrastando seus pés e pás e bastões e toda uma parafernália de instrumentos em meio a uma camada de pó escurecido que lhes sobe até o cano das botas em busca de algum sobrevivente, quando no desamparo desse silêncio quase religioso eu olho para meu pai e vejo em seus olhos o reflexo do que está diante de nós, é somente aí, muito depois de que tudo aconteceu, que compreendo a urgência daquele relato imposto a Ibo em suas perambulações pela cidade inteira, inconsciente e premonitoriamente era o relato de um desaparecimento que corria sob aquela torrente de palavras, o desaparecimento de uma geografia, uma história, uma língua, uma cidade inteira que deixa de existir, que será substituída por outra sem que o vácuo da sua morte seja preenchido por alguma coisa diferente e mais construtiva do que este sentimento de ausência um tanto patético que mais tarde se imprimiu aos meus relatos e às descrições de Istambul que eu fazia a uma Fátima muito concentrada, movido eu também por uma urgência indisfarçável e certo compromisso com a transmissão de algo de que bem ou mal eu era o depositário vivo, porém a grande diferença era que eu lhe falava quando tudo já havia desaparecido, quando já não era possível experimentar uma familiaridade com o que estava sendo contado capaz de tornar o relato e o desejo de relatar autênticos, porque evidentemente não era para ela que eu falava, não era para ela que eu descrevia Istambul, ela me escutava, claro, muito concentrada e formando para si sabe-se lá qual imagem da cidade, mas deveria saber que não era para ela que eu falava, não, Fátima, não é para você que eu conto tudo isso, não é você que precisa inventar o passado para justificar o que você é agora, não, Fátima, você não podia saber que não era para você, você era apenas uma criança e para uma criança tudo é presente e realidade, quando eu lhe falava de Istambul já não havia uma Istambul real, por mais que eu a buscasse só o que conseguia era repetir os clichês petrificados dos livros de história e dos relatos de viagens transbordantes de exotismo fácil, muito cedo entendi que jamais poderia reproduzir para você a verdade daquela voz que, mesmo sem fugir do pitoresco que com o tempo se cola inevitavelmente a todas as histórias muitas vezes repetidas, me falava, uma voz que me tocava a ponto de eu ainda hoje lembrar do que ela contava, o episódio da tomada de Constantinopla pelos otomanos, por exemplo, e o sultão Mehmet II entrando a cavalo na basílica de Santa Sofia, o detalhe da camada de sangue sobre o mármore do piso na qual as patas do cavalo chapinhavam ao cruzar por entre corpos de cadáveres empilhados junto às paredes cobertas de mosaicos bizantinos, pois eu posso lembrar, e lembro, de cada detalhe dessa história contada ali mesmo dentro da Santa Sofia, mas sou incapaz de reconhecer uma só fotografia do seu interior que fuja do ângulo clássico em que se vê, de baixo para cima, a magnífica cúpula levitando sobre uma coroa de arcos e como que suspensa pela luz que invade suas janelas, não consigo reconhecer um só detalhe que não seja um desses tantos reproduzidos com obstinação nos folhetos turísticos, guias de viagem ou documentários sobre as belezas arquitetônicas de Istambul, lembro do que ouvia e não do que via, lembro que ouvia e não que via, assim como agora ouço e não vejo você dizer veja, veja a Mesquita Nova e as de Süleymaniye e de Beyazıt iluminadas, veja as barcas que cruzam o Bósforo dia e noite, veja as luzes de Eyüp mais à direita, veja no outro lado a Mesquita Azul com seus imensos minaretes, veja a Santa Sofia e o Palácio de Topkapı, eu ouço você repetir veja, veja, veja, mas desconverso e pergunto se já é tarde, nunca sei quantas horas são de diferença, Fátima, e ela confirma, é tarde, é muito tarde, mas ainda dá para ver, veja, e eu digo não, ela não entende, mas eu não vejo nada além do movimento do seu braço, mesmo que ele já não apareça mais na tela do computador e agora sejam, o braço e ela própria, apenas a continuação do seu gesto, é esse movimento que vejo e essa voz que ouço, como se um e outro fossem inseparáveis, veja, e seu braço foi se distendendo pouco a pouco como que despertando de um sono ancestral, espreguiçando-se, ombro, cotovelo, antebraço, punho, mão, dedo, e ainda depois, à frente, abrindo espaço à frente com essa voz que insiste, veja, veja, meu pai, veja.

    Foi a última vez que vi a minha filha.

Como em uma conversa pelo Skype, de repente tudo fica muito próximo, e uma noite maldormida sobre a poltrona que não reclina grande coisa, sem saber onde enfiar as pernas e embalado pelo rumor constante das turbinas, é suficiente para te jogar no outro lado da tua história, com poucas horas sob a luz fria e a sempre imutável temperatura dessas verdadeiras bolhas artificiais que são os saguões dos aeroportos, toda a tua dificuldade para dar o primeiro passo em direção ao que até bem pouco julgavas distante demais te parece de um ridículo extremo, já tudo tem outro aspecto a partir do momento em que deixas a tua cidade, desde as pessoas, o jeito de elas se vestirem ou andarem ou de se dirigirem a alguém, até as lojas, os cafés e os produtos vendidos nessas lojas e cafés, tudo tem outra cara e outra cor, mesmo que essa cara e essa cor não possam ser mais insípidas do que são sempre as caras e as cores em um grande aeroporto internacional como este de Paris por onde tu vagas ainda meio insone e sem saber o que fazer para matar o tempo até a partida do próximo voo para Istambul porque perdeste a conexão quase imediata que a vendedora da agência de viagens em Porto Alegre exaltava como a grande vantagem do itinerário que ela compusera para ti e que reduziria ao mínimo o teu tempo de espera entre um voo e outro, uma conexão imediata demais para ser verdade, tu te darias conta depois, e muito menos realizável por alguém cujo senso prático é tão limitado que qualquer tarefa que requeira um pouco mais de logística e desembaraço deixa-o completamente aturdido e incapaz de decifrar nos monitores espalhados pelas salas de embarque as informações necessárias para identificar o número do voo, encontrar o portão correto, subir num outro avião e seguir viagem até o teu destino, meu destino?, tu dirias, se tivesses a possibilidade de ler o que acaba de ser escrito, mas a ti não pertence esse direito e por enquanto és obrigado a te contentares com a observação do que se passa à tua volta enquanto esperas, e a pensares no que te espera nessa tua volta a Istambul após uma ausência que se não fosse Fátima insistir tanto ainda se estenderia por muito tempo sem que sequer te soprasse no espírito a ideia de um dia tentares encontrar a outra ponta do teu passado em vez de passares todo este tempo tentando negá-lo e, assim fazendo, afirmá-lo cada vez mais, pela recusa, pelo desprezo ou por esta fuga que fizeste durar até o último momento, quando então acabaste cedendo ao apelo de tua filha de uma maneira que te resume bem, eu vou, mas você me promete que depois passamos uns dias em Paris, tu disseste a Fátima, tá bem, pai, tá bem, a gente passa uns dias em Paris, mas você não acha que pode ser interessante fazer essa viagem?, a gente não está falando de simples turismo, não é?, e essa era a tua filha te falando como se fosses tu o filho, a criança que precisa de uma contrapartida para fazer o que não quer ou tem medo de fazê-lo, eu vou se você me deixar dormir na casa de Semir quando eu quiser, dizia Ibo em uma das poucas lembranças daqueles dias que precederam a tua primeira morte, depois, pouco a pouco, uma outra vida foi se sobrepondo à daquele menino que ali ficou entre as idas ao colégio nas imediações de Galata e o futebol nos becos de Kasımpaşa como algo que é colado por cima, como uma fita adesiva que esconde ao mesmo tempo que oferece em sua superfície visível uma coisa nova, virgem, e o que tu fazias agora era descolar essa fita, ela própria já gasta e usada, para descobrir que embaixo não restara quase nada inteiro, apenas fragmentos cuja integridade já não te dizia nada porque muito dispersos de um todo definitivamente perdido, uns cacos, destroços, ruínas, restos, nada além de restos, era isso, tu pensavas, o que te esperava em Istambul dentro de pouco mais de seis horas, quando então descerias no aeroporto Atatürk e verias a alegria de Fátima estampada num sorriso que seria o eco visual de uma sucessão de rostos e braços que se abrem em cadeia para receber aqueles que surgem quando se abrem as portas do saguão de desembarque, todos pilotando seus carrinhos de bagagens e sendo engolidos um a um pela multidão represada pelo cordão que isola a saída do desembarque, e que espera, cada um daqueles do outro lado do cordão espera e busca em cada novo rosto surgindo na porta que se abre e fecha automaticamente o rosto daquele que ele espera e que o trouxe até ali em meio à multidão, mas por enquanto és tu quem espera, por enquanto não há nada a fazer senão continuar caminhando para matar o tempo, sentar, caminhar mais um pouco, sentar novamente e te integrares a esta paisagem humana insossa feita de rostos entediados e expressões cansadas, muitos dormem encostados como podem em valises e mochilas, outros caminham lentamente a percorrer com o olhar vazio as lojinhas de suvenires, outros ainda se enchem de café ou cerveja nas mesas das cafeterias e, mesmo que de repente e por mais estranho que pareça, alguém, este homem sentado ao teu lado, por exemplo, comece a chorar com a cabeça apoiada sobre a mala que ele colocou entre as pernas, mesmo que este choro que começa baixinho, quase imperceptível a ponto de o confundires com o ressonar de quem, exausto, apoia a cabeça na mala e cochila alguns instantes, mesmo se este choro se intensifica e se transforma num pranto copioso e entrecortado por grandes espasmos do torso curvado sobre a mala, e se a cabeça do homem, cada vez mais afundada entre os braços apoiados na valise, se sacode ao som de soluços e gemidos, mesmo se o espetáculo constrangedor deste choro agora franco também te incorpora por estares ao lado do homem que chora e te embaraça diante dos outros que se voltam para vocês com olhares de surpresa e até de reprovação, mesmo se num impulso também franco, de solidariedade e compaixão ou simples justificativa para os olhares alheios, tu te preparas para colocar a mão sobre o ombro do homem e perguntar se pode ajudá-lo, um gesto, ou uma intenção, que vem tarde demais como todos os teus gestos e intenções, que só se declaram e transparecem na presença de algo que já os impede de se concretizarem e que sobrevém uma fração de segundo antes do teu gesto, mas com o peso efetivo de uma ação, um evento, um fato, algo portanto sem o que a própria consciência da tua intenção de levar a mão ao ombro do homem continuaria oculta para sempre, então é assim, desta vez é uma mulher que se aproxima e se agacha diante do homem e de sua valise, passa-lhe a mão na cabeça, os dedos por entre as mechas dos cabelos numa carícia contida, o homem ergue a cabeça, ele a olha, os dois se levantam e vão embora sem se dizerem uma só palavra e deixando-te a ti com teus gestos e intenções abortados, olhando à volta e percebendo que, mesmo diante de uma cena inusitada como aquela, todos ali ainda mantêm o aspecto de morto-vivo, essa expressão que não expressa nada a não ser a falta de referências que o fato de estar em trânsito e transformado em habitante de um não lugar impõe durante um período em que a existência se suspende e todas as atividades úteis dão vez a um torpor que vai se instalando aos poucos no corpo, invadindo-lhe cada centímetro cúbico, amortecendo-o, anestesiando-o, para somente devolvê-lo à vida milhares de quilômetros depois, quando então outra bolha te recebe, com a mesma luz fria e asséptica, a mesma temperatura-padrão, mas já com alguns pequenos porém claros indícios de uma particularidade que funcionam como uma câmara de aclimatação e só reconhecidos, tais indícios, por aquele que chega, as cores, o formato e o padrão da sinalética interna do aeroporto, por exemplo, como que te puxando pela mão desde a saída da aeronave até as bagagens, mas sobretudo o idioma, a grafia desconcertante que te salta aos olhos e que em vez de te despertar reminiscências adormecidas no subconsciente te prepara para o que não vais demorar muito a reconhecer, és um completo estrangeiro nesta cidade, o mais completo estrangeiro que pode existir em Istambul, tu te dirias mais tarde, sozinho num quarto de hotel arranjado pelo motorista do táxi e te perguntando onde poderia estar Fátima àquela altura, que peça era aquela que ela te pregava agora, a noite ia caindo e pela diminuta janela com vista para um paredão descascado de um prédio vizinho subiam os sons dessa hora difusa em que as pessoas saem do trabalho e se dirigem para casa ou para os bares ou cinemas ou vagueiam sem rumo porque não têm para onde ir ou porque não querem ir a lugar nenhum, uma cidade terminando mais um dia e começando mais uma noite, mais uma cidade terminando outro dia e começando outra noite, só que essa cidade era Istambul e tu estavas ali, no meio dela e à espera de um improvável telefonema da dona da pensão cujo endereço tiveste o cuidado de copiar do verso do envelope que receberas alguns dias antes de partir e que, já na chegada, à saída do aeroporto estendeste num pedaço de papel ao primeiro taxista que te abordou, estendeste o papel pronunciando o nome da rua de uma maneira que visivelmente o confundia, então ele apanhou a anotação de tuas mãos e fez uma pergunta para a qual a melhor resposta que encontraste foi um meio sorriso que não dizia nada além de atestar a tua incapacidade para se comunicar com aquele que agora te levava, te trazia, para o coração de Istambul através da via expressa que margeia o mar de Marmara, e tu já sabias, ali, dentro do táxi tu já sabias que não havia ninguém mais estrangeiro do que tu naquela cidade, tudo ali era uma evidência desse fato, desde o ar quente entrando pela janela escancarada até a silhueta dos navios buscando a embocadura do Bósforo, as pessoas nos parques que se estendiam pela orla, o contorno do Palácio Topkapı, a primeira visão dos minaretes da Mesquita Azul, o trânsito que ia se tornando mais congestionado e nervoso à medida que vocês se aproximavam da cidade, o bate-boca do motorista com outro de um carro que cortou a sua frente num dos tantos cruzamentos caóticos por onde passaram, as quatro ou cinco vezes em que ele parou para perguntar aos velhos que tomavam chá em mesinhas improvisadas na calçada onde ficava a tal rua da pensão, não a rua, mas a pensão, ficaste sabendo depois, porque ninguém sabe onde se situam as ruas em Istambul, nenhum habitante desta cidade sabe identificar num mapa a rua onde mora, e o emaranhado de ruelas, caminhos, becos, vias de todo o tipo, tamanho e curvas está gravado na cabeça deles segundo referências muito particulares e impossíveis de ser compreendidas por quem não pertence àquele universo, pois tudo aquilo, cada detalhe da tua chegada só fazia confirmar a ideia de que tua viagem tinha sido um erro, um absurdo imaginar que poderias encontrar alguma coisa que condissesse com a tua memória pálida de cinquenta anos atrás, e se aquele homem de quem tu vias a nuca e a sombra do bigode refletida no espelho retrovisor entendesse um mínimo de inglês tu lhe darias a ordem para fazer meia-volta e retornar ao aeroporto, isso mesmo, senhor, vamos voltar agora mesmo, não quero fazer de conta que retorno a um lugar onde nunca estive, não quero ver prédios e passar por praças e ruas sem as reconhecer e com a sensação de ter sonhado, ou inventado, que um dia passei por elas, não quero, meu senhor, motorista, chofer ou seja lá como o chamam nesta terra, vamos dar a volta que eu não quero mais ver nem ouvir esta voz, nem ver nem ouvir a voz desta senhora roliça e de cabelos oxigenados esbravejando num inglês rudimentar que eu já sou a terceira pessoa em dois dias que lhe vem perguntar pela brasileira do quarto 31, que ela não faz a mínima ideia de onde a dita-cuja se enfiou, que já tinha uma semana que ela não dava as caras, que ainda por cima a menina havia levado uma chave do quarto e outra da entrada, e o pior, a pilantrinha já estava com o pagamento do quarto atrasado, porque a norma da casa, e aquela casa só se mantinha porque entre outras coisas possuía normas que ela fazia cumprir rigorosamente, era pagar sempre uma semana adiantado, que ela dava mais dois dias e se a danada não aparecesse ia desocupar o quarto e botar todas as suas coisinhas na calçada, pois não podia se dar o luxo de deixar de alugar um quarto porque uma aluada resolveu deixar lá as suas tralhas, e assim a mulherzinha seguiria seu discurso se tu não a interrompesses com quatro notas de cem liras que pagavam com sobras aquela semana mais a próxima, conforme as normas da casa, e que a única coisa que pedias era o número de telefone dela para que pudesses ligar de vez em quando para saber se Fátima havia chegado, o que foi, aliás, a primeira coisa que fizeste logo após te tercs instalado no cubículo arranjado por teu motorista, que acabou se compadecendo do teu infortúnio e te propôs o hotelzinho de um amigo, não muito distante dali, ele disse, servindo-se da dona da pensão como intérprete, ela agora mais tranquila em relação a sua tesouraria e lamentando não ter nenhum quarto vago para te acolher, uma tranquilidade que não tardou a dar mostras de sua fragilidade quando ligaste pela terceira vez em pouco mais de uma hora e percebeste o tom nervoso da voz dizendo que era inútil continuar telefonando a cada cinco minutos, que ela daria o recado à moça quando ela chegasse, ou melhor, ela própria te telefonaria para dizer que a mocinha tinha chegado, que tu podias esperar que ela te telefonava, que a melhor coisa a fazer era esperar, aliás a única coisa a fazer era esperar, então tu começaste a esperar, tu ficaste ali à espera, tu estás à espera, a mala ainda fechada sobre a cama e tu à espera desse improvável telefonema, é assim que te vemos agora e até por volta das dez ou onze da noite, quando enfim decides sair do hotel, é tua primeira noite em Istambul, não a primeira depois de cinquenta anos como Fátima diria se ali estivesse, mas simplesmente a primeira, então sais a esmo, tu não pensas se vais para a direita ou para a esquerda nem no que queres ver, tu te entregas aos teus passos, que por sua vez são ditados pelos apelos que a cidade te lança, é ela que te leva, é ela que te oferece a fachada sombria desse prédio, a janela em cuja penumbra dança uma cortina branca, o cheiro doce de algo que não identificas, o som de uma televisão, o luminoso de uma lanchonete ou de um bar ou de uma farmácia ou de um bordel mal disfarçado, cada coisa dessas é um gesto que a cidade te faz, uma palavra (incompreensível) que ela te sussurra, tu andas a esmo pela cidade e isso não é uma opção, qualquer direção que tomasses seria uma saída a esmo, tu andas com a única intenção de arejar um pouco as ideias, faz uma noite agradável de início de verão, há muita gente nas ruas e em pouco tempo tu circulas perdido em torno de uma larga rua pedestre que mais tarde conhecerás pelo nome, ironicamente o mesmo da avenida que percorrias todos os dias em Porto Alegre a caminho do trabalho, e até dirás, com boa pronúncia, Istiklâl Caddesi, a tua nova avenida da independência em cujas pedras imprimirás teus passos milhares de vezes, entrando e saindo dela e te enfiando por ruelas adjacentes sempre cheias de cafés, bares e boates enfileirados, música alta, mesinhas na calçada, muitos jovens bebendo e conversando, e tu, estrangeiro, sob o deslumbramento inicial e até compreensível em meio ao formigueiro noturno de Beyoğlu, tu não consegues evitar certo prazer em te misturares a toda aquela gente como mais um dos milhares de turistas que vêm para o espetáculo desta "cidade pulsante", "verdadeira ponte entre o Ocidente e o Oriente", cidade "misteriosa", "mítica", "mágica" e quantos adjetivos se queira acrescentar para não dizer rigorosamente nada, nada do que de fato se esconde atrás da fachada pasteurizada que traduz uma cidade àquele que vem de fora, ou melhor, não se esconde, tudo está lá bem à mostra, a fachada quem a põe é o turista cego que já traz a cidade na mala e não buscando outra coisa senão confirmá-la in loco, ponto por ponto, como se estendesse sobre ela um mapa em escala natural, o mesmo comprado na véspera na seção de turismo de uma grande livraria de shopping, mas não, tu dirás, quase a título de defesa, tu és diferente, não há ninguém mais estrangeiro do que tu nesta cidade não porque não trazes nenhuma referência ou ideia preconcebida, mas porque o que trazes contigo não pode ser verificado nem aqui nem em nenhum outro lugar, o que trazes contigo não está mais, não é mais, e talvez tenha sido isso que percebeste ali dentro do táxi no momento em que chegavas a Istambul, talvez não da maneira como tu agora o formulas enquanto bebes a terceira cerveja e vês as pessoas e o tempo passarem enquanto a noite avança sem que isso te faça a mínima diferença, estás ali à espera, tens todo o tempo do mundo para tomares as tuas cervejas para então depois, quando já estiveres bêbado ou cansado de ficar sentado, tu te levantares e saíres de novo a caminhar sem destino nem objetivo, e é assim que te misturas outra vez à multidão, ouves as vozes, tentas te habituar a essa nova música da língua, te perdes nas ruas, tu caminhas, tu andas muito, tu passas à frente de um bar, tu sorris para uma garota de vinte e poucos anos que, meio bêbada, te devolve o sorriso, tu continuas a andar, tu vês um @ em néon azul sobre o umbral de uma porta e tu entras, tu sobes uma escada e és recebido por um jovem de cavanhaque a quem não precisas dizer nada para receberes como resposta esse gesto do braço que se estende e te indica o posto livre ao lado da janela, tu te sentas à frente do computador, e o som das vozes e da música que sobe da rua mistura-se ao som de várias outras vozes que conversam quase em sussurro, cada uma delas com um interlocutor distante, os postos de computadores ordenados em cinco fileiras de sete em cada uma estão quase todos ocupados, as pessoas têm fones de ouvidos e falam com os olhos fixos no monitor onde por vezes é possível perceber a imagem truncada de um rosto que assume expressões também congeladas e que se sucedem aos trancos com movimentos semelhantes aos de robôs, tu, vocês todos ali ouvem apenas um lado da conversa, em línguas que vais identificando com maior ou menor dificuldade, turco, russo, inglês, espanhol, chinês, italiano, francês, às tuas costas alguém fala em francês e parece nervoso e em vias até de perder o controle a julgar por alguns palavrões que identificas, tu tens vontade de te voltares para ver quem fala ou mesmo para mostrar a tua contrariedade, mas de imediato teu impulso é refreado por este senso da discrição que gostas de pensar que se trata de polidez e que Fátima chamaria de frieza, embora tu e ela saibam que no fundo não passa de timidez, então procuras fechar teus ouvidos ao que se passa às tuas costas e te concentras na tela à tua frente, tu abres a página da tua caixa de mensagens, em três segundos tu percebes que não há nada além de spam e e-mails sem importância, tu clicas sobre "escrever mensagem", digitas o e-mail de Fátima na linha do destinatário e escreves abaixo: já cheguei, estou em Istambul, onde é que tu anda, Fátima?, mas o francês atrás de ti não para e se mostra cada vez mais nervoso e, por ele estar muito próximo, a sua voz, mesmo que misturada a todas as outras, já paira um pouco acima das demais nessa babel instalada na *lan house*, tu envias teu e-mail, abres o Skype, te certificas que Fátima está desconectada, tu vais ao Google e digitas Istanbul, aproximadamente 109 000 000 de ocorrências em 0,14 segundo, o francês, agora já sem nenhum controle, põe-se a insultar seu interlocutor localizado sabe-se lá em qual canto do mundo, até que o jovem que toma conta da *lan house* vem até ele e pede que se contenha, ele xinga o atendente, que engrossa e ameaça chamar a polícia, o francês então fica ainda mais exaltado e começa a gritar e a proferir insultos em inglês e em turco e, com abundância, na bela língua da sua mamãe, o jovem atendente por sua vez perde a paciência e diz que não vai chamar a polícia porra nenhuma porque ele não precisa da puta da polícia para tirá-lo dali, que lhe basta um braço e a mão bem fechada para pô-lo no olho da rua e que é isso mesmo o que ele vai fazer, então tu ouves o barulho de cadeiras arrastando e sentes uma batida no teu espaldar que te joga sobre o teclado do teu computador e ao mesmo tempo no centro da confusão, exatamente entre os dois brigões, e a ti já não resta saída senão tentar acalmá-los, e enquanto alguns seguram o jovem de cavanhaque tu tentas tirar o francês dali para sossegá-lo um pouco, e como sempre ocorre nessas ocasiões, uma vez separados os contendores aumentam ainda mais o nível de ofensas até que finalmente se deixam acalmar, e neste ponto tu já estás na rua com o francês, tu te agarraste a ele, que não era muito forte e provavelmente teria levado uma boa surra se os dois tivessem de fato se atracado, e foste levando-o em direção à porta, acalmando-o e fazendo-o ver que aquilo tudo era tão ridículo como uma briga de adolescentes no colégio, o francês finalmente parece mais calmo agora e até se ri da cena, passada a raiva parece divertir-se com tudo aquilo e entre gargalhadas profere mais alguns impropérios e manda uma banana na direção da janela da *lan house*, tu também ris e fazes umas piadas, então o francês, já sem nenhum resquício do brigão de há pouco, te convida para tomarem uns copos ali por perto, o que a princípio te parece uma boa pedida, mas de súbito te recordas que deixaste a mochila lá em cima e és tomado de pânico pela ideia de que alguém se aproveite da confusão para levar-te a carteira, tu lhe dizes que precisas voltar, e o francês o.k., fica para a próxima, e te estende um cartão em cujo centro lês em letras maiúsculas ARTIST e no canto inferior um nome e um número de telefone, tu guardas aquilo e te despedes com pressa para voltar à *lan house* e verificar, com alívio, que a tua mochila ainda está no mesmo lugar e que a tua carteira permanece intocada, então tu te sentas novamente à frente do computador, tudo está em ordem outra vez como se nada tivesse acontecido, todos parecem mergulhados naquela calma feita de vozes sussurradas, barulhos de teclas e o zumbido constante de trinta e cinco ventoinhas de computadores funcionando em uníssono, tens agora a tela à tua frente, uma conexão rápida, e teus dedos percorrem o teclado com a mesma velocidade que os sites se sucedem na tela, cada um deles te levando a outro e a outro e a mais outro numa cadeia interminável que dilata o tempo, põe o mundo em suspensão, te tira da marcha lógica que diz que uma hora tem sessenta minutos e um minuto sessenta segundos, tu abres de novo tua caixa de mensagens, nenhuma nova mensagem, claro, era de se esperar, tu esperas, tu envias algumas mensagens a duas ou três amigas de Fátima cujos endereços por algum acaso foram parar no teu catálogo, tu perguntas se ela fez contato, se elas sabem alguma coisa, tu esperas, tu surfas ainda por outros sites sobre viagens, abres mais uma vez tua caixa de mensagens e ainda repetes isso indefinidas vezes sem perceberes que o volume de vozes entrecruzadas foi pouco a pouco diminuindo, já é muito tarde e tu percebes que és o último cliente na *lan house* vazia e que agora vai fechar, diz o jovem de cavanhaque, estamos abertos amanhã a partir das dez se o senhor quiser, então tu te levantas e ganhas a rua outra vez, o movimento é bem menos intenso agora, alguns bêbados saem de uma boate falando alto, um caminhão passa não muito longe recolhendo o lixo, um vendedor ambulante de milho cozido guarda seus apetrechos no interior da carrocinha e derrama uma panela de água fervente na calçada fazendo fugirem alguns gatos que se esgueiravam pela sarjeta, tu não fazes a menor ideia para onde deves te dirigir para chegares ao teu hotel, não sabes nem mesmo como ele se chama e em que rua se encontra, a temperatura desceu um pouco, tu caminhas a esmo, tu tens quase frio, pões a mão no bolso e te dás conta que lá está ainda o endereço da pensão que estendeste horas antes ao motorista que te trouxe do aeroporto, à tua frente passa um táxi, tu lhe fazes um sinal, ele para quase junto aos teus pés, tu abres a porta sem nem precisar dar um passo, sobes no automóvel, estendes o papel com o endereço da pensão ao taxista e não dizes mais nada, tu te recostas no banco, a cabeça contra o vidro lateral, as luzes vão passando e tu tens a impressão de estares dentro de um sonho, de repente todo o cansaço de trinta e seis horas de viagem parece descer de uma só vez sobre teu corpo, o táxi avança por uma avenida que te parece interminável, o perfil do motorista vai escurecendo, depois se ilumina de repente sob o jato de iodo dos postes que se enfileiram na lateral da avenida, vai escurecendo, depois se ilumina, escurece, se ilumina, escurece, se ilumina, até que o táxi entra em uma rua à esquerda (ou à direita?), dobra em mais duas ou três esquinas (à esquerda ou à direita?) e enfim para junto ao meio-fio diante de um prédio que não reconheces mas que o motorista confirma, é aqui, e mesmo que ele te fale em turco tu entendes perfeitamente pela veemência, é aqui, não há nenhuma dúvida, e o gesto do seu braço apontando para o prédio serve como para te empurrar para fora do automóvel, é aqui, e já na calçada tu lhe estendes o dinheiro sem esperar pelo troco, tu te diriges à porta, tu tocas a campainha, uma, duas, três vezes até que a senhora roliça aparece embrulhada em um roupão e te olha e em vez de te insultar e dizer que aquilo não são horas de chegar a uma pensão familiar, ela te lança uma expressão condoída, te estende a chave do quarto 31 sem dizer nenhuma palavra, te indica o caminho com um movimento lento do braço que se espicha em direção ao fundo do corredor e te observa enquanto tu te afastas como se tu próprio fosses o prolongamento do seu gesto, tu avanças como um sonâmbulo, tu chegas à porta do quarto 31, tu enfias a chave no buraco da fechadura, tu giras a maçaneta, tu empurras a porta e, sem que nenhum pensamento cruze a tua cabeça neste instante, tu te deixas cair sobre a cama vazia e dormes como se fosse para sempre.

Um caravançarai, para onde tudo e todos convergem, um centro aglutinador em torno do qual uma rede vai se tecendo, na época das grandes travessias por terra toda a cidade de porte tem o seu, além dos vários espalhados ao longo das principais rotas de comércio, um lugar de negócios, claro, mas também de descanso, a pausa depois de dias, semanas ou meses de viagem, a quebra necessária nos longos itinerários para digerir um pouco do que dorme nas retinas, dividir a experiência, contar, simplesmente contar o que foi visto, era assim que as coisas se transmitiam, os que ali estavam estavam ali à espera de que os viajantes contassem, e os viajantes sabiam que o que se esperava deles era que contassem o que tinham visto e vivido durante a viagem, era assim que as notícias se propagavam, era assim que as histórias se construíam, era aqui, disse o Gordo, enquanto apanhava o terceiro copinho de chá que o empregado viera lhe estender em uma bandeja, era exatamente aqui, e seu braço fez um gesto amplo, percorrendo da esquerda para a direita todo o campo visual à sua frente como o sonar luminoso de um radar varrendo aquele inesperado pátio em pleno coração do Grande Bazar, rodeado em seu perímetro por dois ou três andares de galerias sustentadas por arcadas à maneira dos claustros de convento e que à época, disse o Gordo, abrigavam na parte superior os albergues e alojamentos para os viajantes de passagem e, embaixo, as oficinas, vendas e armazéns que comercializavam uma variedade imensa de produtos como ainda agora fazem as butiques ali instaladas, as mesmas butiques de tapetes, artigos de couro, tecidos, as predarias, joalherias, chapelarias, lojas de especiarias de toda ordem enfileiradas às centenas ao longo dos corredores principais do bazar, mas livres, ali naquele pátio, da histeria dos vendedores à porta chamando aos berros os clientes e do vaivém incessante de turistas desnorteados com tanta oferta, tanta cor, tanto cheiro, tanto barulho, ali reinava uma paz e uma calma diferentes que pareciam descer como uma bênção das claraboias de vidros encardidos que domesticavam a violência da luz exterior e criavam naquele espaço um refúgio inusitado e um tanto paradoxal, pois o pátio com abertura para o céu, apesar de amplo e claro, tendia a apagar-se em meio à série de ramificações de teto baixo e iluminadas artificialmente que constituía a essência do bazar, era uma bolha de equilíbrio incrustada como uma anomalia na rede caótica de corredores apertados e sinuosos, como se o grande se escondesse no interior do pequeno, o alto no baixo, a luz no escuro, um poço de calma em meio à balbúrdia absoluta, ali reinava uma calma e uma tranquilidade que se infiltravam pelos poros de quem se deixasse ficar alguns minutos e chegavam a ele, que ali já estava fazia bem mais de uma hora, também pelos ouvidos, principalmente pelos ouvidos e através dessa voz pausada, sem pressa nenhuma e entregue ao sabor de um relato que se dilatava no tempo e desmembrava-se em derivações sem muito nexo que voltavam a se juntar mais à frente, a voz sempre ritmada do Gordo dizendo que era exatamente ali o coração daquela cidade, desde sempre fora ali o centro vital de qualquer coisa que se movesse num raio de dezenas de quilômetros entre o mar Negro e o mar de Marmara, o Gordo bebeu o último gole do chá, depositou o copinho vazio na bandeja que o empregado havia deixado no chão junto ao banco em que os dois estavam sentados, recostou-se contra a parede de cor ocre atrás do banco, pousou as duas mãos sobre o castão de sua inseparável bengala e assumiu o mesmo ar pensativo e abstraído da foto que ele, ali ao lado, trazia no bolso, pois foi exatamente aí, nesse momento, que ele reconheceu Zayıf Orhan, o Gordo, quando o rosto cheio, quadrado, bonito e pleno de vitalidade apesar dos cabelos e do bigode brancos veio coincidir de maneira exata com a imagem que ele vira e revira alguns dias antes ao abrir o pen-drive onde ao que tudo indicava Fátima costumava arquivar suas fotos, e foi só a partir deste momento que as palavras do Gordo começaram enfim a se assentar sobre o fluxo contínuo de sua própria fala, ou sobre o eco da sua fala, porque mesmo que agora o Gordo estivesse em silêncio e contemplativo, paralisado talvez para sempre naquele perfil contra a parede ocre, a voz dele ainda ecoava em seus ouvidos como para afirmar de uma vez por todas a defasagem entre o som da voz e o significado daquilo que a voz contava, um espaço vazio semelhante à distância entre a imagem da foto que ele trazia no bolso do casaco e a da pessoa em carne e osso que havia mais de uma hora, sem que ele se desse conta, vinha fazendo o caminho até a foto no seu bolso, milímetro atrás de milímetro, através dos gestos e das palavras, da maneira de olhar, da posição do corpo, da entonação da voz, de uma história, de um nome, Zayıf Orhan, o Gordo, para enfim se encaixar na reprodução exata, ponto por ponto, daquela foto que era a única que por meio de uma legenda Fátima separara da série destinada ao Grande Bazar, deixando a todas as outras a impessoalidade do número atribuído pelo aparelho no instante do registro, *Zayıf*

Orhan Grande Bazar eram as palavras que ela agregara à imagem e assim tornava-as, palavra e imagem, indissociáveis uma da outra, da mesma maneira que agora estavam colados a imagem do perfil fixado pela fotografia do Gordo que repousava no seu bolso e o perfil real do homem que ele via em carne e osso ao seu lado, mas ele sabia que entre as duas coisas existia um buraco, como em todas as outras fotos de Fátima que ele perseguia pelas ruas já fazia algum tempo havia sempre uma zona de imprecisão entre a imagem trazida na cabeça (ou no bolso) e o que ao virar uma esquina se apresentava de maneira crua aos seus olhos, um vazio que aos poucos ele aprendeu a aceitar como o único espaço possível para ele naquela cidade, um espaço de sobrevivência, onde as fotografias de Fátima serviam-lhe como um dia lhe serviu a mão de seu pai a levá-lo para cima e para baixo e para todos os lados, fazendo-o circular desde os lugares já petrificados pela consumação turística, como o entorno de Sultanahmet, a Santa Sofia, a Mesquita Azul, o Hipódromo, a praça de Beyazıt e o próprio Grande Bazar, até aqueles que palpitavam por trás do mapa, espaços instantâneos, móveis, que só podiam ser capturados de uma perspectiva também móvel e subjacente, como a lente da máquina de Fátima registrando As fachadas sujas de Gaziosmanpaşa, Varais gigantes de Dolapdere, Uma praça de Eyüp, Feira de rua em Beşiktaş, Prédio de apartamentos em Karadeniz, Mercado de peixe em Kumkapı, Hora do rush em Aksaray, Mercado a céu aberto em algum ponto de Kadıköy, Lojas de grife de Şişli, Uma esquina de Ayazma, Ônibus em Şirinevler, A perder de vista na Bağdat Caddesi, Sob as árvores de Üsküdar, As livrarias religiosas de Fatih, Barra pesada em Gazi, Entrada de mesquita em Fetihtepe, Torre espelhada no Levent, Meninas em Emniyet, Uma rua de Kuştepe, Telefone público em Sarıgöl, Fim de tarde em Selimiye, Meninas brincando em Örnek, Futebol de rua em Kısıklı, Homens tomando chá em Bahçelievler, Jogo de cartas em Telsiz, Troca de olhares em Halaskargazi, Mercadinho de Terazidere, Esperando o ônibus em Gökalp, Praça de Çırpıcı, Pescaria em Kazlıçeşme, Garotos em Acıbadem, Oração em Koşuyolu, Numa esquina de Rasimpaşa, Em uma mesquita de Canbaziye, Jovens fumando numa praça de Pazarbaşı, Casal discutindo no Maçka Parkı, Meninas conversando em Koşuyolu, Homem engravatado numa rua de Nişantaşı, Chamando o táxi na Halasrkargazi Caddesi, Lojas de bicicletas num subterrâneo do Atatürk Bulvarı, Casal abraçado na Kumrulu Sokak, Beco de rua nos altos de Galata, Lixo na Şahkulu Sokak, Meninas de mãos dadas em Kuloğlu, Jovem sentado na rua em Fener, Músico de rua em Beyoğlu, Feira ambulante em Kirazlıtepe, Malabarista numa rua de Hasköy, Vendedor ambulante em Ayvansaray, Preparando o kebab na Galip Dede Caddesi, Homem dormindo no banco da praça em Bedrettin, Velhos de mãos dadas em Fener, Homem pensativo diante do Bósforo nos jardins de Dolmabahçe, Mulher na barca a caminho de Beykoz, Jovens à espera do *tramway* em Tophane, Atendente de café na Tırmacı Sokak, estava ali a cidade, como em um desses jogos infantis de ligar os pontos estavam ali todos os pontos, a questão agora era como ligá-los, como ordená-los de maneira a obter uma forma, um traçado, enfim que traçado seguir para reencontrar o que lhe parecia perdido, foi isso, talvez, o que ele pensou ao abrir o pen-drive que encontrara junto às poucas coisas que Fátima deixara no seu quarto de pensão e constatar que não havia mais nada além daquelas fotos tiradas meio ao acaso, a maioria delas pequenos registros incompreensíveis sem nenhum título ou indicação, uma janela, uma sombra, um gato em meio a sacos de lixo, placas de sinalização do trânsito, um poste de iluminação pública, uma esquina, ruas, portas de prédios, muros, outdoors, rostos, cenas, como se a máquina fotográfica fosse um caderno de notas ali estavam as impressões de Fátima, espécie de lembretes ou breves anotações a serem retomadas mais tarde e que só poderiam ganhar algum sentido se completadas pela interpretação ou por uma segunda intervenção dela, certamente foi isso o que ele pensou ao perceber que reconhecia pouca coisa ou quase nada naquelas imagens, que jamais as entenderia sem a presença da filha e que naquele momento a única coisa que lhe restava a fazer era tentar encontrar na cidade os pontos escolhidos por Fátima, os espaços ocupados por ela, e dessa forma se aproximar daquilo que ela vira e, assim, dela própria, mas eram muitas as séries de fotos que se concentravam sobre determinado ponto, uma praça por exemplo, ou uma esquina, ou ainda o pequeno detalhe de uma fachada, às vezes entre uma foto e outra variavam o ângulo ou a distância de onde eram batidas, outras era o enquadramento que privilegiava este ou aquele detalhe, mas muitas das séries eram feitas de fotografias quase idênticas cujas variações só apareciam a muito custo e após um longo tempo de observação atenta, como versões de uma mesma visada onde ficava claro o desejo de aproximação a uma imagem que à medida que se multiplicava através da repetição obsessiva tornava-se ainda mais rarefeita e inapreensível, como por exemplo naquela série em que o tema principal era uma janela alta tomada em um plano fechado, as duas folhas abertas, e inserida na fachada de um prédio malconservado e de aspecto sombrio, na primeira vez em que viu a série na tela do computador ele pensou que se tratava do mesmo arquivo recopiado várias vezes, todas as fotos pareciam registrar, em sequência, o mesmo e único instante, e como não conseguia fazer a distinção entre uma foto e outra ele apanhou uma delas ao acaso e com o auxílio do zoom procurou se concentrar nos seus detalhes em separado, tentando isolar cada um de seus elementos, primeiro a folha da direita mais aberta do que a da esquerda, cujo postigo de madeira estava sujo e com a pintura descascada, depois uma rachadura que descia em diagonal da extremidade do peitoril ao exterior, e as marcas da água da chuva na parede na base desse mesmo peitoril, um pedaço da cortina puxada para o canto esquerdo da janela e que servia de elemento de transição entre a fachada saturada pelo jorro de luz branca que explodia contra a parede borrando os contornos da janela e o ambiente mais escuro do interior da peça em cujo teto ainda era possível perceber, com muito esforço e alguma imaginação, o desenho de uma sombra alongando-se em direção à parede do fundo, uma sombra que ele acabou por reconhecer muito tempo depois, num daqueles finais de tarde em que, exausto após ter caminhado o dia inteiro, deitava-se na cama e ficava olhando para o alto, a cabeça completamente vazia, o corpo inerte, os olhos perdidos no teto como se este fosse um céu onde nuvens das mais diversas formas inventavam figuras de animais, rostos ou silhuetas de objetos que num piscar de olhos se metamorfoseavam em outras figuras, rostos ou objetos que o seu olhar projetava conforme o detalhe sobre o qual se concentrava, separando-os como por mágica do seu contexto, fabricando-os pela simples força do olho agindo de forma autônoma e alheio a qualquer ordem que o cérebro pudesse emitir naquele momento, arrancando figuras, rostos e objetos da massa disforme e sem matéria das nuvens, ou melhor, das sombras do pequeno lustre de acrílico que sua lâmpada de cabeceira projetava no teto, eram novas formas geradas no interior mesmo da forma antiga, uma verdadeira transformação, portanto, mas que se passava no ato de ver e não no que era visto, no olho e não no desenho propriamente dito que continuava a ser, em seu conjunto, a sombra do lustre de acrílico que a luz do abajur sobre sua mesa de cabeceira projetava no teto, pois foi em uma dessas vezes que ele percebeu naquela sombra um arranjo familiar de traços alongando-se de maneira difusa no teto, e teve a impressão de que via, pela primeira vez, algo já visto muitas outras vezes em outro lugar, e então já lhe era impossível desgrudar o olho daquele pedaço de concreto riscado de sombras, daquele desenho agora cristalino e muito bem definido, como se só ele, o desenho, fosse dotado de visibilidade em meio a um amplo cenário invisível, o centro do foco, o ponto convergente, absoluto, mergulhando todo o resto em uma zona de imprecisão que desestabilizava qualquer forma fora do pequeno recorte no fim do cone imaginário que canalizava seu olhar, ele próprio inclusive, e a cama onde estava deitado, e o abajur ao seu lado e o lustre cuja sombra era projetada no teto, tudo permanecia imerso num mar de escuridão e de quase imobilidade, onde cada movimento, por menor que fosse, tinha de ser precedido por um esforço brutal como os que nos despertam de um transe ou de um sonho ruim, então foi assim, ele pulou da cama como quem finalmente sai de um pesadelo de noite inteira e em dois passos estava à porta do quarto, e ele desceu correndo as escadas que levavam até a rua, atravessou-a, virou o corpo, ergueu os olhos para o primeiro andar do prédio em frente e reconheceu enfim a mesma janela da foto com suas duas folhas abertas e inserida na fachada do prédio malconservado cuja pintura descascava, o prédio da pensão onde agora ele vivia, e mesmo que já não houvesse nenhuma dúvida de que se tratava da janela fotografada por Fátima, quanto mais ele a integrava à visão que tinha dali, em pé na calçada em frente, mais aquela janela se afastava da que havia na foto, então ele baixou os olhos da janela, apoiou as costas na parede, deixou-se escorregar até ficar de cócoras na calçada, virou a cabeça para o lado e olhou em direção ao final da rua para, enfim, enxergar a silhueta de Fátima caminhando tranquilamente com sua máquina fotográfica a tiracolo logo após ter feito as fotos da janela do seu quarto de pensão, sim, assim seria se isto fosse um (mau) filme, assim seria se aceitássemos que a realidade não passa de um escudo que inventamos contra o incompreensível e que a verossimilhança é apenas uma forma (mais uma) de domesticar o espírito, de impor limites e tornar possível a tarefa de todos os dias colocar um pé depois do outro para continuar caminhando sobre um terreno firme como agora faz, ou faria, alguém que segue em direção a este fim de rua para onde ele olha e vê, enfim, não mais do que um grupo de meninos jogando futebol em meio a uma confusão de sons entrecruzados, ele olha e vê os gritos dos meninos, isso mesmo, é assim que isso deve ser enunciado se a precisão semântica for ainda um objetivo, ele visualiza em todas as suas formas e cores o som da bola sendo chutada de um lado para outro, estourando plasticamente contra as paredes e as latas de lixo e manchando-as com um ruído brusco que ecoa e escoa verticalmente pela extensão da parede em forma de filetes gotejantes que vão descer e emudecer-se ao se infiltrarem nas juntas entre as lajes da calçada, ele percebe o barulho dos tênis roçando o cimento e as pedras numa sucessão de faíscas de som agudo que espoucam em torno dos pés e embalados pelos pedidos de passe e pelos xingamentos que se erguem no ar como nuvens de fumaça, e só então, a partir dessa imagem que ele vê, seu cérebro pode registrar o som e tornar consciente o que fazia já alguns minutos chegava aos seus ouvidos sem que ele se desse conta, e ele pensou nas imagens mudas das fotos de Fátima, no seu rastro de silêncio que o puxava e o fazia errar por toda Istambul sem saber aonde aquilo o levaria, então ele se ergue e caminha em direção ao fim da rua, ele caminha até os garotos sob um imenso varal improvisado por cordas que atravessam a rua de uma fachada a outra e de onde pendem lençóis, cobertores, toalhas, calças, camisas, panos coloridos de várias formas e tamanhos e enormes bandeiras listradas de azul e amarelo como a proteger esse grupo de meninos que correm atrás de uma bola de futebol, ele agora caminha em direção aos meninos Semir e Ibrahim, inseparáveis os dois, na escola e nas brincadeiras, todo o tempo juntos como se fossem um só, dividindo os mesmos segredos, inventando os mesmos jogos, tão ligados um ao outro a ponto de serem confundidos pelos vizinhos e por vezes até pela professora, que lia o sobrenome de um na folha de chamada e pensava no outro, Semir Erkaya e Ibrahim Önsöz, não Ibrahim Erkaya e Semir Önsöz, sim, Semir Önsöz, e ele se pergunta como não tinha pensado naquilo antes, pelo menos para sair um pouco do torvelinho obsessivo que era a busca por Fátima, pelo menos para tentar aliviar a cabeça e recuperar as forças para continuar, pelo menos para poder por um segundo imaginar que encontrar Fátima seria tão fácil quanto encontrar Semir, porque bastaria (e basta) folhear as páginas de uma lista telefônica de Istambul para encontrar, entre um Sefer e um Sevim, o nome de Semir, Semir Önsöz, telefone 212-6501162 e morador do número 92 da Hüdaverdi Sokak, uma rua estreita de Bağlarbaşı, no noroeste da cidade, aonde se chega após cinquenta minutos de um ônibus cheio e desconfortável, uma longa caminhada e muitos pedidos de informação e respostas desencontradas, uma rua suja, de edifícios de sete ou oito andares alinhados rente à calçada e em cujas fachadas várias janelas sem vidraças fazem pensar em prédios abandonados com suas portas abertas diretamente para o passeio e deixando entrever um corredor escuro por onde entram e saem sem parar crianças que fazem da rua a extensão de seus apartamentos de peças provavelmente acanhadas demais para suas brincadeiras e a correria que empreendem sob os gritos e reprimendas das mães sentadas nos degraus da entrada e na própria calçada, conversando entre si enquanto costuram longos panos que lhes cobrem as pernas e se espalham pelo chão como um prolongamento dos véus que portam sobre a cabeça e que de certa maneira lhes serve de proteção e trincheira atrás da qual elas podem observar este estrangeiro que, também como forma de se proteger, vai preferir se dirigir aos homens que, mais adiante e também em grupo, conversam em torno de uma bandeja de chá disposta em cima de um caixote de madeira, ele vai pronunciar duas, três, quatro, dez vezes o nome da rua sem que ninguém desconfie do que ele fala, então vai dizer o nome Önsöz, ainda sem muita convicção, sem conhecer as entonações e a maneira de pronunciar aquilo que para ele é onssós, bizarramente onssós, apenas um nome estrangeiro já esvaziado de qualquer componente afetivo que um dia pode ter tido e que deve soar como uma fala alienígena para aqueles homens que se entreolham e lhe devolvem a interrogação que ele recebe já como um desalento, quase como um convite para se retirar, para continuar talvez na outra rua procurando não sabe bem o quê, mesmo que seja amistoso o tom daquela troca de palavras que ninguém ousaria chamar de conversa, mesmo que eles pareçam de fato dispostos a ajudá-lo, ele percebe que é absurda a ideia de que alguém ali possa informá-lo sobre onde fica a casa de Semir, que no fundo é uma pura aberração tentar encontrar Semir, Semir?, um deles repete, colhendo com surpresa um som ligeiramente familiar em meio às palavras que ele pronunciava um pouco sem jeito e tentando forjar um sotaque que pudesse traduzir em algo compreensível o seu gaguejo naquela língua que o afrontava, uma fala que pudesse dar conta de suas hesitações, de seus tropeços, mas também do fascínio diante de uma grafia que atraía o olho para combinações inusitadas de letras e sílabas que, já descoradas pelo uso sempre igual e cotidiano, de repente se revelavam frescas, revitalizadas pelo novo arranjo a formar aquela espécie de pele que envelopava a cidade com inscrições multiplicadas pelas ruas e que ele via avançar como uma escrita física sobre os luminosos das lojas, escritórios e restaurantes, sobre as placas de orientação do trânsito, os letreiros nas laterais dos ônibus, os outdoors, sobre cada uma das diversas camadas sobrepostas de cartazes desfeitos e meio descolados das paredes e muros cegos, sobre os anúncios nas lojas e sobre a plaqueta com o nome e o preço dos legumes no supermercado, sobre os jornais, sobre o mapa da cidade acomodado no fundo da sua mochila, sobre o dicionário turco-português que trazia sempre consigo e até sobre a lista telefônica onde entre um Sefer e um Sevim estava o nome de Semir, Semir?, diz mais uma vez o homem de bigode escuro, a mão direita com o copinho de chá suspenso no ar, o movimento paralisado a meio caminho e interrogando os companheiros com o olhar e o esboço de um sorriso que deixa entrever o brilho de um dente de ouro, Semir, Semir, Semir, repetem os outros em cadeia numa sucessão de exclamações e sorrisos e batidas de palmas, de repente tudo é tão claro e fácil, já não há nenhuma barreira, eles o tratam quase como alguém do bairro ou como um velho conhecido que esteve muito tempo fora e que agora regressa, Semir, sim, ele mora naquele prédio ali, logo ali atrás, é o que ele imagina que lhe dizem quando apontam para o edifício às suas costas, na outra calçada, um prédio sujo e malcuidado como todos os prédios daquela e de quase todas as outras ruas do bairro, um prédio muito escuro por dentro, as paredes do corredor mofadas e cheias de pichações e toscos grafites em spray preto, o cheiro forte de comida que ignora o horário das quatro e meia da tarde e parece impregnado às paredes, às luminárias com lâmpadas carbonizadas que pendem do teto agarradas a fios desencapados a cada cinco metros, ao piso cheio de terra e de chumaços de poeira acumulados junto ao rodapé, aos degraus de granitina desfeita da escada que o leva (que os leva, porque um dos homens, aquele que aparentemente era o mais próximo de Semir, decidiu acompanhá-lo) ao terceiro andar, cuja planta é uma réplica exata do térreo, do primeiro e do segundo, com as mesmas paredes pichadas e manchas de mofo, o mesmo cheiro de comida e ausência de luz, a mesma fileira de portas que eles percorrem verificando os nomes escritos a caneta sobre etiquetas autocolantes até estacarem diante da penúltima antes do fim do corredor, onde está escrito numa caligrafia infantil sobre um pedaço de papel mal recortado e colado à porta o nome S. Aktop, e quem atende é um jovem de bermudas e sem camisa visivelmente despertado da sesta pelas batidas insistentes que o amigo de Semir desfere, ele os encara por um momento, responde com monossílabos truncados às perguntas do vizinho e se põe a falar em inglês tão logo compreende, não sem surpresa e ainda confuso pelo despertar abrupto, que um dos homens à sua frente é um estrangeiro à procura do seu pai, e mesmo que esta ideia possa lhe parecer absurda ele responde as perguntas do amigo de Semir e diz que se ele, o estrangeiro, quiser ele pode levá-lo até onde seu pai trabalha, é só o tempo de passar uma água no rosto e vestir uma roupa, diz o jovem, cada vez mais solícito à medida que emerge do seu sono abreviado, enquanto o vizinho se despede sem nem mesmo esperar a resposta à proposição do jovem, entendendo, talvez, que não se tratava exatamente de uma proposição gentil, mas de algo que dispensava confirmações, o mínimo que se pode fazer nesses casos, quase uma obrigação a reiterar a hospitalidade turca, claro que sim, leva ele até lá agora mesmo, parece dizer o homem de bigode escuro, sacudindo-lhe o braço inteiro com seu viril aperto de mão para depois se afastar ao longo do corredor até sumir escada abaixo e voltar ao bate--papo na calçada e ao chazinho de maçã, ao mesmo tempo que pelo outro braço ele é puxado pelo jovem para dentro do apartamento onde reina uma desordem tão grande que torna quase surreal a aparição de um banquinho que o filho de Semir lhe estende para fazê-lo sentar diante da mesa da cozinha enquanto afasta com o antebraço à maneira de um rodo uma série de sacos de plástico, caixas de cereais e de leite, papéis e restos de comida em profusão, copos, xícaras, pratos e talheres sujos, abrindo um espaço vazio em meio à balbúrdia sobre o tampo de fórmica e deposita à sua frente um copo de chá saído praticamente do nada, o jovem insiste que não é problema nenhum levá-lo até o café onde Semir trabalha, fica em Beşiktaş e em uma hora no máximo estaremos lá, mas ele responde que não vale a pena, não vamos incomodá-lo por tão pouca coisa, na verdade resolvi perguntar às pessoas na rua onde ficava o endereço porque andava por aqui e sabia que era neste bairro, tinha visto na lista telefônica o nome de Semir Önsöz, Önsöz, ele repetiu escandindo as sílabas, Semir Önsöz?, interrompeu o jovem, sem esperar mais do que dois segundos para continuar o gesto que congelara ao ouvir falar da lista telefônica e do nome Önsöz, como se desconfiasse da precisão do inglês de seu interlocutor ou do seu próprio mas sem se questionar muito a respeito, até porque a metade da sua cabeça já estava enfiada na camiseta, um olho já se esforçava para liberar a pálpebra do contato com a costura da gola e não restava muita coisa a fazer senão enfiá-la inteiramente e deixar que a malha vermelha e meio desbotada lhe cobrisse o tronco para lhe dar um aspecto, digamos, não mais de alguém que levanta da cama, mas de quem se prepara para descer os sacos de lixo até a rua depois do jantar, o filho de Semir lavou o rosto na pia da cozinha e enxaguou a boca com bochechos sonoros que cuspiu ainda com mais barulho sobre uma pilha de pratos e panelas que pareciam se acumular havia semanas lá dentro, passou as mãos molhadas no cabelo e dirigiu-se à porta perguntando alguma coisa sobre o que ele fazia em Istambul, e como o seu inglês era por vezes cambaleante e o do jovem, apesar de ligeiramente correto, tinha um sotaque que na maior parte do tempo tornava incompreensíveis suas palavras, as lacunas na conversa se multiplicavam a cada frase, o que para ele era ótimo pois só o que queria era deixar o mais rápido possível aquela cafua e, quem sabe, aproveitar-se um pouco da aproximação forçada com um istambulense que em condições normais ele jamais encontraria para sair do mutismo em que mergulhara desde a chegada àquela cidade onde, agora tinha certeza, ele jamais pusera os pés, mesmo se seus pés, uma vez nas ruas, fossem agora capazes de levá-lo de um ponto a outro sem a mínima necessidade de um mapa, guiados por uma sorte de instinto que seguia o rastro de milhares, milhões de outras pessoas que já haviam passado e continuavam passando todos os dias por aquelas calçadas, não era de um ponto a outro que ele ia, não era um deslocamento preciso, objetivo, o que fazia, servindo-se das ruas como atalhos para chegar aonde queria, não, ele simplesmente ia, a origem e o destino não tinham a mínima importância, ele estava na cidade e isso era tudo, fazia parte dela, estava nas ruas, cujo traçado reproduzido nos mapas, mais do que o espaço livre entre as edificações por onde se estendiam as vias de circulação, era o registro impresso dos rastros das pessoas sobre o próprio corpo da cidade, seus passos inscritos uns sobre os outros num grande palimpsesto invisível que gravava nas calçadas uma carga infinita de referências, como se cada trajeto narrasse um acontecimento, e cada esquina dobrada à esquerda e não à direita implicava um evento novo e único, um encaminhamento diferente na sucessão de fatos e imagens que iam se cristalizando à passagem do caminhante e se incorporando à história da cidade, que brotava assim do atrito da sola dos sapatos contra a pedra da calçada, cada sola e cada passo contra cada pedaço de pedra formando um traço particular desta história, um desenho, uma marca, e o mapa da cidade nada mais era do que o resultado dessa infinidade de traços particulares e superpostos, como em uma foto aérea feita com um tempo de exposição bastante dilatado as ruas se desenhavam pelo trajeto feito pelas pessoas, por seu movimento flagrado no tempo, foi isso que ele viu quando seu companheiro pediu para abrir o mapa que ele carregava na mochila porque precisava verificar se estavam no caminho certo para o bar onde pensava levá-lo depois de ter desistido, até facilmente, da ideia de mostrar onde Semir trabalhava e aceitar, de maneira ainda mais fácil, o convite para tomar uma cerveja e contar-lhe um pouco sobre a vida naquela cidade que para ele, Ibrahim, tinha certa significação, ele disse, e disse isso sem entrar em detalhes, da maneira mais vaga possível e procurando sempre fazer mais perguntas do que o jovem e esquivando-se das dele com evasivas que de certa forma traduziam a sua verdadeira incapacidade em explicar por que estava em Istambul (porque Fátima) e porque não conseguia se livrar do sentimento de que o tempo se suspendera no exato instante em que se viu dentro desta cidade (sem Fátima), preso a alguma coisa que parecia ser ao mesmo tempo sua substância e seu invólucro, ele continuava a se movimentar e a sentir a passagem dos dias (e a ausência de Fátima), continuava a dormir, acordar, comer, continuava a funcionar fisiologicamente, mas fazia tudo isso dentro não só do espaço particular que a cidade criava mas também de um tempo único que o condenava a repetir os mesmos passos ainda que se enfiasse sempre por ruas e bairros desconhecidos, e à medida que a cidade ia oferecendo ao estrangeiro que ele era suas praças, avenidas e monumentos, seus becos e ruelas, seus rostos, vozes e cheiros, mais ela se escondia atrás de velhos clichês cujas fachadas pareciam ser as únicas lentes possíveis através das quais ele conseguia enxergar um chão que não cedesse sob seus pés, sim um estrangeiro é sempre um estrangeiro, respondeu Mehmet, o filho de Semir, já na sua quarta ou quinta cerveja e erguendo o braço para pedir mais uma, estavam sob a ponte Galata, num dos tantos bares que se enfileiram nos dois lados do tabuleiro inferior da ponte, o sol morria atrás das colinas de Eyüp e lançava um reflexo laranja sobre as águas do Haliç, obrigando-os a se entrincheirarem na penumbra verde de seus óculos escuros que os mergulhava numa quase noite artificial, amortecidos pela cerveja, pelo calor e pelo volume excessivo da música que saía entre distorções e ganidos de tweeters estourados de uma velha caixa de som às suas costas para competir com os berros emitidos numa potência sobre-humana pelos garçons, um para cada bar ou restaurante, a chamarem os clientes à maneira de um pregão, repetindo refrões que em pouco tempo se incrustavam na memória de quem ali estivesse para voltarem quem sabe dias mais tarde, sem nenhum aviso e fruto de uma associação disparatada como a que agora ocorreu a Ibrahim, ainda que seu pensamento errasse pelas inúmeras listas de hospitais que já percorrera em busca de possíveis baixas da filha, de delegacias, de companhias aéreas ou marítimas, ainda que sua cabeça estivesse noutro lugar, uma associação maluca de ideias cuja origem ele desconhecia o fez recordar aquele encontro com o jovem filho de Semir Aktop e tudo o que se seguiu naquela noite, recordar como quem recorda um sonho, de repente uma pontinha do fio sobressai e todo o resto vem a seguir, um mundo inteiro que estava ali aparentemente esquecido, encoberto por uma realidade que se impõe mais pela incapacidade de vermos através desta quase noite do que pelo que ela, a dita realidade, poderia ter de certo e incontestável, a noite caía sobre Istambul e ele estava num bar da ponte Galata conversando com alguém que conhecera havia algumas horas, era essa a sua realidade física naquele instante, o seu verniz de normalidade, mas isso não tinha nenhuma significação, não dizia nada além do fato cru, e postiço, de ele estar conversando e tomando cerveja num bar da ponte Galata, e tudo o que estava por trás e à volta disso, inclusive Fátima, ou a ausência de Fátima e o significado disso para o seu equilíbrio interior, ficava imerso numa névoa de onde vez por outra chegava-lhe uma voz ou um rosto, uma palavra, uma frase capaz de esboçar uma imagem, alguma coisa que emergindo da névoa (ou do reflexo laranja do sol sobre o Haliç, ou da luz branca do meio-dia refletida no pátio lajeado, ou da escuridão espessa de uma rua de madrugada) servia para levá-lo adiante, para que apesar, ou por causa, do desespero latente que aquele tempo imóvel segurava, ele continuasse a estar aqui neste bar, bebendo e ouvindo Mehmet, que lhe propõe continuarem num restaurante, pois começa a sentir fome, ele aceita, os dois secam seus copos de cerveja, levantam e seguem para a margem sul do Haliç sob uma lua muito branca e cheia brilhando no alto do céu sem nuvens que serve como uma tela negra onde se projetam — uns mais, outros menos distantes — os minaretes das mesquitas mais imponentes da cidade, entre elas e a apenas alguns passos de onde estão, a Mesquita Nova sob uma rajada de milhares de watts de uma luz iodada que a eleva do pátio lajeado que eles atravessam vindos do embarcadouro de Eminönü em direção ao Bazar Egípcio onde, segundo o filho de Semir, há um restaurante onde podem comer muito bem e que se tornara uma referência em Istambul depois que Polanski, de passagem pela cidade, resolveu dizer em uma entrevista que o Pandeli (era o nome do restaurante) era o seu preferido em Istambul e que pensava um dia poder filmar ali a cena de algum filme, pois essa entrevista saiu em um ou dois jornais locais, diz Mehmet, e foi o que bastou para que o Pandeli se transformasse em passagem obrigatória de todos os turistas que gostam de se sentir ou de parecer bem informados e que leem os guias e as *Time Outs* da vida, diz Mehmet, servindo-lhes da garrafa de rakı que pedira tão logo o garçom os instalara numa mesa ao lado da janela que dava para o corredor central do bazar, àquela hora esvaziado da multidão que por ali circula durante o dia e entregue, o corredor, a esta espécie de murmúrio residual, um resto de som e movimento que sempre é possível perceber durante os períodos de repouso dos grandes espaços normalmente tomados por multidões e que de repente se acham nus e livres de toda presença física, e ele pensou outra vez no que acabara de ouvir sobre a entrevista de Polanski, passou o olhar pelas paredes azulejadas cobertas de mosaicos azuis de Esmirna, suas janelas abertas deixando entrever as luzes de Eminönü e por onde entrava a brisa vinda do Bósforo, olhou à direita através da outra janela que dava para o interior do Bazar e quase sem perceber pensou nas tantas vezes que viu em filmes policiais dos anos 50 ou 60 ambientados em cidades do Oriente a cena clássica de um mercado apinhado de gente e alguém fugindo ou de bandidos ou da polícia ou após ter assassinado um outro alguém em meio à multidão de homens em trajes exóticos entre bancas de especiarias onde não faltam gaiolas com pássaros ou galinhas que saltam para um lado e outro, os gritos dos vendedores e dos transeuntes aumentando a confusão natural de ruazinhas apertadas e escuras, aquela cena, e suas inúmeras variações, bem poderia se repetir ali mesmo no corredor do Bazar Egípcio como se fosse em qualquer outro mercado público, e não precisaria de nenhum Polanski para filmá-la, ele disse, levando à boca o terceiro copo de rakı cortado com bastante água que Mehmet tinha o cuidado de não deixar vazio, completando-o novamente quando ainda restavam dois dedos de bebida, todas as mesas agora estavam ocupadas, e o burburinho das vozes parecia aumentar e acelerar o efeito do álcool, a garrafa ia já pela metade quando os pratos chegaram e terminou antes mesmo de pedirem a sobremesa, estão portanto bêbados quando Mehmet propõe tomarem uma última cerveja no bar de uns amigos curdos que ele costuma visitar quando vem a Istambul, sim porque na verdade ele mora numa cidadezinha da Anatólia e vem a Istambul para os negócios, "do ramo têxtil", ele diz, uma história de compra e venda de camisas não muito fácil de compreender nem muito interessante, mas ele adora vir a Istambul porque aqui se pode beber cerveja no bar e ver gente passeando na rua, então quando venho, ele diz, sempre vou rever esses amigos curdos, não sou desses que agora resolveram dizer que todos os problemas do país são culpa dos curdos, eu tenho até uma mulher curda, ele diz, sim, minha mulher e a mãe de minhas três filhas é curda e a gente se dá muito bem, não fico falando isso para todo mundo porque não quero ficar levantando bandeira nenhuma, quem vem de fora talvez não entenda o que estou dizendo, ou entenda outra coisa, mas é assim mesmo, a gente nunca entende cem por cento, aqui você vê mulheres de minissaia na rua e outras de burca, às vezes até elas andam juntas e são amigas, a rua mostra, você vê, tira uma foto e guarda essa imagem como se fosse a de um monumento ou a de um lugar de interesse turístico, você vai comentar mais tarde com seus amigos essa história de Ocidente e Oriente juntos e tal, é quase certo que você vai repetir todas essas baboseiras quando contar da sua viagem, ou então você pode até inventar umas teorias e posar de grande conhecedor da Turquia, mas é só uma imagem e são só clichês, o.k., a vida de todo mundo é um roteiro de clichês, mas não dá para esquecer que é só uma imagem, disse Mehmet, enquanto pedia licença para ir ao banheiro no exato instante em que o garçom depositava a conta na mesa, Ibrahim a pagou e dirigiu-se também ao banheiro antes de saírem os dois à procura de um táxi que os embarcou em direção ao Taksim (foi a única palavra que ele identificou na ordem de Mehmet ao taxista), através de largas avenidas ladeadas por fileiras de hotéis de luxo, bares, restaurantes e boates, Mehmet perguntou se ele estava hospedado por ali e diante da sua resposta negativa acrescentou que às vezes ele, Mehmet, ficava no Marmara Palace mas que quase sempre preferia a casa do seu tio, em Bağlarbaşı, ah, sim, porque ele precisava lhe dizer uma coisa, na verdade Semir Aktop era seu tio e não seu pai, na verdade mesmo, uma espécie de tio, já que Semir Aktop fora criado junto com seu pai e para ele era como se fosse um tio de verdade, aliás na verdade na verdade era como se fosse mesmo seu pai, já que o seu pai de verdade tinha morrido muito cedo, e Semir Aktop tinha aquele apartamento em Istambul que emprestava já havia muito tempo a Semir Akzu, um amigo seu (de Semir Aktop) que viera tentar a sorte em Istambul, Semir Aktop não, este nunca deixou a Anatólia, tem lá a sua vidinha à qual já se acostumou e na idade dele já não dá para mudar, eu também, disse Mehmet, eu adoro Istambul, mas apenas para vir de vez em quando e poder voltar à Anatólia só para ver as minhas filhas correrem para os meus braços quando chego em casa, saltando em cima de mim cheias de saudades, não há coisa maior do que isso, disse Mehmet, cortando bruscamente sua fala para dizer alguma coisa em turco ao motorista e que deveria ser algo como "vá devagar que é por aqui", pois o taxista diminuiu a marcha, ele olhava com atenção para os prédios pelos quais cruzavam, os bares e as boates se multiplicavam nas calçadas de ambos os lados da rua, algumas mulheres muito maquiadas acompanhavam com o olhar a lenta passagem do táxi que os levava lá dentro, afundados os dois em bancos de couro e na dormência do álcool e da comida em excesso como autoridades pachorrentas passando em revista as tropas alinhadas na calçada, está fechado, disse de repente Mehmet, o bar dos meus amigos curdos está fechado mas vamos até um outro que é bem simpático e lá podemos tomar uma cerveja tranquilos, ele disse isso e logo a seguir falou ao motorista, que acelerou, engatou uma terceira e percorreu ainda algumas centenas de metros pela avenida antes de dobrar à direita, depois à esquerda, à direita de novo, para enfim entrar por uma rua estreita, descer uma ladeira, virar à direita e estacionar diante da minúscula fachada de uma boate onde havia espaço apenas para uma porta baixa e de onde partia um toldo de plástico que vinha quase até o cordão da calçada e cobria o tapete vermelho e desbotado que os levou da porta do táxi até a portinhola onde as pessoas eram obrigadas a baixar a cabeça para passar antes de serem engolidas pela penumbra ruidosa de luzes negras, globos estroboscópicos e uma música tipo bate-estaca reproduzida num volume alto o bastante para fazer vibrar as paredes de espelhos e as mesinhas redondas encravadas dentro de semicírculos de sofás de veludo, duas ou três ocupadas por senhores de terno e gravata e meninas de vestidos muito leves, decotados e colados ao corpo, e no espaço que seria o da pista de dança muitas outras garotas, quase todas loiras, de cabelo liso e parecendo terem sido fabricadas em série, dançavam languidamente num ritmo que não tinha nada a ver com o da música, ou melhor, era a música que não tinha nada a ver com o ritmo das garotas e com nada ali naquela boate, na verdade era a música a única nota dissonante naquele quadro tão igual a tantos outros do mesmo tipo que ele já tinha visto em Porto Alegre, no Rio, em Madri, Frankfurt ou Sofia, tão frio e tão vivo com suas mesas vazias e um persistente cheiro de mofo que se erguia dos carpetes revestindo o piso e as paredes, eles avançaram por entre as mesas guiados por um garçom de gravata-borboleta que os fez sentar e logo lhes trouxe dois copos de cerveja nos quais não tiveram tempo sequer de tocar antes que duas das garotas viessem sentar à mesa, e com elas, quase imediatamente, outra vez o garçom da borboleta portando uma bandeja com dois drinques, os quais, após sussurrar alguma coisa no ouvido de Mehmet, depositou diante de cada uma delas, todas as duas muito jovens e muito bonitas, e propondo com gestos simultâneos um brinde àquele encontro, passando em seguida às apresentações, Alena, que sentara ao lado de Mehmet, e Vilina, de incríveis olhos claros e cabelos cheirosos e que, apesar do farto espaço no banco de veludo bordô, veio se espremer contra seu corpo, deixando a pele muito lisa do braço roçar no dele cada vez que ela ia pegar o copo ou que movimentava o tronco para lhe falar mais perto do ouvido, tenho vinte anos e sou ucraniana, Vilina tinha vinte anos e era ucraniana como a maioria de suas colegas, mas havia também russas, lituanas, romenas, búlgaras, moldavas e polonesas, todas vindo trabalhar e ganhar algum dinheiro para financiar os estudos, Vilina havia trancado a matrícula na faculdade de farmácia mas esperava continuar o curso assim que juntasse algum em Istambul ou em Budapeste, onde estivera até a semana passada, ela disse, Budapeste é bom, mas aqui é mais dinâmico, muito melhor para trabalhar, e você trabalha com o quê?, posso pedir outro drinque?, ela perguntou, já era a terceira rodada de drinques em pouco mais de dez minutos e ele, que até então permanecera calado, perguntou quanto?, quanto o quê?, ela disse, quanto custa a noite?, ele disse, a noite?, ela perguntou de novo, sim, ele confirmou, quanto custa uma noite com você?, insistiu, provocando nela um sorriso que se não conseguia esconder certa irritação era também um sinal de embaraço, ela sorriu, bebeu mais um gole e disse não sei, é você quem sabe, quanto você pagaria para passar uma noite comigo?, não, ele disse, é você quem deve saber o quanto você vale, quanto custa?, se você não me disser o preço a gente não consegue avançar nesta história, ele disse, e bebeu de um só gole o resto da cerveja, pousando na mesa o copo vazio ao lado de outro cheio que, numa sincronia irritante, o garçom da borboleta depositava à sua frente, ele já havia perdido a conta de quantas cervejas o garçom tinha posto em cima da mesa e desta vez segurou o punho do homem e disse quanto?, o garçom o encarou, olhou para Mehmet, que falava no ouvido de Alena ou beijava-lhe o pescoço, e tentou puxar o braço e se retirar, mas ele o segurou com mais força e repetiu quanto?, se você não me disser quanto custa a porra da cerveja eu não posso continuar bebendo, então o homem disse qualquer coisa a respeito de uma tabela afixada junto à porta da entrada, e ele: talvez eu não tenha visto a tabela, e acrescentou: ou não tenha dinheiro para pagar, no que o garçom recolheu a cerveja para cima da bandeja e foi falar com Mehmet, que continuava a mordiscar a orelha de Alena e a acariciar-lhe os ombros nus e demorou compreensíveis minutos até se dar conta do que o garçom lhe falava e então voltou-se para o companheiro e, debruçando-se sobre a mesa, perguntou quanto ele tinha na carteira, não o suficiente, ele respondeu, Mehmet falou alguma coisa ao garçom que continuava em pé ao lado da mesa, ambos pareciam nervosos, e aquilo o divertia secretamente a ponto de ele retomar a conversa com Vilina num tom bastante gentil, tocando-lhe de leve as mãos com o dorso da sua, interessando-se por sua vida de estudante em Kiev, seu sonho de conhecer Paris e jantar a bordo de um *bateau-mouche* a deslizar preguiçosamente nas águas verdes do Sena, ele começava a lhe contar da vida no Brasil quando de repente sentiu a mão de alguém sob sua axila convidando-o a se levantar, e o convite, um puro eufemismo, ele entendeu em seguida pela pressão de uma outra mão às suas costas, estendia-se a andar e seguir em frente até uma peça escura e apertada que devia ser a da gerência da boate, onde um homenzinho agitado e cercado por três armários humanos vestidos de terno preto discutia com Mehmet sacudindo na ponta dos dedos a conta de dez cervejas e seis martínis que perfazia um total de 4250 liras, e Mehmet voltou-se para o companheiro e novamente perguntou-lhe se ele tinha dinheiro, sua resposta foi abrir a carteira e virar sobre a mesa as últimas quarenta liras que lhe restavam e que, aliás, em qualquer outro bar ou restaurante de Istambul bastavam para pagar as bebidas consumidas, mas que ali foram suficientes apenas para fazer o homenzinho sair de uma vez por todas fora de si e aos berros exigir uma solução de Mehmet, que, após o que pareceu uma negociação tensa com o gerente, puxou um improvável cartão de crédito do bolso da bermuda e, voltando-se para Ibrahim outra vez, mas sem deixar de se dirigir também ao gerente numa espécie de pingue-pongue do olhar, disse que pagava a metade da conta, a outra metade ficaria empenhada até o dia seguinte quando ele, o seu amigo, viria então quitá-la, e ele, o amigo de Mehmet, concordou assinando um nome falso abaixo daquela incrível cifra de 4250 liras, e nem bem terminava de fazê-lo foram os dois levados mais ou menos aos trancos pelos seguranças até a rua e à aragem doce daquela madrugada que por um instante, e talvez pela primeira vez, fê-lo sentir quase feliz naquela cidade, uma brisa fresca corria na rua deserta, atravessava o tecido de sua camisa e dissipava a película gordurosa que o suor abundante durante o dia deixara colada em seu corpo, ele ergueu os olhos para o céu e este lhe pareceu altíssimo, como o reservatório de uma imensa quantidade de ar puro que agora lhe penetrava pelo nariz e pela boca e ia oxigenar o mais recôndito alvéolo dos seus pulmões, ele ainda permaneceu por alguns minutos nessa posição, o queixo espichado para cima e a boca aberta, até sentir que a temperatura no interior de sua caixa torácica descera alguns décimos de grau e então voltou a olhar para a frente, onde poucos metros adiante a rua era atravessada por uma avenida de várias pistas imersas em uma iluminação amarelada por onde automóveis em alta velocidade cruzavam de tempos em tempos, Mehmet continuava a dizer-lhe que ele precisava vir sem falta no dia seguinte pagar a sua parte senão eles iriam descontar tudo do seu cartão e então seria uma merda muito grande, Mehmet perguntava se ele ia saber voltar no dia seguinte, se guardara o cartãozinho com o endereço da boate, se queria que ele o acompanhasse no dia seguinte, mas todas aquelas perguntas, às quais ele ia respondendo com monossílabos guturais e sinais não muito claros de cabeça, todas aquelas frases emboladas na voz pesada de Mehmet, tudo aquilo era apenas um ruído monocórdico e sem significação entrecortado de quando em quando pelo barulho dos motores de automóveis rasgando a avenida onde em seguida eles se encontraram parados os dois junto ao meio-fio e Mehmet acenando para cada táxi que passava como se não houvesse ninguém na calçada, até que finalmente um dos táxis diminuiu a marcha ao vê-los e conseguiu parar algumas dezenas de metros adiante, Mehmet ainda quis saber onde ele estava hospedado enquanto corria até o táxi, mas ele se esquivou mais uma vez da resposta, ficou parado onde estava, e, diante da impaciência do taxista que ameaçava partir, Mehmet foi obrigado a entrar no carro, que arrancou imediatamente deixando Ibrahim sozinho na calçada e na noite sob o halo luminoso de um poste de mais de cinco metros de altura a derramar-lhe sobre a cabeça uma luz de iodo que lhe tingia todo o corpo de uma cor pálida e lhe dava a aparência de um cadáver em pé, paralisado, os olhos esbugalhados no vazio e à espera de que alguém viesse tirá-lo dali e metê-lo num caixão onde pudesse finalmente descansar de maneira conveniente, foi assim que Vilina o descreveu ao vê-lo, não se sabe quanto tempo depois, quando deixava a boate por falta de clientes e resolveu fazer a pé as poucas quadras que a separavam do quarto onde dormia com mais três colegas, ela disse que primeiro, antes mesmo de reconhecê-lo, teve medo que aquela figura patética em estado de transe profundo tentasse atravessar a avenida e morresse atropelado, ela disse ainda que jamais vira um homem tão acabado, que seu aspecto de degradação física era, evidentemente, o que primeiro chamava a atenção, mas depois, tendo-o já reconhecido e olhando um pouco mais para ele assim estático sob o poste de luz em plena madrugada, ela percebera que também psicológica e moralmente tratava-se de um zumbi, alguém muito próximo de um curto-circuito emocional do qual era impossível prever as consequências, e ela também disse que teve medo de que ele fosse um louco quando finalmente decidiu se aproximar para lhe falar e ouviu de sua boca apenas frases desconexas numa língua estranha onde parecia repetir com insistência algo como "fatma", ela disse que lhe fez perguntas simples mas que ele dava ares de debilidade mental e parecia desmemoriado ou um autista à deriva de tudo e que, então ela percebia, mesmo na boate ele já passava essa impressão, agora ela se dava conta, ela recordava tudo e se dava conta de que já na boate ela havia falado com um fantasma, o que a posteriori não deixava de inquietá-la e trazia-lhe uma sensação estranha, e que ainda mais estranho foi acordar de manhã ao lado de alguém que, embora tivesse um corpo cujas funções ele controlava, era como se não estivesse ali, como se a ausência fosse a substância primeira da sua matéria, e o seu corpo só existisse para tornar visível aos olhos dos outros essa ausência que se traduzia pela aura de uma tristeza irreparável e pesada que ele carregava consigo como se fosse a própria pele e que se espalhava em torno dele como se fosse o seu cheiro e tornava a sua companhia difícil de suportar, estranho foi sentir que, apesar de tudo, em alguns momentos e sem nenhuma explicação ou aviso aquele corpo podia ressurgir da quase invisibilidade na qual a afasia e o silêncio absoluto dos gestos o mergulhava e ser fonte de uma ríspida vitalidade e de um apego quase desesperado à vida, tudo isso Vilina lhe disse enquanto tomavam café num bar repleto de turistas ingleses muito vermelhos e esbaforidos pelo calor do meio-dia, não muito longe da aglomeração de lojas e depósitos de mercadorias e de pequenos escritórios escusos que se espremem nas ruas circunvizinhas ao Grande Bazar e que fazem do seu entorno uma larga zona de ressonância por onde se propagam, para muito além dos muros que o delimitam, as vibrações emanadas do centro daquilo que funciona como um organismo vivo e quase monstruoso com seus mil tentáculos em forma de corredores e aleias estreitas e imbricadas, expandindo-se sinuosos em todas as direções, multiplicando-se a cada ramificação e carregando em seu interior uma multidão de pessoas que transitam para um lado e para outro, assim como os dois, que agora se enfiam entre as bancas de produtos expostos, entrando e saindo das butiques sob uma saraivada de hellos, good mornings, bonjours, buenos días e insistentes convites para entrar, sentar, beber um chá, conversar, provar, tocar, experimentar, passando de pedrarias a joalherias, de fulares a tapetes, de patissarias a cereais e frutos secos, do odor de especiarias exóticas ao do couro cru, Vilina fascinada e dizendo-lhe que vinha com frequência passear no Grande Bazar e acabava sempre comprando uma coisinha, seduzida menos pelo objeto do que pela paixão com que os vendedores se entregam ao ofício, ela dizia que no empenho em convencer o cliente das qualidades do produto, no prazer com que buscam estabelecer uma negociação, na maneira de encarar aquilo não como um simples ato mercantil, mas como um encontro entre duas pessoas, ela via ali uma espécie de efusão amorosa, uma certa excitação pelo que o outro ainda não concedeu e o desejo sincero de lhe ser simpático e, através da sua mercadoria, desejado, é pena que na maioria das vezes, ela dizia, o cliente se assuste diante dessa exaltação e da vontade do outro de se aproximar, de entrar em contato e de tocá-lo de alguma maneira, Vilina falava ao mesmo tempo que andava, olhava as butiques, examinava as mercadorias, apanhava-as nas mãos, sentia-as demoradamente, respondia com sorrisos sempre generosos aos apelos dos vendedores e seguia, desviando e às vezes chocando-se contra as outras pessoas que vinham em sentido contrário e também ocupadas em observar os produtos expostos e também solicitadas pelos outros vendedores, Vilina falava num tom de voz inalterado, não muito alto e sem se esforçar para ser ouvida por cima do murmúrio constante das inúmeras conversas paralelas e dos pregões à porta das butiques, Vilina falava como se não houvesse esse ruído, falava como uma voz pode falar de dentro de um turbilhão de outras vozes, consciente de que ela é *a voz* pela qual todas as outras passam a existir e ser ouvidas, uma voz sem corpo, sem rosto, sem identidade precisa e que paira acima de tudo o que ela, *a voz*, se prepara para dar conta e que inaugura a partir do momento que enuncia, uma voz que faz verdade das coisas, que pelo simples fato de ser ela *a voz*, e não outra, detém um fundo de verdade, pelo menos da sua verdade e da única que importa, e que organiza, e que dá forma ao turbilhão, fazendo-o funcionar dentro da lógica exata da sua particularidade, levando esse turbilhão adiante como agora iam os dois por entre dezenas, centenas de outras pessoas cruzando-se em todos os sentidos, Vilina fala sem voltar o rosto para ele, que tenta acompanhar suas palavras com o mesmo empenho com que busca acompanhar-lhe os passos em meio à multidão, o mesmo empenho que o faz perseguir as imagens de Fátima e repetir seus passos pela cidade, ele procura manter-se próximo a ela, evita como pode os vendedores que se interpõem à frente dos clientes e que os seguem por dezenas, centenas de metros através dos corredores bombardeando-os sempre com a ladainha de ofertas, avançando com eles enquanto a negociação avança, insistindo, puxando-os pelo braço, baixando o preço, oferecendo, barganhando, e que só vão parar quando o negócio for fechado ou quando o pretenso comprador, acuado e à beira de um ataque, grita um não definitivo, um não quase desesperado que ecoa pelos corredores e mesmo em meio à balbúrdia chama a atenção de todos os que estão por perto, não, ele gritou, e todos voltaram-se para ele e o ouviram repetir não, não, não, mas Vilina já não está por perto, ela não o ouve mais e muito menos o vê, ela apanha um fular e o enrola no pescoço, experimenta uma pulscira, aceita o chá de maçã que o vendedor lhe oferece, ela avança incógnita pelos corredores do Grande Bazar como que engolida pela multidão, não, ele repete, Vilina está aqui, e eu sinto o cheiro da pele de seu pescoço quando ela ergue os cabelos para cobrir os ombros com o fular, percebo o desenho perfeito e delicado de sua mão quando a faço experimentar a pulseira, sinto o hálito quente do chá quando ela me beija, Vilina ainda está aqui, ele diz a si mesmo, quando, enfim, depois de fazer e refazer o caminho diante das butiques onde haviam entrado juntos, depois de entrar e sair de inúmeros corredores, andar durante um tempo incomensurável sob tetos baixos e luz artificial e com a impressão de que cada vez que dobrava ou à esquerda ou à direita ingressava no mesmo corredor apinhado de gente, ele finalmente chega a esta espécie de pátio iluminado pela luz do dia que desce através de claraboias recortando retângulos de céu azul a uns dez metros acima de sua cabeça, um pátio que se abre quase por acaso como um oásis em meio ao deserto, Fátima esteve aqui, ele pensou enquanto sentava num banco junto à parede de uma loja de tapetes, de frente para um quadrilátero de grama em cujo centro se erguia uma fonte de mármore sujo, maltratado pelo tempo e pelo uso e em torno do qual um grupo de jovens italianos ouvia as explicações de um senhor corpulento e de cabelos brancos sentado na outra extremidade do banco, é aqui que tudo começa, o homem dizia, o centro, para onde tudo e todos convergem, o comércio está na base mas não é só isso, é também um lugar para encontrar pessoas, trocar experiências, contar, é ainda um comércio mas a moeda é outra, o velho tinha as duas mãos quase ao nível dos olhos e apoiadas no castão da bengala postada à sua frente entre as pernas mantidas abertas para dar espaço à barriga, e falava com a voz macia e ao mesmo tempo capaz de grandes inflexões que serviam para introduzir ou reforçar ou para simplesmente dar um peso diferente a aspectos do seu relato, as cocheiras dos cavalos não ficavam longe daqui, o homem dizia, e eles tinham um horário definido para vir beber água, pois o resto do tempo a fonte era utilizada pelos viajantes e por todas as pessoas que passavam ou viviam em torno do caravançarai, ele falava um italiano limitado mas correto, bem como oito ou nove outras línguas, como lhe confidenciou mais tarde quando os italianos já iam longe com seus aparelhos repletos de imagens digitais, isto aqui sempre foi uma espécie de babel, é preciso compreender um pouco de cada tudo, não tudo, mas apenas um pouco, o suficiente para manter o nariz acima da linha da água, é esse pouco, esse mínimo, que funde em você todas as línguas numa espécie de esperanto particular, uma língua falada por um só, mas que lhe permite comunicar-se com os outros, o resto você pode completar do jeito que quiser, há muita coisa que mesmo na língua da gente não tem como ser dita simplesmente porque são coisas que não têm como serem ditas, coisas que para se chegar a elas é preciso bem mais do que palavras, essas histórias acerca do Grande Bazar existem porque eu as conto, para você, para os italianos ou qualquer outro que quiser ouvi-las, não sei se elas se passaram assim mesmo, não importa se os cavalos que bebiam água nesta fonte em horários diferentes dos das pessoas existiram de fato, mas para os italianos eles fazem parte deste pátio que acabaram de ver, são os cavalos bebendo água, que eles não viram, que formam a imagem que levam deste pátio no coração do Grande Bazar de Istambul e que eles viram, este sim, pela primeira vez na tarde de 16 de junho de 2007, isso é concreto, é próximo, é hoje e bem real, o que torna também os cavalos e a sua história coisas muito reais, disse o Gordo, para depois beber o último gole do seu chá e depositar o copinho na bandeja que o empregado havia deixado no chão junto ao banco em que os dois estavam sentados, então se recostou contra a parede de cor ocre atrás do banco e assumiu um ar pensativo e abstraído, tal qual o da foto que Ibrahim, sentado ao lado do Gordo, trazia no bolso, isto é real, ele pensou, ao olhar para o perfil de Zayıf Orhan tomado por aquele ar abstraído, é como se Fátima estivesse aqui ao nosso lado apontando-nos sua máquina fotográfica, e se eu agora apanhar outra vez a foto no meu bolso e olhar bem para ela talvez me veja ali também retratado, ao lado de Zayıf, escutando sua voz, sempre a mesma voz que empilha detalhes, que acrescenta dados, sempre a mesma voz que conta, insiste e repete, Zayıf continua olhando para o nada, pensativo e abstraído, então recomeça, ele retoma sua história dizendo que foi aqui, foi exatamente aqui que estourou a primeira faísca, alguns dizem que foi um cigarro mal apagado no ateliê de um alfaiate que num instante queimou restos de tecido próximos ao cinzeiro, mas a versão mais corrente é a de que foi mesmo um curto-circuito provocado por um fio desencapado de uma das tantas instalações elétricas mais ou menos clandestinas que se faziam e que continuam sendo feitas por aqui, verdade ou não o certo é que a coisa ocorreu por volta das onze da manhã, ou seja, numa das horas de maior movimento do bazar, e em pouco tempo o fogo se alastrou de uma loja a outra como se elas fossem tendas de papel crepom, era a área onde estavam concentrados, como ainda hoje após a reconstrução, chapeleiros, alfaiates, vendedores de lençóis, de tecidos e tapetes, e tudo isso virou cinza num piscar de olhos, sem que as pessoas tivessem tempo para fugir, quando se deram conta do que acontecia galerias inteiras já eram varridas por uma língua de fogo que arrebatava tudo, a temperatura no interior dos corredores subiu drasticamente e muita gente tomada pelo pânico e encurralada pela falta de saídas de emergência morria como se morre num forno, disse o Gordo, nunca se soube o número exato de mortos, mas sabe-se que ele não foi pequeno, que inúmeras famílias acabaram por se desagregar no desespero de um luto difícil, disse a voz, aquela voz que parecia ter ficado em suspenso como a nuvem de fumaça que dias depois do incêndio e mesmo com o fogo já extinto ainda pairou por muito tempo no céu cinza de Istambul, uma voz que durante muito tempo parecera calada como se à espera de uma tragédia maior, afogada naquele silêncio quase religioso e pontuado apenas e de vez em quando por estalidos do fogo que continuou queimando sem chamas por todo esse tempo entre os buracos de sua memória pálida, mas uma voz que agora finalmente regressava e que aos poucos parecia retomar o fio de uma história, o curso interrompido bruscamente no meio de uma frase perdida na incompreensão de uma outra língua, de um outro mundo, de um outro.

Foi como cair em outro tempo, a voz do funcionário agora era calma, doce até, se comparada ao tom ríspido da nossa discussão de alguns minutos (ou horas, dias, semanas) antes, quando cansado da mesma frieza protocolar na qual eu esbarrava em minha quinta ou sexta visita ao consulado, mas acima disso, cada vez mais convencido de que eles não iam, não podiam ou não queriam me ajudar a encontrar minha filha, e cada vez mais atormentado por não encontrá-la, eu me lancei a uma série de impropérios contra o funcionário que, no auge da minha exaltação, culminou em uma patética perda de sentidos, foi como o corte brusco na sequência de um filme, de um turbilhão de sons e movimentos a cena passa ao silêncio pontilhado por estalidos de xícaras ao longe e ao som do jazz a um volume quase inaudível em um elegante café em Şişli cuja única mesa ocupada é esta junto a um janelão de vidro onde o cônsul-geral em pessoa me fala que solicitara, ou melhor, ele próprio tinha feito pesquisas nos registros do consulado sobre os Erkaya e que lamentava não ter nada a dizer sobre o paradeiro de Fátima, mas que por outro lado encontrara um contato feito por ela no portal do consulado, onde pedia indicações de intérpretes em Istambul, e nesses casos, diz o cônsul-geral, olhando distraído para o grande plátano que subia do canteiro na calçada em frente, no outro lado do vidro e da rua, e sob um sol e calor impensáveis para aquele ambiente climatizado do café, nesses casos, diz o cônsul, o que fazemos é fornecer a lista de intérpretes credenciados no consulado, uma lista que deve ter no máximo uma dezena de nomes, você poderia tentar falar com essas pessoas para saber se sua filha esteve com alguma delas, então foi como abrir uma dezena de furos no pano negro que se estendia sobre minha cabeça e ver uma dezena de fachos de luz avançando como espadas brilhantes em uma zona escura, e me agarrei a cada um desses fachos como se fossem cordas, como se fossem braços, como se fossem deuses, deuses impotentes, deuses atarefados, distraídos, que não tinham a mínima ideia do que eu falava, não, nenhuma brasileira com esse nome me procurou, não, eu já não trabalho mais com isso e até pedi ao consulado que me tirasse da lista, não, mas se o senhor precisa de um intérprete eu estou disponível, não, no momento não posso atender, deixe seu recado que entrarei em contato mais tarde, não, não, não e ainda o não dos telefones que tocavam no vazio sem que ninguém do outro lado se dispusesse a atendê-los, até que um sim, lembro uma garota que queria fazer um entrevista, mas não falava nada turco, sim, ela era sozinha e fazia muitos fotos, sim, acho que o nome estava assim, e logo eu estava diante desse filho de uma brasileira imigrada e de pai turco, um pós-adolescente tentando ganhar seus primeiros trocados com o conhecimento rudimentar da língua na qual ouviu sua mãe lhe contar as primeiras histórias, lá estávamos nós tomando chá numa taberna enfumaçada perto de sua casa em Ortaköy, ela estava para falar com pessoas e precisando alguém para tradução, disse o garoto, ela queria saber muito do incêndio de 54 do Grande Bazar, e ela levou eu para falar a duas mulheres, duas velhas, que eu acho que ela achava eram família dela ou ela achava conheciam um família dela, mas a verdade as velhas eram bem velhas e meio caducas já, e também surdas, e tudo aquilo não foi bem longe, depois disse me ligar de novo porque tinha ainda pessoas para falar, mas me ligou nunca mais, disse o menino, então foi como cair de novo, não em outro tempo, mas simplesmente cair, e cair de novo é sempre cair mais fraco, mais cansado, mais caído, eu me despedi do garoto sem saber o que fazer daquele dia inteiro que ainda tinha pela frente e saí a vaguear pelas ruas do bairro em direção ao Bósforo, saí novamente a esmo, como da primeira vez e, assim me parecia, para sempre, eu saí mas de repente foi como entrar em outro espaço, de repente Porto Alegre me veio de cheio nos olhos, as colinas ao fundo com as casas debruçadas em suas encostas e as torres de TV espetadas lá no alto, foi como estar descendo a Cristiano Fischer de automóvel e de um instante para o outro, depois de uma curva ou do imenso corpo de um condomínio de luxo se deslocando na janela, ter Porto Alegre outra vez suspensa no céu transparente de uma manhã de abril, foi como se as duas cidades se fundissem numa só paisagem e nesse meu instante de vertigem, o flash de um sonho com espaços sobrepostos fora do tempo, uma visão, no sentido que empregam os místicos, os loucos e os idiotas, algo que se forma e se esvai com um piscar de olhos mas que deixa um eco na consciência e nos sentidos, um vestígio de memória capaz de nos alcançar na cama, no ônibus, na fila do supermercado ou simplesmente enquanto andamos a esmo pela cidade, então foi como ver Porto Alegre na outra margem do Bósforo e com ela a sensação de penetrar a zona turva por onde Fátima se movia, e onde ela se ocultava para se mostrar cada vez que eu abria os arquivos com suas fotos no computador ou este caderno de capa vermelha que de repente se materializou à minha frente depois de já alguns dias ou semanas vivendo naquela pensão, numa bela tarde em que, não tendo nada para fazer ou como se lembrasse de uma hora para outra de algo esquecido no fundo de um armário, a dona dos cabelos oxigenados me estendeu sem se preocupar em fornecer maiores explicações, alguém (quando?) o teria deixado para mim na recepção sem dizer quem era, ou o encontrado na rua (onde?) e trazido até o endereço escrito na primeira página, ou a faxineira o teria recolhido no meio das revistas da sala da televisão, ou ainda (e esta talvez fosse a hipótese mais correta) durante todo aquele tempo o caderno estivera por ali junto à relação de hóspedes, das entradas e saídas da semana e às listas de compras urgentes que diariamente zanzavam pelas gavetas e por sobre o tampo do balcão da portaria, o certo (para ela) era que não sabia direito como o caderno fora parar em suas mãos, o certo (para mim) é que foi por meio daquelas anotações tomadas sem muita coerência nem relação umas com as outras que Fátima voltava a me falar depois de um tempo que já me era difícil medir, um tempo pastoso, indecifrável como por vezes se tornava a sua caligrafia ao longo das páginas que me pus de imediato a percorrer na esperança (vaga) de encontrar ali alguma pista do seu paradeiro, porém logo percebi que o que aquelas páginas continham não valia tanto pelo que as palavras ali escritas diziam, porque diziam nada sobre onde ela estaria, mas o efeito imediato daquilo que então eu tinha nas mãos era poder *ver* a escrita de Fátima, ver e reconhecer os traços de sua letra, presenciar sua caligrafia era uma forma de estar diante dela em pessoa de novo, era ver seu rosto, suas expressões, seus gestos, era mais uma vez senti-la fisicamente e, através daquelas palavras, ouvir sua voz a me descrever os lugares que encontrava, as sensações que experimentava, coisas que lhe passavam pela cabeça à medida que ela passava pelas ruas e pelas pessoas e que iam passar, essas coisas, por suas mãos, por seus dedos e parar no papel em forma de nomes e endereços e prosaicas listas de tarefas a realizar no dia a dia, como comprar frutas, ir ao Centro do Registro Civil de Istambul, passar na lavanderia, pagar a pensão, ir à Biblioteca Municipal, passar no Pandeli, escrever à administração do Grande Bazar, ver preços do passeio de barco no Bósforo, listas, nomes (Robert ou Ahmet, na maior parte das vezes), lugares e notas que eram mais algumas peças no quebra-cabeças que sem dúvida não me levaria a ela, e talvez até me afastasse dela, mas nomes, como Robert, como Ahmet, várias vezes Ahmet e menções a seus trabalhos, Ahmet, que segundo o francês brigão da *lan house* e autodenominado artista que decidi procurar depois de tantas alusões àquele nome, se tratava de um dos expoentes da arte contemporânea turca, artista tão refinado quanto misterioso, espécie de camaleão capaz de experimentar vários registros, várias gramáticas sem se fixar em nenhum ou nenhuma delas, um cara que ainda estava para ser reconhecido plenamente, ele dissera, entre um punhado de outras coisas que me pareceram sem sentido ou pelo menos sem relação com aqueles nomes, lugares e notas que, estes sim, de alguma maneira davam sentido (uma justificação) aos meus passos naquela cidade e mais vida a uma geografia que assim ia se tornando menos chapada no artifício da memória, relacionando nomes (Robert) a endereços como o desse apartamento em Galata ou (Ahmet) o daquele subúrbio distante no norte da cidade e o terreno meio baldio separado da calçada por uma tela e um portão muito estreito e fechado à chave, o que me obrigou a pulá-lo para chegar até um grande galpão com aparência de abandonado e também fechado por uma grossa corrente de aço unindo duas portas já meio encobertas pela vegetação que abundava nas traseiras e junto às paredes laterais encimadas por pequenas janelas basculantes com vidros opacos, mas a maioria deles quebrados, o que me permitiria, pensei, ver o que havia lá dentro se conseguisse escalar a parede até a altura das janelas, o que fiz com dificuldade e empilhando um caixote de madeira sobre um barril enferrujado que ali estava aparentemente para recolher a água da chuva de uma calha engastada no ângulo da construção, pois eu subi no barril, depois no caixote, e pude observar o interior do galpão que se assemelhava mais a uma grande oficina onde a disposição dos objetos e de grupos de móveis ou artefatos dividiam naturalmente o espaço em vários subespaços sem que houvesse uma só parede ou divisória em toda a superfície cimentada do piso por onde se espalhavam pilhas de placas de compensado, painéis de isopor, caixas em profusão, uma mesa de madeira muito comprida apoiada sobre cavaletes, duas poltronas dispostas em conjunto com um canapé de estofamento encardido que formavam um recinto convivial ao lado de uma cozinha improvisada, e ainda mais caixas e armários de metal, um quadro de ferramentas, prateleiras com livros e muitas fotos coladas à parede, tudo aquilo mergulhado em uma atmosfera de obscuridade e abandono ou do mesmo e simples desleixo que reinava no exterior do galpão e que tornava difícil acreditar que alguém ali trabalhasse ou habitasse ou sequer passasse de vez em quando, e foi só por isso, mais do que pela situação, digamos, pouco recomendável em que eu me encontrava (equilibrando-me como um cego sobre um caixote e um barril para espiar pela janela) que tomei um susto (e quase caí) ao perceber aquela jovem me olhando (há quanto tempo ela estaria ali?) e me indagando, primeiro com o olhar, depois com palavras que não entendi o significado, porque em turco, mas das quais apanhei perfeitamente o teor e a intenção, e logo em seguida, como que para deixar as coisas ainda mais claras, me exortando num perfeito inglês a descer logo e a lhe dar uma explicação, convincente, se isto lhe for possível, ela acrescentou, levantando o dedo e fazendo balançar o capacete que trazia enfiado no braço, e foi só ao ver o capacete é que me dei conta de alguns minutos antes ter ouvido o ruído do motor de uma motocicleta enquanto espionava pela janela, então olhei por sobre o ombro dela e vi junto à cerca, a uns vinte metros de onde estávamos e estacionada na calçada, uma moto com um homem em cima, imóvel, muito reto, de capacete na cabeça e com as mãos apoiadas nos joelhos, não sei por que mas foi ao ver esse homem e enquanto eu procurava (sem muito sucesso) manter o equilíbrio, aparentar certa calma, mostrar que não me sentia flagrado em delito e descer do barril, tudo isso ao mesmo tempo, o que se traduzia em uma série de movimentos descoordenados a que ela assistiu em silêncio e sem nenhuma menção de me ajudar, foi aí que me ocorreu dizer que eu não tinha onde dormir e procurava um lugar para passar a noite, e quando por fim consegui me pôr em pé à sua frente ela ainda me fulminou com o olhar antes de soltar uma risada franca que queria dizer (acho) que ela não esperava ouvir desculpa tão ruim, e eu acabei rindo junto, sentindo-me de repente feliz por ver aquela garota rindo para mim de maneira tão espontânea, seus olhos eram grandes e verdes, os cabelos cortados à altura do pescoço, meio cacheados, a pele morena contrastava com a t-shirt branca e com a calça também clara em tom de creme, ela não era alta, mas bastante jovem (vinte e poucos) e bonita, ela parou de rir e disse que poderia chamar a polícia e que talvez para eles eu fosse obrigado a dizer a verdade, mas a sua sorte, acrescentou, é que eu não gosto nada de tiras e por isso estou pronta a esquecer o que acabei de ver se você sumir daqui em trinta segundos, ela disse isso e virou-me as costas numa clara intenção de encerrar o assunto, foi então que resolvi dizer que Ahmet tinha dito para eu vir, ela estacou (dirigia-se a uma porta lateral do galpão em que até então eu não havia reparado), esquadrinhou-me outra vez dos pés à cabeça e, parecendo sem saber o que responder, retomou seu trajeto até a porta caminhando devagar, tirou um molho de chaves da bolsa e abriu a porta sem se importar que eu a seguisse até o interior do galpão, ela começou a vasculhar gavetas, a abrir armários, levantar pilhas de revistas em busca de algo que não tardou a encontrar, um maço de folhas de papel que enfiou em um envelope e este dentro da bolsa, para logo em seguida postar--se ao lado da porta e de braços cruzados, dando a entender que eu devia me apressar porque ela iria fechá-la, e quando nos encontramos outra vez fora do galpão ela me fulminou com aquelas duas flechas verdes como se quisesse me perfurar os olhos e disse que eu continuava mentindo e que sua antipatia pelos tiras tinha limite, disse isso mostrando-me o telefone celular e não sei bem por que tive certeza de que ela estava falando sério e que seria muito difícil alguém acreditar, principalmente a polícia (a quem eu teria de mostrar um passaporte turco sem falar uma só palavra em turco), em como e por que estava ali, por isso não disse mais nada e decidi sair, deixei-a junto à porta, contornei o galpão e abandonei o pátio pulando o portão novamente, no lado oposto ao do homem que continuava lá sentado em cima da moto e com o capacete na cabeça, pus-me então a andar e dobrei na primeira esquina que se apresentou, parando atrás de um muro de onde podia enxergar o que se passava na frente do galpão, e o que vi foi a garota vir até o portão, abri-lo (assim como eu, ela devia tê--lo pulado antes) e chamar o homem, ele veio, trocaram algumas palavras, ela foi até a motocicleta e sem ligar o motor levou-a empurrando para dentro do pátio, depois encaminharam-se para a porta que tínhamos usado e entraram no galpão, eu estava decidido a esperar (o que não era diferente do que já fazia havia algum tempo) e assim fiz até ver outra vez a garota no pátio, agora sozinha e andando de um lado para outro à frente da porta principal do galpão enquanto falava no celular, depois ela desligou, foi sentar-se em uma pedra junto à parede e acendeu um cigarro, passaram-se uns vinte minutos e outra jovem vestida mais ou menos como ela chegou pilotando também uma moto, as duas trocaram algumas palavras, uma em pé, a outra sentada, depois a menina que me interpelara levantou-se, tirou da bolsa o envelope que havia pouco apanhara dentro do galpão e o entregou a sua amiga, conversaram mais um pouco e em seguida beijaram-se longa e avidamente, enquanto as mãos de uma passeavam pelas costas da outra, que retribuía apertando-lhe as nádegas e colando-a ainda mais contra o seu corpo até que a outra (a que chegara havia pouco) separou-se de súbito da companheira empurrando-lhe os ombros para voltar correndo a sua motocicleta e partir, deixando-a plantada com um ar de perplexidade que não a abandonou até ela entrar de novo no galpão para lá ficar por cerca de meia hora antes de ela e o homem apontarem mais uma vez no exterior, montarem na moto e deixarem o local passando quase à minha frente mas sem dar pela minha presença, ou pelo menos foi essa a impressão que tive ao ver aquela motocicleta cujo motor se esganiçava sob o peso dos dois, ela um pouco encurvada e agarrada ao guidom, ele muito teso e pouco à vontade, bem mais alto, de maneira que sua cabeça sobressaía inteira à dela, o que visto de frente formava um oito perfeito, um oito que avançava em minha direção montado numa moto e que passou deixando um cheiro de óleo diesel e uma nuvem de poeira flutuando no ar e, quando a nuvem se dissipou, um enorme silêncio, um silêncio tão grande que eu me senti como o único homem sobre a face da Terra, o infeliz sobrevivente que caminha sem rumo e sem saber o que aconteceu no dia seguinte ao da explosão de uma bomba de napalm de vinte toneladas, tudo à minha volta parecia congelado e eu próprio tive dificuldade para me movimentar outra vez e sair do esconderijo de onde os tinha observado, ainda voltei à frente do galpão e depois perguntei a pessoas nas redondezas se sabiam o que funcionava ali, mas ninguém me entendeu ou fingiu não entender e acabei indo embora com a ideia de voltar outro dia, o que de fato fiz, ou melhor, não fiz, porque me foi impossível reencontrar o mesmo lugar, aquele galpão, o terreno e o que estava à volta tinham simplesmente evaporado ou sido engolidos por alguma estranha cratera que se fechara sem deixar marcas, percorri as ruas que avizinhavam aquela mesma que dias antes eu não tivera dificuldade para achar com a ajuda de um simples mapa que agora parecia já não corresponder ao que era a cidade, andei um dia inteiro em busca daquele lugar até sentir não só os pés dormentes mas pernas e braços também, e mãos, meu corpo todo e até a cabeça, eu era um ser inteiro dormente, embora dotado de alguma força que me fazia continuar andando, talvez apenas porque não me ocorria a ideia de deter-me, não que eu não raciocinasse, mas meus pensamentos estavam como desatados e não obedeciam a uma sucessão lógica, de maneira que toda ideia de progressão, seja ela do raciocínio ou do próprio movimento, ou até mesmo do tempo, perdia o sentido, esvaziava-se numa espécie de presente pleno e dilatado em direção ao infinito onde só cabia esse único gesto de andar, eu andava, só isso acontecia, talvez desde o primeiro momento em que botei os pés nesta cidade foi só isso que aconteceu, todo o resto podia ser apenas o reflexo desse ato, o que transformava as coisas que eu via diariamente em mera invenção dos meus passos, a história que eles inscreviam no corpo da cidade à medida que eu entrava e saía de ruas como se entrasse e saísse de lembranças, desenhando geografias ausentes e descontínuas como num sonho ou delírio de morte, e nesse sonho ou delírio eu continuava a buscar os passos de Fátima, os nomes e lugares soltos em suas notas — as palavras — e o espaço físico da cidade que me permitiria encontrá-los, nomes e lugares que acabaram por me trazer a este apartamento que, e isso eu compreendi tão logo me vi diante das duas imensas janelas dando para aquele braço d'água alaranjado pelo sol que descia atrás das colinas de

Eyüp e vinha bater em cheio na parede da sala com seus arabescos pintados nas bordas e uma série de fotos em preto e branco e de pequeno formato dispostas sem muita simetria em meio a gravuras reproduzindo mapas antigos de Constantinopla, compreendi ali, ainda em pé diante dos janelões e quase indiferente ao jovem efeminado da agência imobiliária que repetia fórmulas profissionais carregadas de simpatia exagerada, me convidando a sentar e explicando sobre os prazos de locação que a princípio eram, ele dizia, por períodos curtos, o senhor entende, são apartamentos destinados sobretudo a turistas em busca de um endereço de charme para suas férias em Istambul, duas, três semanas, no máximo no máximo um mês, mas ao mesmo tempo por que não uma temporada mais longa, é só questão de consultar os proprietários, muito flexíveis por sinal, um casal nipo-americano simpaticíssimo que vive no Nepal a maior parte do ano, e na próxima semana, se o senhor estiver mesmo interessado (sim, sim, muito), posso lhe dar uma resposta, o que de fato aconteceu dois dias depois, graças à agilidade que hoje nos oferece a internet, disse o jovem estendendo-me um contrato que se renovava automaticamente todos os meses desde que eu não me pronunciasse em contrário e, claro, e sobretudo, e principalmente, se eu depositasse no primeiro dia de cada mês uma quantia equivalente a um quarto da aposentadoria de funcionário público que me era paga no Brasil, um contrato que com seu incontestável peso administrativo, para o bem e para o mal me oficializava naquela cidade, me dava um endereço onde em breve começariam a chegar contas de luz, água, internet, mas também correspondências pessoais onde eu poderia ler nomes e o endereço escritos à mão, tudo aquilo que me deixava ali de forma mais definitiva à espera, talvez definitivamente à espera, ali, aqui, e foi isso o que compreendi ao me ver abrir a caixa do correio desde a primeira semana e recolher os envelopes e subir as escadas enquanto os identificava, compreendi que era aqui que eu devia esperar, e foi o que então fiz, todos os dias após uma jornada inteira andando eu esperava, chegava cansado, tomava um banho e punha-me diante da janela a contemplar o sol descer atrás das colinas e ali ficava à espera, muitas vezes até a noite, até a madrugada, olhando para as luzes na outra margem do Haliç, aí, então, um pouco antes de o sono me derrubar (ou já dentro do sono) eu via o braço de Fátima apontando para as luzes de Balat e Fener, via seu braço num movimento lento, longo, distendendo-se em direção ao escuro e esperava, eu me via a mim mesmo à espera, todos os dias, chegava da rua e tomava uma ducha apressado com a porta do banheiro aberta para poder ouvir caso tocassem a campainha, todos os dias, e não foi diferente naquele em que encontrei Porto Alegre no outro lado do Bósforo, cheguei em casa, fui ao banheiro, tirei as roupas suadas, abri o chuveiro, deixei a água escorrer pelo meu corpo, ensaboei-me inteiro e, então, sim, foi diferente, naquele dia foi diferente, ouvi baterem à porta e não pensei duas vezes, fechei a torneira, apanhei a toalha e saí deixando um rastro molhado no chão, corri sem me importar com as gotas d'água, os restos de banho e talvez até um pouco de espuma a escorrer-me dos cabelos, corri com uma ansiedade infantil subindo-me na garganta, corri ainda lutando para enrolar a toalha à volta da cintura antes de levar a mão ao trinco da porta e abri-la e finalmente poder dizer puxa vida, até que enfim, fazia tempo que eu esperava por você.

(ENTRE)

Ao final da tarde a luz entrava com violência através da pequena janela no alto da escada, aspirada pela obscuridade do interior do mercado e descendo feito uma torrente líquida, ou gasosa, pelos degraus de granito e as paredes azulejadas.

No corredor central do Bazar Egípcio, uma multidão se acotovela num vaivém incessante e ruidoso. De uma ponta a outra os apelos dos vendedores à entrada de suas butiques cruzam-se entre réplicas e tréplicas por sobre a cabeça das pessoas, criando um arco sonoro que se espreme contra o teto de onde pendem faixas de panos, cartazes, placas com o nome das lojas, anúncios, setas e bandeirolas de todas as cores.

Logo à entrada, à esquerda, uma abertura na parede lateral dá acesso à escada.

À contraluz, sem nenhum corpo a interceptar a massa luminosa que desce desde a janela, os contornos da esquadria no alto da escada tornam-se fluidos, imersos num clarão transbordante. O reflexo branco se alastra pela superfície esmaltada dos azulejos e da pedra já gasta dos degraus. Um risco brilhante adianta-se à massa de luz ao fundo, no alto, e desce feito um raio pelo corrimão de madeira envernizada para vir morrer junto à margem inferior do campo que a câmera enquadra.

Ao deixar-se para trás a porta que dá acesso à escada, subindo os primeiros degraus, já o burburinho do bazar fica distante. A temperatura no interior do estreito túnel que contém a escada é no mínimo um grau mais baixa do que no restante do mercado.

A esta hora o restaurante ainda está quase vazio. O garçom lhe propõe várias mesas, ela escolhe uma de canto. O ambiente é calmo e agradável, de uma simplicidade talvez meio fabricada.

Ele está ali desde a hora do almoço, talvez, ou pelo menos já há algum tempo, sentado à mesa de sempre, que lhe permite a vista para o interior do bazar — justamente para o corredor central — através da pequena janela à sua direita, e, à esquerda, através de outra janela quadrada, para o violento azul do Haliç prestes a se lançar no Bósforo sob um céu também azul e de luminosidade intensa, que se eleva como uma cúpula de gás sobre o movimento das barcas que chegam e partem de Eminönü.

Ela, agora, também está sentada a esta mesma mesa, tendo à sua esquerda o interior do mercado, seu corredor central, onde uma multidão se acotovela num vaivém incessante, e, à direita, o movimento intenso das barcas que vêm ou se dirigem às outras margens do Haliç ou do Bósforo, sob uma luz excessiva que invade a janela e se reflete no azul-turquesa dos azulejos que revestem a parede atrás dele.

"Bacana! Quer dizer que você já viu tudo então?"

"Tudo?"

No rosto (dele) um suposto ar de surpresa, não muito convincente, e o sorriso pendurado no canto da boca, quase caindo.

"Bem, tudo o que interessa."

"Sim, se era algo a ser visto, eu vi."

Ela parece satisfeita com a resposta. Então ele leva o cálice de vinho branco aos lábios, o olhar passeia com vagar por todos os detalhes do rosto dela enquanto seus dedos buscam no pratinho à frente um grão-de-bico encharcado de óleo de oliva que ele come dando a impressão de que poderia deixar-se eternizar ali, sentado àquela mesa, bebendo vinho branco, comendo grão--de-bico atrás de grão-de-bico e olhando para ela: os traços do rosto até poderiam indicar certa cor local, mas desde suas primeiras frases ela se revela como a materialização de um interlocutor até então presente apenas de forma abstrata para ele. Come mais um grão-de-bico.

"Se é algo a ser visto, eu vi."

Uma resposta que resume bem o que ele é, ou o que deveria ser o que ele diz que é, o homem que vai lá para ver, para separar o que vale do que não vale a pena ser visto. Então ela ergue o cálice de vinho à altura da boca e, antes de beber, brinda com uma leve inclinação da cabeça e com este sorriso que lhe vem mais dos olhos do que dos lábios. Está com vontade de beber nesta noite.

Muitas impressões concorrem ao mesmo tempo na imagem que ela tem à sua frente. Mas antes de tudo, a luz incidindo sobre o azul-turquesa do mosaico de azulejos da parede, o que cria um fundo de luminosidade muito viva ao quadro sem contudo ofuscar-lhe o primeiro plano, ou seja, a figura do homem — o busto, cortado um pouco acima da linha da barriga pela superfície da mesa, e o rosto —, cuja expressão é um misto de cansaço, ironia, tristeza, soberba, enfado, elegância, solidão e tantos outros aspectos que ela pode (poderia) distinguir enquanto continua a olhar para ele.

"Sou fotógrafa", e a conversa toma outro rumo.

De repente, o fato de falar do que a trouxe até ali, ao mesmo tempo que lhe retira um pouco da leveza (ao menos assim nos parece), tornando-a de súbito mais grave e circunspecta, serve para dar a seu interlocutor outra dimensão, ou no mínimo para subtrair-lhe um pouco do ar meio patético que ele apresentava no início.

Talvez a palavra não seja patético, nem ridículo. (Mas quem falou em ridículo?) O que existe é apenas o esforço para ser agradável, algo natural em uma situação como essa. Ademais, nem seria bem um esforço para *ser* agradável, mas para passar a impressão de alguém agradável, alguém cuja companhia pode ser apreciada e mesmo desejada.

A primeira impressão que tive, ela escreveria em seu caderno, horas depois, *foi a de alguém inteiramente desamparado. Havia qualquer coisa de tocante na sua aparência desleixada, na sua maneira de olhar, não triste, mas vazia.*

"A primeira impressão que tive foi a de que chegava a uma cidade ocre. Minha primeira imagem de Istambul, vista assim do alto, ainda no avião, é esta cidade de cor ocre pontilhada por minaretes, centenas, milhares deles, como agulhas cravadas numa almofada. Uma almofada ocre."

"Tirou fotos?"

"Não."

Ele enche novamente os cálices e fazem outro brinde.

"Não. Queria guardar a imagem apenas na memória."

Ele enche novamente os cálices e fazem outro brinde. Ainda olha para ela. Talvez um dia vá relembrar este momento, a imagem que tem diante de si. O rosto jovem e moreno, os cabelos escuros, olhos negros, grandes, por baixo de sobrancelhas espessas e longos cílios. Mas isso diz alguma coisa? O que fazer com as imagens que se guarda? Esta cena no restaurante, por exemplo, a luz já um tanto difusa, alaranjada, que entra pela janela e mistura-se às primeiras que se acendem no interior da peça? E o restante também, o que dá vida à imagem: o ruído dos talheres contra a louça dos pratos, as conversas nas outras mesas, o vaivém dos garçons? Tudo isso só poderá fazer sentido se revisitado mais tarde, quando ele, ou ela, ou qualquer outro que os esteja vendo agora, se puser a pensar sobre o que se passa neste instante, nesta cena do restaurante.

Eles terminam a garrafa de vinho e decidem pedir rakı.

"Quando ele me falava da cidade onde nasceu, eu tinha a impressão de que não me falava de uma cidade real. Ao contrário. Era como se estivesse inventando um lugar pra botar ali uns anos da sua vida que ele não sabia o que fazer com eles. Como pra se livrar de uma coisa incômoda."

Uma bandeja cheia de pratos é depositada pelo garçom diante da pequena abertura em forma de arco que serve de comunicação entre o salão e a cozinha, emitindo um ruído forte o bastante para abafar até palavras ditas a pouca distância.

"Sim, é isso mesmo."

"Mas ainda assim você veio…"

"Enquanto eu não viesse, não poderia dizer que conhecia toda a minha história."

"E agora?"

"Também não. Não dá pra conhecer todos os detalhes de uma história. Mas pelo menos posso dizer que estou conhecendo uma cidade que faz parte dela."

Depois passam a outros assuntos, embora o centro continue sendo a cidade na qual se encontram. O restaurante, com seus azulejos de Esmirna e as paredes cobertas por fotos autografadas de políticos e artistas que passaram por ali. O aparador, onde os garçons vão buscar a todo o momento louças, talheres e guardanapos alvíssimos para abastecer as mesas. (O móvel está ao lado de uma porta unindo a sala onde eles se encontram a outra mais ampla, onde o maître conserva uma mesa atrás de um balcão junto à porta da entrada principal e não muito distante do discreto corredor que dá acesso aos banheiros, também eles decorados com azulejos em tons turquesa, louças brancas, torneiras de latão imitando o estilo belle époque e amplos espelhos capazes de devolver a imagem inteira de quem se coloca, por exemplo, no outro extremo do banheiro e em pé diante dos altos mictórios de parede que descem até o chão, este de basalto polido muito bem conservado, compondo, tudo isso, um ambiente calmo e limpo, a única coisa, aliás, que se exige para estes momentos inadiáveis e absolutamente necessários ao restabelecimento de certa ordem fisiológico-mental, este apaziguamento que do físico passa ao espírito e traz uma serenidade abstraída, sem a qual não é possível a ninguém — nem mesmo a supostos seres fabricados para esta função específica — dar conta do que se passa à volta, nem mesmo do que está no centro.) No centro da mesa agora sem os pratos, uma mancha escura na toalha lembra a forma de um pássaro voando, um V um pouco inclinado, com um dos tramos ligeiramente maior do que o outro, o traço é forte, a cor marrom contrasta com a toalha impecavelmente branca e revela o movimento rápido da colher recolhida sobre outro prato a fim de evitar que o molho escorresse por inteiro sobre a toalha e imprimisse nela essa mancha escura que lembra uma pirâmide ou o cume de uma montanha, não bem vertical, mas um pouco enviesada, com seus contornos difusos traçados pelo líquido que escorreu de uma colher e se alastrou pelo tecido, embebendo-o e irradiando-se pela tessitura dos fios.

"Quanto tempo pretende ficar?"

"Depende."

Os cafés foram colocados um em cada lado da mesa. As conversas vão por ali, como de praxe. Considerações sobre a maneira de preparar o verdadeiro café turco. Uma ou outra referência culta, mas dentro dos limites aceitáveis de apresentação das armas. Pose de refinamento. Elogios ao sabor. Dança da aproximação. Os diálogos são meros gestos de uma performance, mas ao mesmo tempo de um desejo verdadeiro que vemos nascer quase do nada, e que logo se agiganta. As xícaras agora já estão vazias, a borra no fundo. Ele apanha a xícara que está diante dela e põe o pires emborcado sobre a boca da xícara. Com o fundo pousado nos quatro dedos e, por cima, o polegar pressionando o pires, ele agita a borra de café no interior da xícara com movimentos curtos e circulares da mão. Depois vira a mão de súbito, repousando o conjunto sobre a mesa, agora com o pires na posição normal, ou seja, voltado para cima, e a xícara emborcada. Ele ergue a xícara. E a massa espessa e escura do pó de café aplasta-se de maneira disforme sobre o pires.

Uma massa escura e disforme.

Não demora muito para se darem conta de que são os últimos clientes e que os garçons já começam a dar sinais de impaciência, arrastando cadeiras e empilhando pratos de maneira acintosa.

Quando deixam o restaurante, o bazar já está fechado e um grande silêncio emana do corredor vazio. Uma porta ao lado do portão de ferro encadeado os leva diretamente ao exterior, desembocando no amplo átrio lajeado, também vazio a esta altura, que faz as vezes de praça e ao mesmo tempo de zona de transição entre o espaço a céu aberto que se organiza em torno do embarcadouro de Eminönü e os ambientes senão fechados ao menos delimitados por muros e paredes, que constituem a Mesquita Nova e o próprio Bazar Egípcio.

À frente deles, à esquerda do embarcadouro, a ponte Galata se estende até o outro lado do Haliç, onde um plano quase vertical e pontilhado de luzes indica a ladeira que leva até os altos de Pera.

De uma barca encostada à pedra do embarcadouro vem uma fumaça espessa cheirando a peixe e carvão. No seu interior, junto à guarda de madeira da lateral do barco, um homem recebe os *balık-ekmek* do companheiro que os prepara sobre uma mesa ao lado da grelha onde são dispostos os peixes que saltam como se estivessem vivos sobre o metal incandescente. Enquanto repete aos berros um refrão que serve para chamar outros clientes, o homem repassa os sanduíches àqueles que, em terra firme, se enfileiram e estendem-lhe o dinheiro na ponta dos dedos. Uma pequena multidão se forma em torno daquela lanchonete flutuante e envolta na fumaça. A esta hora, apesar de serem muitos os passantes, todas as bancas e barzinhos do embarcadouro já estão fechados. Ela puxa a câmera digital que carrega na bolsa e faz um vídeo de poucos minutos, onde a fumaça e os gritos do vendedor, ela pensa, podem apreender qualquer coisa daquela cena e fazer algum sentido para quem, mais tarde, a vir fora do contexto em que ela a presencia agora.

"Agora vamos", ele diz, e os dois ganham a ponte em direção a Karaköy.

A iluminação sobre o tablado da ponte é fraca, quase inexistente, o que dá um não sei quê de sonho à paisagem que atravessam: a ponte às escuras e, junto à balaustrada, uma fila de pescadores de tempos em tempos resgatados da escuridão pelos faróis dos automóveis ou pelo facho irrequieto da lanterna que um deles maneja para prender a isca no anzol.

Avançam no escuro e entre dois sons distintos, por uma espécie de corredor construído por estes sons: do lado esquerdo, o barulho dos automóveis cruzando a ponte e, do direito, as vozes dos pescadores conversando entre si, misturadas às vezes à música de algum rádio trazido por um deles — mas tudo a certa distância, ou melhor, tudo parece mais distante do que os dois metros, ou nem isso, que os separa dos pescadores, de um lado, e dos automóveis, do outro. O que ouvem é como um resíduo sonoro, um ruído de fundo, inapreensível em seus detalhes, o que só faz aumentar o silêncio da noite.

Mesmo à noite e com o silêncio que reina no corredor central, a visão da escada tem algo de plástico e melancólico. Logo após a entrada, uma porta na parede lateral, à esquerda, deixa vislumbrar uma espécie de túnel ascendente. A luz exterior, dos refletores de iodo que tornam dourados os contornos da Mesquita Nova, entra pela janela no alto do patamar e vem se misturar à fraca luminosidade que uma lâmpada pendurada no teto, mais ou menos à metade do lance da escada, derrama sobre o túnel. Os azulejos das paredes em dois tons de azul e os degraus de granito recebem essa luz ao mesmo tempo débil e espessa e a amplificam dentro do túnel da escada, saturando-o de uma cor amarelada e viscosa.

Prefere não usar o flash, justamente para preservar esse aspecto.

O restaurante está cheio e seu burburinho contrasta com o silêncio do restante do mercado. Ela tem dificuldade para localizá-lo, mas logo após percebê-lo acenando em sua direção ela se diz, ou poderia dizer, que felizmente não se entrega tão fácil aos hábitos da repetição. Se tivesse pensado um pouco antes de perquirir com o olhar toda a sala, teria se dirigido diretamente e até de olhos fechados à mesa de sempre, de onde ele tem uma vista para o corredor central do bazar, através da janela à sua direita, e, à esquerda, para o Haliç desembocando no Bósforo e para o movimento ainda intenso das barcas que chegam e partem de Eminönü.

A garrafa de vinho já vai a meio. Ele só a percebe quando ela para junto à mesa. Ele ergue a cabeça e sorri meio sem vontade.

"Trabalho?", ela pergunta, enquanto puxa a cadeira para sentar-se.

"Tomando umas notas."

"Sobre?"

"O restaurante."

"Os leitores vão acabar pensando que o único restaurante de Istambul é o Pandeli."

"Não posso fazer uma seção *Comer* para a região do Bazar Egípcio sem mencionar o Pandeli, não posso fazer um guia de Istambul sem mencionar o Bazar Egípcio..."

"Mas pode ser mais delicado com quem não fez nada para merecer este admirável mau humor..."

"O.k., desculpe. Na verdade estava pensando em outra coisa. Mas agora o que eu fazia mesmo era anotar uns horários e cinemas onde estão passando uns filmes que talvez eu vá ver nesta semana. A propósito, você sabe que este é o restaurante preferido do Polanski em Istambul?"

"Ouvi falar", ela diz, apanhando o menu.

Decide pedir o mesmo que ele, costeletas de carneiro, purê de batatas e legumes cozidos. Não está com muita fome, mas tem vontade de beber.

Ele serve o vinho. Ela parece preocupada. Mas talvez seja só um pouco de cansaço.

Talvez não, pois não é preciso esperar muito para que ela comece a falar do artista que conhecera quando chegara a Istambul e com quem ficara em contato.

"Algumas coisas que ele disse na última vez me pareceram meio estranhas."

"Estranhas?"

"É. O.k., ele *é* estranho, mas, não sei, me pareceu mais diferente agora... Por exemplo, falou de um projeto em que estava pensando, não sei bem o quê, se uma instalação ou um vídeo, mas era uma coisa que tinha a ver com pessoas morrendo. Depois, sem eu perguntar nem nada, voltou a falar nisso, que as pessoas para o tal projeto não deveriam estar apenas morrendo, ou pelo menos não só morrendo, assim simplesmente, era importante que a morte em questão fosse algo *vindo de fora*, um *acontecimento antinatural*, foram as palavras que ele usou, uma coisa induzida, sei lá... Mas disse que não sabia se ia conseguir levar aquilo adiante, que sozinho não ia conseguir, que achava que era o seu último trabalho, que depois daquilo estava tudo acabado, coisas assim... Aquilo me deixou incomodada e procurei mudar de assunto. E depois não se falou mais nisso."

O outro apenas a observa sem dizer nada.

"Às vezes eu me pego com medo", ela diz, "me dou conta que tenho medo. Não de Ahmet, mas de algo que está à volta dele, algo que ele traz com ele, que parece se espalhar à sua volta. Acho que ele se dá conta disso. E se isola. Já faz algum tempo que não vejo ele. Talvez também esteja com medo de alguma coisa."

"Mas que coisa é essa?"

Ela parece não ouvir:

"Não gosto de sentir medo."

Ela baixa os olhos, mexe nos talheres como se buscasse dispô-los sobre uma linha exatamente perpendicular à definida pelo bordo da mesa. Bebe um gole de vinho. Parece concentrar-se sobre uma pequena mancha na toalha, fruto de respingos de molho ou café que a lavagem não apagou e que lembra a forma de um pássaro minúsculo, visto de muito longe, voando num céu impecavelmente branco.

O garçom chega com os pratos. Serve-lhes a bebida. O apito longo de uma barca retumba ali dentro como se naquele momento ela própria, a barca, com seu casco escuro e gotejante, emergisse dentro do salão do restaurante e o atravessasse de uma ponta a outra, derrubando mesas e cadeiras e obrigando os garçons a se desviarem do seu trajeto e a recolherem as bandejas contra o peito para dar espaço a esse anfíbio gigante que atravessa a sala lentamente em direção ao mar Negro.

Terminam o vinho e decidem pedir rakı.

Algumas mesas já estão vazias, mas o rumor de vozes e o vaivém dos garçons ainda é intenso. Ela está cansada, parece.

"Se quiser, vamos lá em casa, você pode descansar um pouco antes de ir."

Deixam o bazar através de uma porta ao lado do portão principal, que dá para um grande átrio lajeado. O movimento das pessoas ainda é intenso. A temperatura é agradável, reconfortante após o calor excessivo durante o dia. O embarcadouro de Eminönü, logo à frente, está apinhado de gente, assim como os restaurantes que se enfileiram no nível inferior da ponte Galata. Algumas bancas ambulantes vendem lanches rápidos para os que esperam as barcas. A fumaça que se ergue das brasas a cada pingo de gordura de peixes e salsichas espalhados nas grelhas sobe até as luzes amareladas dos refletores do embarcadouro e da ponte, dando um contorno fantasmagórico à imagem.

Eles se dirigem à ponte, ao seu tabuleiro superior, por onde passam os carros que vêm e que vão para o outro lado do Haliç. Ainda ouvem, de tempos em tempos, os refrãos de chamamento aos restaurantes situados no nível de baixo. Como sempre, há muitos pescadores enfileirados junto ao guarda-corpo da ponte. Em frente deles ergue-se a colina de Karaköy. E a Torre Galata, destacada por uma iluminação quase branca, parece flutuar num plano diferente do restante da colina.

Decidem tomar o Tünnel para se pouparem da subida a pé. As portas dos vagões se fecham às suas costas e eles se enfiam no interior do túnel, colina acima.

A sensação é de penetrar numa garganta escura e fria. A balbúrdia de vozes e o calor ficaram do lado de fora. Ingressa-se em outro espaço. No alto, uma pequena janela quadrada deixa transbordar uma luz intensa, que se multiplica através dos reflexos nos azulejos e na pedra polida dos degraus do interior do túnel da escada.

O restaurante parece agradável. O ambiente é calmo, a decoração sóbria. As paredes recobertas por azulejos de Esmirna deixam a sala refrescante apesar do forte calor que faz lá fora.

Ela já está instalada em uma das mesas que o garçom lhe propôs, quando o percebe a uns cinco metros em diagonal de onde está sentada. Ele a encara com insistência. Poderia ficar incomodada e achar a atitude dele impertinente, mas ao contrário, e sem saber bem por que razão, acaba aceitando o convite para sentar-se à sua mesa.

De um lado, têm a visão do corredor central do bazar apinhado de gente, de onde sobem os gritos dos vendedores chamando os clientes à porta de suas butiques. De outro, veem uma franja do Bósforo e suas águas azuis com a cidade ao fundo e, ainda mais ao fundo, o céu de um azul intenso e luminoso. Ouvem também o som das barcas que não param de chegar e de partir do embarcadouro de Eminönü, logo ali ao lado.

"Se já vi tudo?"

Ele faz uma pausa para pensar, ou para fingir que pensa, toma um gole de vinho branco, balança a cabeça em tom afirmativo.

"Sim, se era algo a ser visto, eu vi."

Há sempre um prazer um pouco esnobe nas citações veladas, a ideia de que o interlocutor está aquém do que foi enunciado. Mas talvez não seja esnobe a palavra, nem mesmo se trate de prazer. Simplesmente a aceitação de que num diálogo há zonas interditas, inacessíveis de parte a parte.

Ele fica em silêncio, apanha um grão-de-bico no pratinho colocado à sua frente. Continua a olhar com insistência para ela.

Não que isso a embarace. Pelo contrário. Mas ao mesmo tempo não gostaria que as coisas tomassem esse rumo.

"Sou fotógrafa", ela diz, para dizer alguma coisa.
"A trabalho?"
"Mais ou menos. Digamos que um trabalho pessoal."
"Artista?"
"Não. Quero só tentar entender umas coisas."
"Coisas?"
"Sim."
"E que tipo de coisas?"
"Não sei bem. É esse o problema. Só o que sei é que meu avô e meu pai nasceram aqui, que os dois foram para o Brasil quando meu pai tinha uns seis anos, que chegando lá meu avô mergulhou num mutismo inexplicável... O meu pai era criança ainda, ficou este buraco."
"Procura família, então?"
"Não exatamente. Isto é, não sei. Não sei se ficou gente aqui. E se ficou alguém, não sei se estará vivo."
"Tem um filme de um desses países do Cáucaso, não vou lembrar o título agora, mas é um filme dos anos 90 por aí, que conta a história de um casal de irmãos, dois velhos e únicos habitantes de uma aldeia abandonada por disputas de clãs ou coisa assim. Não, na verdade o filme se passa nos Bálcãs. Mas não importa, a questão central do filme é que os dois vivem sozinhos na aldeia, e há vinte anos não trocam uma só palavra. Lembrei disso quando você falou do mutismo do seu avô."
"Pelo que sei foi uma depressão profunda."
"Ele não voltou mais para cá?"
"Não, morreu no Brasil."
Ele puxa uma caderneta do bolso e anota alguma coisa.
"Desculpe, é só pra eu lembrar de pesquisar depois sobre esse filme que te falei, pra ver se descubro o título e o cara que fez. Mas e você, já tinha vindo aqui antes?"

"Apesar de ouvir falar desta cidade desde pequena, é a primeira vez que venho, sim."

"Não. Falo do restaurante."

"Ah, sim, é a primeira vez."

Ele lhe serve o vinho e continua a olhar fixamente para ela. Parece um pouco bêbado. Ela bebe o vinho sem fugir do olhar dele. A bebida gelada, as paredes de azulejo, a tranquilidade do ambiente, tudo ajuda a dar uma sensação refrescante ali dentro, em contraste com o calor excessivo e o ruído do trânsito lá fora.

O garçom lhe estende o menu com a lista dos pratos em inglês. Ela pergunta se ele tem alguma sugestão. Ele ia dizer alguma coisa, mas é o garçom quem fala primeiro e lhe sugere costeletas de carneiro, um purê de batatas e legumes cozidos, que ela aceita no ato. Ela se serve de vinho. Bebe. Está com vontade de beber.

"E você?"

"Eu também."

"Não. Falo do que você faz aqui."

"Sim, é disso que estou falando. Também a trabalho."

Ela aquiesce com um movimento da cabeça, bebe mais um gole de vinho, cruza os braços e fica à espera do resto.

Ele a olha.

Terminam o vinho e decidem pedir rakı. Ela se concentra numa pequena mancha marrom na toalha. Olha através da janela à sua esquerda e percebe que estão suspensos sobre o corredor central do bazar apinhado de gente que se cruza num vaivém sem fim. À direita, a luz crua do meio-dia invade o salão do restaurante. Ela entorna o copo de rakı.

"Em vez dos cafés, mais rakı".

Eles se olham e não conseguem conter o riso enquanto o garçom se afasta para buscar as bebidas. Já perderam a conta do quanto beberam. No outro canto da sala, um casal de turistas japoneses come em silêncio. São os últimos clientes. O garçom deposita os copos na mesa dizendo que vão fechar em seguida. Ele toca a sua mão pousada sobre a toalha. Ela sorri. E esvazia o copo.

Quando se veem no exterior do bazar, são tomados de assalto pelo calor, pela luz e pelo barulho excessivos, que têm o efeito de um verdadeiro murro na cara. Por um momento tudo é branco, infinitamente branco. As barcas, ou melhor, o ruído de seus motores e o cheiro de óleo diesel, as buzinas dos automóveis, os gritos dos vendedores ambulantes, o odor da gordura de peixe que se desprende dos respingos sobre as brasas, a vibração do tablado da ponte Galata à passagem dos ônibus em alta velocidade, o murmúrio das águas do Haliç, tudo está perdido em meio à alvura total por onde eles se movem como se dentro de uma piscina de leite.

Como se fosse o recorte de um céu vazio e inteiramente branco. No canto superior direito a figura do pássaro, pouco mais do que um risco — o que dá ideia da altura e da distância —, o voo capturado em pleno movimento, fixo no V marrom do molho que se infiltrou no tecido da toalha. Ela passa o dedo sobre a mancha, seguindo o traço, uma, duas, três vezes. Seus dedos são finos e o indicador porta um delicado anel de prata. O garçom deposita o café entre um copo de rakı e a mão dela. As muitas conversas paralelas no restaurante cheio formam uma camada de ruído espessa, onde ela apoia a sua voz quase sussurrante a esta altura:

"Eu não tinha objetivos muito precisos quando procurei Ahmet. Tinha ouvido falar, mas não conhecia o trabalho dele. Na verdade só tinha ouvido falar de uma instalação que ele tinha feito em cima do incêndio do Grande Bazar em 1954, pegando aquilo pra discutir questões como a morte, o luto, e tal. Aí fui ver, tinha umas imagens na internet. Mas me pareceu uma coisa bem simples, que até me desapontou um pouco."

"E era o quê?"

"Uma instalação com fotografias e roupas de alguns mortos no incêndio. Fotografias e roupas que ele conseguiu com os familiares que aceitaram ceder aquilo pra ele. Ele queimou as roupas, parece até que com alguns dos familiares juntos, numa espécie de ritual meio pagão, e depois usou as cinzas para fabricar um painel compensado onde colou as fotos, e em cima de cada foto estava escrito uma cifra que correspondia ao número de dias decorridos desde o nascimento da pessoa retratada até a data do incêndio. O.k., eu me disse. Uma ideia. Mas e daí? Tentei fazer com que ele falasse mais sobre sua intenção com aquele trabalho, de como tinha pensado aquilo, como tinha sido o contato com as famílias dos mortos e tal, mas ele só vinha com evasivas, repetindo sempre que era um trabalho passado e que ele não pensava mais no que tinha ficado pra trás. Mas no fim acabou entendendo que pra mim nada daquilo tinha ficado pra trás…"

"Como assim?"

"Você sabe, durante um tempo meu pai falou muito desse incêndio. Acho que é a última lembrança dele da cidade, ou a mais forte. Falei dessas coisas com Ahmet. Pode ser uma bobagem, mas tenho a impressão que foi a partir daí que comecei a ter algum interesse pra ele…"

Ela baixa os olhos, mexe nos talheres. Seus dedos são finos, o dorso da mão é liso e mal se vê o desenho de duas veias que descem em direção às falanges. O pulso é delicado, parece frágil, e a pele do antebraço está bronzeada pela exposição constante ao sol. Os pelos que a recobrem são claros e, dependendo do ângulo de visão, adquirem reflexos inusitados.

O garçom deposita os cafés no centro da mesa, entre a mão dela e um copo vazio de rakı. Ela sorri. Ele toca o dorso de sua mão pousada sobre a toalha, depois o antebraço, até a altura do cotovelo.

"Vamos?"

"Sim."

Seus passos ecoam pelo corredor central do bazar. O portão principal está fechado com uma grossa corrente de ferro, mas uma porta ao lado os leva diretamente ao pátio lajeado em frente ao mercado. Adiante, a avenida que margeia o embarcadouro de Eminönü e, um pouco mais à frente, a ponte Galata quase às escuras. Eles avançam como se passassem em revista a fila de pescadores insones que se debruçam sobre o guarda-corpo. No lado esquerdo, passam os automóveis em direção a Karaköy, do lado direito vem a música de algum rádio e as vozes dos pescadores confundidas com a balbúrdia dos bares e restaurantes, invisíveis porque localizados no nível inferior da ponte, que trepida inteira à passagem dos ônibus em alta velocidade.

Eles avançam como que escoltados por paredes de sons de um lado e de outro, quase às cegas, guiados pela iluminação branca da Torre Galata que se ergue do outro lado do Haliç, nos altos de Pera.

Pegam o Tünnel, pois não são capazes de subir a pé até a Istiklâl. Da saída do Tünnel até o apartamento são duzentos ou trezentos metros por uma rua em declive onde lojas de instrumentos musicais se enfileiram em ambos os passeios. Têm aspecto sombrio a essa hora, assim fechadas e abandonadas ao silêncio da rua quase sem nenhuma iluminação.

A entrada do prédio está também às escuras, quase nada pode ser distinguido pela visão. Ele tateia a porta e demora alguns minutos até encontrar a fechadura. Quando enfim está levando a chave à ranhura, uma luz muito forte se acende sobre a cabeça deles. Ele ainda não entende, diz, a lógica deste sensor, que por vezes acende a luz à sua simples aproximação da porta e em outras nem mesmo dá sinal de vida, o que transforma o ato de abrir a porta em uma difícil e demorada operação. E por vezes ainda, acrescenta, a porta se abre com um simples empurrão, porque o último que passou se esqueceu de batê-la. Eles entram. O interior do prédio parece mais um depósito de objetos que os moradores deixaram de usar em seus apartamentos do que propriamente o hall que acolhe o visitante e que abriga a caixa da escada. A luz é fraca e mal ilumina os degraus de mármore gasto e sujo, muitos deles quebrados, o que os obriga a subirem com cuidado, testando com a ponta dos pés a altura dos degraus.

De fato, o apartamento é bastante agradável e tem uma atmosfera no mínimo peculiar com seu pé-direito muito alto, as paredes recobertas de afrescos e uma decoração meio alucinante misturando elementos indianos e turcos. A sala tem imensas janelas que dão, de um lado, para o Haliç e uma grande extensão da parte histórica da cidade, desde a Mesquita Azul e a Santa Sofia até Eyüp, e de outro, para o Bósforo e suas águas silenciosas, de aspecto taciturno quando vistas assim do alto e à noite.

Enquanto ela explora as outras peças, ele vai até a cozinha preparar um uísque. Quando volta, ela já retirou os tênis e está sentada numa espécie de tablado que se ergue sob os janelões a uns sessenta centímetros do piso, criando um segundo nível na sala, quase junto ao peitoril, o que a deixa praticamente suspensa sobre a cidade.

Ela pôs uma almofada entre as costas e a parede e tem as pernas esticadas à frente. Está no alto de um prédio de cinco andares no alto da colina de Karaköy.

"Quando vi você no restaurante, não me passou pela cabeça que fosse uma turista."

"Mas eu já disse que não sou turista."

"Uma estrangeira, eu quis dizer."

"Decepcionado?"

"Não, não é isso. É que para quem vem de fora há sempre um fascínio natural pelo que é local, inclusive pessoas."

Ela sorri. Toma um gole.

"E?"

"O.k. Querendo ou não, por mais experiente que seja, o viajante sempre traz na cabeça uma esperança de sexo com os locais."

Ela continua sorrindo. Coloca uma segunda almofada à altura do pescoço. Ele prossegue:

"Não exatamente esperança, uma fantasia, claro. Ou talvez nem isso. É como se em viagem a possibilidade do sexo fosse maior do que realmente ela é. Do sexo e da morte. Quando se está sozinho numa cidade que não conhece, e também sem conhecer ninguém nem a língua local, sempre há um momento em que você pensa que pode morrer ali, ou pelo menos correr um risco de morte. No fundo esse risco é tecnicamente o mesmo que você corre vivendo no bairro em que mora desde a infância, o que assusta é a sua solidão. 'E se me acontece alguma coisa aqui e eu estou sozinho?', você se diz. Mas se acontece alguma coisa de fato muito grave, na maioria das vezes não adianta conhecer ninguém, não há tempo para que isso venha a ser uma vantagem. No fundo o que você pensa é 'E se eu morro aqui sozinho?'"

"E o sexo?"

"A gente pensa no sexo pra não pensar na morte. É mais fácil e mais agradável eu pensar que em meio à minha solidão, escancarada pela viagem, posso a qualquer momento tropeçar na possibilidade de transar com alguém do que na possibilidade de morrer."

"Meu uísque acabou."

"Isso eu li há algum tempo, já não sei mais onde."

"Como assim?"

"Essa história do sexo e da morte durante a viagem. Li isso num livro."

Ela solta uma gargalhada, tem jeito de quem já bebeu um tantinho demais.

"Você não devia ter dito. Estava quase me seduzindo."

"E isso muda alguma coisa?"

"Na possibilidade de você me seduzir?"

"Não, falo do fato de eu estar repetindo o que outro já disse. Não muda o que é dito."

"Não. Mas você tem certeza de estar repetindo?"

"Você sabe, me acostumei a fazer assim, meu trabalho é isso. Tudo o que esperam de mim é que eu repita o que já existe na cabeça deles. Querem uma base segura para porem os pés, para continuarem acreditando nas suas ideias, para estarem cada vez mais certos das suas certezas. E eu faço o jogo: eu repito."

"Tem certeza que repete?"

"O.k. Não. É verdade que não. No começo eu pensava que tinha que conhecer absolutamente tudo a respeito da cidade, conhecer a fundo o lugar, o hábito dos moradores e tudo isso. Pensava que podia, e devia, mostrar aos outros exatamente como as coisas se passavam ali."

"Meu uísque acabou."

"Mas em primeiro lugar não é bem isso o que as pessoas buscam num guia de viagens. E, depois, você está certa: nem querendo a gente vai conseguir repetir. Só se pensa, se diz e se faz de um só jeito e uma só vez. Na segunda já vai ser de outro jeito, vai ser outra coisa."

"O que muda tudo… Mas e depois?"

"Depois o quê?"

"Primeiro você pensou que tinha que conhecer tudo na cidade; agora como é?"

"Logo entendi o óbvio: que é impossível. E mesmo se fosse possível seria abominável e tedioso. Como dizer tudo exatamente como as coisas se passam ou como as coisas são?"

"Pois é, talvez a única maneira seja só dizendo. Simplesmente dizendo. Por exemplo, durante muito tempo esta cidade só existiu pra mim porque o meu pai me disse muitas coisas sobre ela."
"E agora?"
"Agora é outra história. Agora estou aqui. Posso ver com meus olhos."
"E o que é que você vê?"
"Não sei bem ainda, mas é outra coisa."
"Outro uísque?"

Enquanto ele vai até a cozinha, ela observa a parede à sua frente repleta de fotos antigas de Istambul — ou pelo menos ela deduz que são fotos de Istambul, vendo-as de onde está, um pouco à distância, encostada à parede oposta. Os formatos são pequenos, em preto e branco. Ela levanta e se aproxima para observar seus detalhes. São poucas as imagens que reconhece, apenas as que trazem uma construção ou vista já tida como cartão-postal da cidade, embora um pouco estranhas ali porque revestidas pela capa de tempo que a roupa das pessoas, os automóveis e, sobretudo, as técnicas e os recursos dos aparelhos usados para a obtenção da foto imprimem no papel. Mas o conjunto todo não deixa dúvidas que se trata da Istambul dos anos 50.

Em outra parede há ilustrações com motivos hindus e uma foto mostrando uma cadeia de montanhas ao fundo, com o primeiro plano tomado por uma aldeia onde se destaca uma construção cujo contorno vertical de vários telhados sobrepostos faz pensar em um templo budista e sugere algum lugar no fundo do Nepal, na Mongólia ou em outro país da região. Há também alguns objetos e um traje hindu pendurados na parte mais alta da parede.

Ela vai até a peça que seria o escritório. As luzes estão apagadas e a única coisa que vê são dois enormes retângulos verticais a lhe oferecerem a mesma vista da sala: a margem sul do Haliç apinhada de luzes amarelas, estendendo-se desde o centro histórico até as colinas de Eyüp. São as mesquitas — as mais imponentes tão iluminadas que parecem construções de vidro insufladas por uma luz dourada — que recortam o céu do Bósforo inscrevendo na escuridão a indefectível silhueta de Istambul que ilustra nove entre dez matérias sobre o turismo na capital turca, na maioria das vezes acompanhada da legenda "vista noturna de Istambul". Mas ela não pode deixar de evitar um ligeiro tremor pela emoção de presenciar algo já visto tantas vezes em reproduções. A sensação é a de ter passado uma barreira, de repente é outra coisa, ela não está mais no mundo que habitava quando via aquela imagem em fotografias. O que as infinitas fotos, ilustrações e desenhos que já vira ao longo do tempo reproduzindo a topografia de Istambul através de suas colinas e mesquitas de minaretes altíssimos projetados contra o céu e refletidos de pernas para o ar no espelho do Bósforo, o que aquela acumulação de imagens repetidas fizera ao longo do tempo fora criar uma distância entre ela e a cidade que superava em muito a mera questão geográfica e colocava a imagem num lugar em que a coabitação com o que ela era tornava-se impossível, um lugar em que para ela estar ela precisaria ser outra.

Ela se deixa ficar alguns minutos de frente para as duas janelas que a colocavam quase dentro da paisagem que via. Tem a impressão de que se estendesse a mão poderia tocar a pedra das construções. Permanece no escuro, mas agora seus olhos já estão acostumados à penumbra da peça, iluminada apenas pela luz da cidade entrando pelas janelas e que é suficiente para deixar muito nítidos os contornos e volumes dos objetos e dos móveis, todos eles como que adormecidos naquela meia-luz doce e azulada. Há um mapa que ocupa a superfície inteira de uma mesa junto à parede das janelas. Ao lado, sobre outra escrivaninha, alguns livros estão empilhados no canto direito, e um laptop fechado repousa no centro, diante de uma cadeira cujo espaldar está encostado à borda da escrivaninha. Nada mais, nenhuma folha, nenhuma caneta, nenhum sinal de que o trabalho naquela escrivaninha tivesse sido interrompido sem tempo para arrumações, apenas aquela ordem perfeita e repousante das coisas, o que reforça ainda mais a ideia de que ali dentro tudo dorme.

As janelas estão abertas e de longe chegam os acordes de uma música que algum insone resolveu escutar. Ela volta para a sala. E quando ele chega com as bebidas ela está diante das fotos penduradas na parede.

"Ara Güler. Reproduções de fotos dele."

"Sim, eu tinha pensado nele, embora nunca tenha visto nenhuma dessas fotos. Cresci vendo suas fotos num livro que meu pai tinha quando eu era criança. Passava dias folheando aquelas páginas. Acho que seria capaz de reconhecer cada uma daquelas fotos se as visse em qualquer outro lugar."

"Estas aqui são de Beyoğlu nos anos cinquenta-sessenta. Todas essas ruas e lugares ficam muito próximos de onde estamos."

"Olhando pra elas agora, me dou conta de que, antes de mais nada, Istambul, pra mim, era aquele livro, talvez antes mesmo do meu pai e da história dele. Foram as primeiras e eram as únicas imagens que eu tinha da cidade. E quando meu pai me falava dela, aquilo correspondia tanto às fotos do livro, que hoje me pergunto se ele não falava apenas com base naquelas fotos. Talvez ele nunca tenha estado aqui."

"E isso muda alguma coisa?"

"Talvez ele tenha inventado essa história toda. Mas o que eu podia fazer? Não havia mais ninguém para confirmar, ou negar... A única coisa que eu tinha era aquilo, a história que ele me contava."

"O que interessa é o que você acabou fazendo com o que ele te contou."

"E o que é que eu fiz?"

"Você veio, está aqui agora."

"Sim, estou aqui, e fiz um monte de fotos. Desde que cheguei não paro de fotografar e agora carrego comigo uma infinidade de imagens desta cidade. Mas e aí?"

Aí ele apanha a mão dela, que está úmida.

Uma sensação de umidade que só agora ele reconhece de maneira consciente, e a distingue e nomeia, mas que sempre o atingira, sem que pudesse precisá-la, em todas as vezes que abrira a porta do prédio para ingressar no hall que abriga a caixa da escada. Sensação de frio e desconforto, agora seria mesmo capaz de destrinchar essa percepção até então muito vaga e passar a uma série de outras que se produziam em seu corpo, que eram experimentadas por ele como respostas não apenas dos sentidos ou dos órgãos ligados a esses sentidos, mas que traduziam uma disposição emocional alterando-se de maneira quase imperceptível cada vez que abria a porta, ingressava no hall que abrigava a caixa da escada e começava a subir os degraus. Uma transformação muito lenta e cumulativa, mas que enfim acabava por se impor, por se revelar explícita, evidente: tudo o que seu corpo experimentava fisicamente era já sentimento. Da mesma forma, agora era possível encontrar por trás da palavra "umidade", que até então era a única parte visível, o corpo da sua formulação, um leque infinito de outras palavras que modulavam a ideia principal, ao mesmo tempo afinando-a e derivando-a.

Agora ela tem a sua mão na dele. A iluminação é fraca, alguns objetos aparentemente fora de uso se empilham junto à parede, dando ares de despensa ao pequeno quadrilátero entre a porta e a escada. Muitos degraus, de um mármore usado e gasto, apresentam fissuras ou estão quebrados e faltando pedaços. Ela se deixa levar pela mão, subindo com cuidado até o quinto andar, aonde chegam um pouco ofegantes.

Logo à entrada do apartamento, ela não contém sua admiração diante do pé-direito altíssimo e da vista que um janelão ocupando quase toda a parede da sala oferece ao visitante que entra ali pela primeira vez e, desprevenido, vê-se de repente suspenso sobre a cidade estendida à sua frente.

"Não acende a luz."

Ele não diz nada. Não acende a luz. Não solta a mão dela.

De algum lugar, talvez de outra janela aberta, chega uma brisa agradável e os acordes de uma música, muito ao longe. Às vezes, ainda mais ao longe, o apito de uma barca cruzando o Bósforo e os grasnidos das gaivotas sobrevoando o Haliç. Todos esses sons parecem aumentar ainda mais o silêncio da noite. Eles não dizem nada. Não acendem a luz. Estão em pé diante da janela que descortina a cidade.

"Vou buscar um uísque", por fim ele diz.

Ela aperta a mão dele para retê-lo. Não quer beber, está cansada, pergunta que horas são enquanto se deita sobre as almofadas espalhadas num estrado que se eleva a uns setenta centímetros do piso, criando um segundo nível no espaço da sala.

"É muito tarde", ele diz, e deita-se ao lado dela.

De algum lugar, talvez de outra janela aberta, entra uma brisa e o som de uma canção que algum insone resolveu escutar. De tempos em tempos ouvem-se os passos de alguém cruzando a rua lá embaixo e o apito de uma barca no meio do Bósforo sob os grasnidos de gaivotas noturnas. O silêncio é cada vez mais presente, quase corpóreo. A respiração dele é ritmada, tranquila, de vez em quando entrecortada por um ressonar mais profundo. Ela retira a sua mão da dele com cuidado para não acordá-lo e vai até o escritório. Ao cruzar a porta, se vê diante de um janelão quase da mesma altura do pé-direito do apartamento, dando para a mesma vista que tinha da sala, uma panorâmica completa sobre a parte antiga de Istambul.

Uma luz fraca vinda da lâmpada presa à prateleira de livros lança uma meia penumbra sobre a peça. Junto à janela há uma mesa e seu tampo está coberto por um grande mapa de Istambul em escala 1:10000, cujas pontas pendem verticalmente à maneira de uma toalha. Não há nenhum ponto assinalado no mapa à exceção de um X sobre a rua Şah Kulu, que ela deduz sem dificuldade se tratar do lugar onde se encontram.

À esquerda da mesa há uma grande escrivaninha de madeira escura, em cujo canto superior estão empilhados dois ou três guias sobre Istambul, alguns anúncios em forma de cartões-postais para divulgar concertos e exposições, um folheto com informações sobre um ciclo de cinema com filmes alemães, um suposto roteiro semanal de atividades de lazer em turco e um número da *Time-Out Istanbul*. Tudo perfeitamente ordenado em um espaço bastante reduzido se comparado com a superfície do tampo da escrivaninha. No centro, diante da cadeira, há um laptop fechado e, à esquerda, uma minúscula webcam na extremidade de um suporte metálico e flexível.

Ela se senta, afasta o laptop, abre um caderno de capa vermelha que trazia na bolsa e anota algumas frases numa caligrafia miúda que a pouca claridade torna quase ilegível. Em vários momentos suspende a caneta como se refletisse sobre o que está prestes a lançar no papel. O movimento da mão parece congelar-se, mas isso dura apenas alguns instantes, logo em seguida ele é retomado no mesmo curso, no mesmo ponto, como se não tivesse havido interrupção. Assim o faz várias e repetidas vezes, até que aproximadamente uma página esteja preenchida.

Em seguida fecha o caderno, o põe de lado e puxa o laptop para a sua frente. Liga-o e verifica que ele está conectado à internet. Conecta-se ao Skype e imediatamente vê o nome do pai ao lado de uma foto em que ele aparece sorrindo, com o rio Guaíba ao fundo. Clica em cima do nome dele e em poucos segundos recebe a voz de seu pai através do auricular como se ela, a voz, estivesse sendo derramada diretamente no interior de sua cabeça.

Como sempre, ele se diz atrapalhado com a diferença de fuso horário e pergunta que horas são. É muito tarde, ela se limita a responder. Fala baixo para não acordar o outro ali na sala. Espicha o braço e aponta para o janelão à sua direita, para a infinidade de luzes que inscrevem no escuro um pontilhado cintilante como vaga-lumes em uma noite no campo. Depois apanha a webcam e a direciona também para a janela. "Veja", ela diz, "são as luzes de Balat e Fener, hoje à tarde estive lá, queria me sentir pisando aquelas ruelas, queria me sentir ali."

A conexão não é muito boa e a imagem que ela recebe do pai sentado no escritório de seu apartamento em Porto Alegre é baça e frequentemente truncada. Ele aparece muito longe da câmera, estático, olhando fixo para a frente. Ela pousa a webcam sobre a mesa, mantendo-a direcionada para a janela, e tenta descrever o que vê, a Mesquita Nova e as de Süleymaniye e Beyazıt iluminadas por refletores de iodo, as luzes de Eyüp bem mais à direita e, na outra extremidade de seu campo de visão, a Mesquita Azul, a Santa Sofia e o Topkapı. Ela acompanha a descrição com o braço, apontando para cada elemento do quadro que descreve. Na tela do computador, a imagem do pai continua estática, sem esboçar o mínimo gesto ou sorriso. Finalmente ela decide perguntar se ele já sabe quando chega. O melhor seria enviar tudo por e-mail, ela diz, ao perceber que não consegue entender direito as datas e os horários naquela voz entrecortada e de múltiplas ressonâncias que a má qualidade do som transforma em uma quase abstração.

Após se despedirem ela se vê outra vez envolta no silêncio como em uma espécie de cápsula, mas ainda assim permeável aos mesmos ruídos noturnos que ouvia quando entrou na peça, ruídos que só fazem amplificar o verdadeiro silêncio que toma conta do apartamento.

Antes de desligar o computador, decide checar seus e-mails, mas o servidor de seu correio eletrônico está lento demais e ela não tem paciência para esperar a abertura de uma página que pelo jeito nem vai abrir. Olha para o canto inferior direito da tela do computador, são três e vinte. Desliga o laptop. Apanha a bolsa e vai até a sala onde ele ainda dorme estendido sobre as almofadas. A respiração ritmada indica sono profundo. Ela se curva e pousa os lábios sobre o seu peito nu. Olha pela última vez para ele e se encaminha para a porta.

A iluminação no interior da caixa da escada é muito fraca e mal deixa perceber os degraus de mármore sujos e gastos, muitos deles quebrados, o que obriga a movimentos mais cuidadosos. Há um corrimão de madeira, apoiado em um corpo de ferro batido. As paredes estão descascadas, e o hall que acolhe o visitante mais parece uma despensa um tanto desordenada onde os moradores guardam os objetos fora de uso que, por alguma razão, ainda não decidiram jogar fora. O apartamento fica no quinto andar, aonde se chega, independentemente do preparo físico, um pouco ofegante, sobretudo se já se bebeu um pouco. Ainda que antigo e com nítidos sinais de desgaste, o interior do apartamento revela certo cuidado que contrasta com o aspecto de abandono das áreas comuns do prédio e também da fachada. O pé-direito é muito alto, as paredes são recobertas por afrescos, e o visitante recebe de súbito na cara a vista da cidade que se descortina na ampla janela da sala. São janelões que abrem, de um lado, para o Haliç e as luzes dos bairros que o margeiam e, do outro, para o Bósforo e a parte asiática da cidade.

"Toma um uísque?"
"Por que não?"
Enquanto ele vai preparar o drinque na cozinha, ela explo-

ra as outras peças. Ao lado e com a mesma orientação da sala, há o escritório com uma grande escrivaninha quase vazia e, ao lado dela, outra mesa em cujo tampo está estendido um mapa de Istambul. Sem acender a luz, ela vai até a janela e a escancara, aspirando o ar fresco que varre as colinas da margem oposta do Haliç e traz um cheiro doce que ela não consegue identificar. De um lugar impreciso sobem os sons de uma canção que lhe é familiar.

Quando ela volta à sala, ele lhe estende o copo, e os dois sobem para uma espécie de recanto formado por um estrado elevado a uns cinquenta centímetros do piso e que cria um segundo nível na peça, quase à altura do peitoril das janelas, o que lhes dá a sensação de estarem suspensos sobre a cidade.

Eles brindam.

Ela tira os tênis e estende-se no estrado, apoiando a cabeça em uma almofada. Ele se aproxima, retira a almofada e a faz pousar a cabeça em cima de sua coxa.

"A primeira vez que te vi pensei que fosse uma turista."

"Sou um pouco isso também."

Ele não diz nada.

"Ou pelo menos não deixo também de ser uma turista."

"Mas se não abre a boca até pode passar por turca."

"Também não deixo de ser uma turca."

"Você é o quê, afinal?"

"Sou fotógrafa", e a conversa toma outro rumo.

Com uma frase ela escapa do que poderia ser uma armadilha, sente-se mais leve e capaz de continuar. Ninguém sabe aonde aquilo pode levá-los, ninguém nunca sabe de antemão aonde podem levar as palavras, mesmo as mais simples, soltas ou sem sentido. Muito menos as que são falsas e constroem fatos imediatos. Contra os fatos, qualquer força se encolhe, os argumentos são frágeis. A fotografia é uma prova.

"Tinha a ideia de procurar Ara Güler, fazer uma entrevista com ele para tentar vender a alguma revista. Essas coisas que se faz quando a gente está fora do país por uns tempos e sem emprego fixo."

"Estive algumas vezes no café que ele tem perto do Galatasaray."

"Acabei desistindo ao me dar conta que eu não tinha nada pra perguntar pra ele."

"Fui até lá fazer umas notas. Cardápio, serviço, preços, essas coisas. Fui em horários diferentes, costumo fazer assim. E em todas as vezes ele estava lá, sozinho em uma mesa e bebendo água mineral."

"Sim, quase sempre ele está por lá."

"Ara Kafé. *Ambiente descolado, o serviço é simpático e mantido por jovens universitários. A decoração tem um leve toque retrô, com objetos garimpados em brechós e fotos de autoria do proprietário ilustre em grandes painéis cobrindo as paredes. Durante o verão as mesas na calçada são um agradável convite para uma pausa no passeio.* É mais ou menos assim que o café está descrito no guia que te mostrei."

"Não falei com ele, mas fiz uma foto. Porque de repente achei que ele posava. Que ele estava sempre lá porque queria posar, que ele ficava ali posando, entende?"

"Como assim?"

"O cara já tem certa idade. Já vai na última parte da viagem, entende? É assim que eu vejo a coisa. É um artista reconhecido em todo o mundo, ganhou dinheiro, fama, respeito e tudo mais. Mas continua falando no vazio. Tenta dizer uma coisa e as pessoas não entendem. Ou melhor, entendem outra. É a pior das solidões. Mas é exatamente isso, essa solidão, que lhe diz que ele ainda está vivo e com coisas a dizer."

"Desculpe, acho que já bebi demais."

"O.k. Vendo você vai entender. Quer ver?"
"O quê?"
"A foto. Você tem um computador?" Ela puxa um pen-drive da bolsa.

Ele levanta, vai buscar seu laptop no escritório e o acomoda de maneira que ela possa manipulá-lo. Ela vasculha as pastas e os arquivos com suas fotos. Após alguns segundos de busca e um clique no arquivo desejado, a foto se abre como uma flor, ou como em uma explosão, e a imagem em preto e branco toma conta da tela inteira, mostrando um barco ancorado junto a um cais de pedra, vistos os dois (barco e cais) de uma perspectiva longitudinal, como se o fotógrafo tivesse se colocado sobre uma hipotética passarela entre o barco e o cais. E, entre o barco e o cais, a figura central que domina o quadro é a de um homem solto no ar em pleno movimento de um salto do cais, num nível pouca coisa superior, para o barco, mais embaixo. Perna direita esticada, prestes a tocar o barco; a esquerda, flexionada, vai aterrissar logo em seguida. Ao fundo, a água, num tom claro, como uma tela onde se projeta (e se destaca) a silhueta escura do homem. Toda a atenção de quem olha é primeiro capturada por essa composição de barco, cais e — entre os dois, no centro — o homem suspenso no ar. Mas passado o instante inicial o olho se desgarra daquilo que lhe é quase imposto numa primeira visada e começa a buscar os detalhes, e é aí que aparece no canto inferior esquerdo, num primeiro plano quase apagado pela grandiloquência da imagem do fundo, um senhor curvado, calvo e de barba branca, sentado a uma mesa e olhando para o vazio. É Ara Güler. Inserido, por assim dizer, na reprodução em formato gigante de uma de suas próprias fotos que cobrem as paredes do Ara Kafé. O enquadramento da foto é quase coincidente com a moldura do painel pendurado à parede. De maneira que, num primeiro momento, ele, Ara Güler, é quase invisível ou, no máximo, é visto como um personagem secundário. Mas a partir do momento em que o percebemos, não há como desgrudar o olho da figura corpulenta e encurvada no canto da foto. Agora ele a domina. Ele é o personagem da foto. E também o autor do que se vê na quase totalidade do que está enquadrado. São dois planos, duas fotos fundidas, mas uma delas é independente da outra, que, por sua vez, só existe em função daquela que está contida nela, que é seu tema.

"O fotógrafo não está diante da foto ou daquilo que registra, mas dentro. E a presença dele altera esse registro. Mas pra isso ele precisa de mim ou de qualquer outra pessoa que o fotografe. Por isso eu disse que ele fica lá posando. É como um último trabalho. Ele quase não faz mais fotos."

"Se retratar dentro de um retrato que ele fez."

"Sim, uma assinatura, não deixa de ser isso. Mas ao mesmo tempo é uma maneira de dizer que o que está ali no fundo não está. O barco, o cais e o homem não estão diante do fotógrafo, muito menos do observador, não são o testemunho de ninguém. O que está ali já é uma reprodução, uma representação, e só vai fazer sentido se entendida como representação, ou seja, como algo que não é."

Ele olha demoradamente para a foto.

"Ele tem um ar triste."

"Está sozinho. Só isso, sozinho", ela diz, tomando o último gole do uísque.

Ele apanha os copos vazios e vai até a cozinha. Ela agora observa as fotos da cidade em preto em branco e em formato pequeno que cobrem a parede à sua frente.

Ele volta com os copos. Acomoda-se sobre o estrado, põe uma almofada às costas e sorve um gole do uísque. Há apenas um abajur aceso no canto da sala, mas pelas janelas que se estendem por todo o pé-direito junto ao estrado entra uma luminosidade difusa — da própria cidade e de uma provável lua cheia brilhando num ponto desconhecido do céu — mas suficiente para que se possa observar cada foto e todos os seus detalhes. Agora ela está em pé diante delas. Depois de beber mais um gole e de algum tempo em silêncio, ainda de costas para ele, ela diz, como que para si própria:

"Se eu fechasse os olhos agora era capaz de ouvir a voz dele outra vez. Tantas vezes essa cena se repetiu... Nós dois sentados na cama e o livro aberto no colo. Ou então ele deitava ao meu lado e pousava a base do livro no peito. E começava a contar, a descrever, a dizer como era, o que ele fazia, por quais ruas passava, em que lojas entrava. Tudo com muitos detalhes sobre os ruídos, cheiros e tudo mais. Cada página, cada foto, era uma história. Aquilo me fascinava, mas chegava um momento em que meus olhos iam cansando e eu acabava por fechá-los. Ainda ouvia a sua voz por alguns minutos, de olhos fechados, e era como se continuasse a ver as fotos. Até que por fim eu caía no sono. Então, em sonhos, outra vez as mesmas imagens, às vezes misturadas de maneira bizarra. Mas eram ainda as fotos do livro descritas por meu pai, ou a voz dele falando da cidade que as fotos, ali no livro, confirmavam. Depois, só muito tempo depois, é que fui me interessar em saber quem estava por trás daquelas fotos e o que era exatamente aquele livro. Vendo agora essas fotos na parede, tudo isso me vem outra vez. No fundo foi esse homem, mais do que o meu pai, quem me ajudou a criar um espaço onde localizar tudo aquilo que está atrás de mim e que não conheço."

"Ele tem um café perto daqui. Você deve saber..."

"O Ara Kafé. Estive lá algumas vezes. Minha ideia era tentar fazer uma entrevista com ele, mas sou muito tímida pra essas coisas, não consegui nem me aproximar dele, acabei só fotografando."

"E então?"

"Não fiz nada de muito original, fotografei ele tendo como pano de fundo uma de suas fotos em formato gigante que decoram o café. Não ficou mau. O painel preso à parede retrata um dos tantos embarcadouros que existem por aqui. Há um barco, quase encostado ao cais e, no centro do quadro, um homem como que suspenso no ar. É o momento em que o homem salta do cais para o barco. Ou do barco para o cais, não dá pra saber. Ele está mesmo entre os dois, nem num lado nem no outro, como se decidindo onde aterrissar. Ou à espera de qualquer coisa que o faça pousar num dos dois lados. Poderia ser ainda o momento imediatamente anterior ao da queda dentro d'água, se ele falhasse o salto."

"E Ara Güler?"

"Ele é isso. É a sua foto. O resto, a sua presença real ao pé da imagem é quase invisível, e mesmo sem importância. Quem está dizendo que ele está ali, quem está apontando pra ele ali sentado a uma mesa diante da foto, sou eu, mas isso não tem a mínima importância. A minha foto é só uma reiteração da dele, uma redundância, algo que enfraquece, que gasta a imagem. Está me entendendo?"

"Acho que sim."

"Se acha é porque não está. Mas não faz mal. O que eu queria dizer é que tem a coisa do artista nisso tudo. A reivindicação. A fotografia do Ara Güler é documental. Queira ou não, é documental. Você pode falar do olhar único, da poesia, do casamento perfeito entre uma sensibilidade e um tema, pode falar o que quiser, mas a foto dele é documental. Ele próprio não nega, diz que queria fixar, aliás, fixou uma cidade que não existe mais, e eu digo: que talvez nunca tenha existido. É como o retrato de uma pessoa: dois dias depois aquela cara já não é a mesma, já se transformou e nunca mais vai ser a mesma coisa. Mas será que um dia foi como a gente vê ela na foto? No fundo ele é um romântico chorando o tempo passado, ele elegeu a cidade da sua juventude, o que é compreensível, e decidiu fixar aquilo. Em parte conseguiu, pelo talento, pela força desse olhar romântico, ou melancólico, ou simplesmente o de alguém com consciência da passagem do tempo. Talvez agora ele se admita artista. Depois de todo o reconhecimento. À força de todo mundo repetir que se trata de um grande artista. Mas não sei. Acho até que não. No fundo ele é só alguém de frente para a realidade, roubando-lhe uns pedaços. Alguém que olha, e que dispensa atenção ao que olha. Mais do que atenção, talvez amor. Mas nunca vai deixar de ser um documentalista. Ele registra, a coisa já está lá, ou estava lá, e ele foi e registrou. Daí o pudor. Agora, se você pega toda essa turma que "faz arte", que circula pelos catálogos das galerias, o pessoal das bienais de fotografia, dos circuitos alternativos de arte contemporânea, a primeira coisa que vem é a reivindicação de ser artista. Antes de mais nada, o cara é artista, depois ele vai fazer, ou tentar fazer alguma coisa. Mas atenção, isso não é negativo, é só outra maneira de encarar a coisa. Não estou dizendo, nem saberia dizer, que é melhor ou pior. É só outro jeito de ver. E que não deixa de ser uma força. A força dessa turma vem daí. O próprio Ahmet é um exemplo."

"Quem?"

"Ahmet. Já te falei dele, não falei?"

"Acho que não."

"Falei, sim. E não vou repetir tudo agora."

Ele se deita no estrado, a almofada sob a nuca, pernas estiradas. Ela se aproxima.

Depois de algum silêncio, em meio ao qual se ouvem passos na calçada e os acordes de uma música saída de alguma janela aberta, ela apanha o copo sobre a mesinha no centro do estrado. Está vazio. Não tem a mínima ideia de que horas sejam. Pela janela aberta sobe um cheiro doce que não consegue identificar.

Ao longe, uma música que, embora familiar, ela também não identifica. E em seguida, como qualquer coisa que desperta no meio da noite, o chamado do primeiro muezim ergue-se com uma nota longa e pungente acima dessa camada de zumbido constante que paira sobre uma cidade grande que dorme. Passam-se alguns segundos e outro muezim em outro extremo da cidade responde no mesmo tom de lamento. Não chega a terminar a primeira frase, e já três, quatro, dez outros entoam também seus refrões, dando início a uma sucessão crescente de ecos, espécie de dominó de sons fazendo tombar cada peça vizinha e se espalhando como rastro de pólvora pela cidade. Em pouco tempo, de cada mesquita, de cada bairro, de cada esquina, de todos os cantos da cidade sobem essas vozes sem corpo dirigidas aos quatro pontos cardeais como se fossem a mesma canção reproduzida por centenas, milhares de alto-falantes com tempos de execução defasados entre si em décimos, centésimos de segundo. E todas essas vozes, que no fundo são uma só voz cada vez mais alta e viva, unem-se alguns metros acima da cidade em uma ruidosa nuvem de sons que flutua por vários minutos suspensa por sua própria massa. Depois, pouco a pouco a nuvem vai se dissipando. O zumbido vai diminuindo, se acalmando. Em seguida já é possível ouvir os grasnidos das gaivotas outra vez, o apito de uma barca cruzando o Bósforo ou o barulho das turbinas de um avião que, indiferente a tudo, rasga o céu de Istambul centenas de metros acima de tudo aquilo. E finalmente, quando o som do avião também se dissipa na noite, até o ar parece se tornar mais límpido, cristalino, e o que sobra no escuro da noite é apenas a respiração da cidade como ruído de fundo, como o ressonar de alguém que durante o sono, após passar por um momento de intensa excitação, volta a encontrar a calma dentro do próprio sono, e mergulha outra vez em profundezas ainda mais insondáveis.

Uma respiração ritmada, o rosto pendido ligeiramente em direção à janela, iluminado pela luz baça da noite. Ele é quase bonito assim. Ela está diante do estrado, em pé. Então se abaixa, apanha o jeans e a blusa no chão e pousa os lábios sobre o peito dele. Olha uma última vez para ele e dirige-se à porta.

Mas de repente ela para, como se tivesse esquecido algo importante ou fosse tocada por uma hesitação que a paralisa. Permanece em pé, imóvel, diante da porta. Percebeu que há uma inscrição na porta, umas letras autocolantes, pretas, aplicadas sobre a pintura cinza da porta. Um poema, sem dúvida. Identifica algumas palavras, kapı, kapısını, kapımın, girilir, e mesmo sem entender grande coisa de turco sente-se tocada por aquelas palavras dispostas na superfície da porta. Tem vontade de fotografá-las, de apanhar-lhes a forma sobre a porta, sua aparência, sua cara, seu pedaço de realidade plana e desprovida, para ela, de qualquer sentido. Isso é um poema, ela volta a pensar. E abre a porta.

Entrar naquele apartamento era, sempre foi, se ver suspensa sobre a cidade, tinha a impressão de chegar à beira de algo, de um mirante, de um ponto de observação que não só se elevava mas também se projetava ao máximo no espaço vazio, o ponto onde a partir do qual não há mais meios de avançar. O caixilho da janela ocupava quase inteiramente a parede, o que a tornava, a parede, quase invisível. Ou melhor, ausente. Ou melhor, inexistente. Entrar naquele apartamento era como entrar diretamente na cidade, jogar-se sobre ela de um salto.

"Um uísque?"

"Por que não?"

Quando ele volta com os copos ela está diante de uma série de fotos penduradas à parede que retratam a Istambul dos anos 50 (ou 60?).

"Vendo essas fotos agora, posso entender melhor o meu pai. É a cidade que os olhos dele viram uma vez. Ver de novo é impossível. As fotos não garantem nada. Assim como uma infância, uma cidade também pode desaparecer. Ele morreu pela primeira vez aqui, com seis anos, e renasceu um oceano depois, em Porto Alegre. Adaptar-se nessa idade é esquecer. Aprender uma língua nova, por exemplo, é facílimo, coisa de poucas semanas até. Mas esquecer a sua é ainda mais fácil. Língua é memória. Em pouco tempo ela desaparece e você é obrigado a conviver com a sua ausência. Mas ausência não quer dizer inexistência. É só um espaço vazio, de uma coisa que não está mais lá. Um dia me dei conta de que, apesar de eu ter crescido sempre vendo fotos de Istambul, nunca tinha visto meu pai em uma daquelas fotos. Ele nunca me mostrou fotos de família. Pensando melhor, todas aquelas fotografias que eu via me vêm à mente hoje como imagens desprovidas da presença humana. São ruas, avenidas, prédios, automóveis, praças etc., mas não consigo me lembrar de pessoas ali dentro. O que para fotos urbanas, de exteriores, é bastante difícil. Então é bem possível que existissem pessoas retratadas caminhando pelas ruas, na frente dos prédios, nos automóveis, nos bancos das praças, em tudo isso. Aliás, é certo que existiam. Mas aquelas eram fotos do livro, e para mim o livro era a cidade. Eu mesma me encarreguei de apagar as pessoas dali, simplesmente porque não eram as pessoas o que eu gostaria de ver ali, ou pelo menos não aquelas pessoas. Um dia, meio por acaso, me deparo com a fotografia um pouco amassada de um homem sentado ao pé do monumento à República na praça do Taksim ladeado por duas crianças, aparentemente seus filhos: um menino de calça curta, de pé, e uma menina mais jovem, de uns quatro anos, com um pirulito na mão. Todos os três têm os olhos ofuscados pela luminosidade intensa. Pelas roupas que vestem, dá pra deduzir que é verão. Mas o detalhe que me causou um choque tão logo botei os olhos na fotografia é que a menina era incrivelmente parecida comigo. Tenho montes de fotos com aquela idade, onde os traços do meu rosto e a minha expressão são exatamente os mesmos que os daquela menina. Se não fosse pelo fato de eu nunca ter estado antes em Istambul, e pela época que a foto denuncia, eu poderia até dizer que aquela menina era eu. Quando mostrei a foto pra ele, ele se reconheceu logo como o menino de calça curta e reconheceu também seu pai na figura do homem ao centro, mas não soube dizer quem era a menina. Aquilo perturbou muito ele. Durante dias esteve muito irritado e de mau humor. Deixei passar um tempo e quando quis tocar de novo no assunto, sabe o que ele disse?"

Ela olha para o lado e percebe que ele está dormindo, a cabeça sobre a almofada, o rosto voltado ligeiramente em direção à janela, iluminado pela luz baça da noite. Ela toma um gole do uísque e pousa o copo na mesinha no centro do estrado. Ergue-se outra vez e vai até o escritório. No meio de uma grande escrivaninha quase vazia repousa um laptop. Alguns livros, folhetos turísticos e um minicartaz anunciando um ciclo de cinema alemão estão meticulosamente ordenados no canto esquerdo da mesa. Ela retira seu caderno da bolsa e relê algumas notas. Escreve outras. Depois o põe de lado e liga o laptop. Entra no Skype e verifica que seu pai está conectado. Clica na foto dele, em que aparece sorrindo e com o rio Guaíba ao fundo. Enquanto os chamados se multiplicam sem resposta no outro lado, ela recorda o momento em que tirou aquela foto. Tinham ido até o morro Santa Teresa em um final de tarde e esperavam o sol descer num céu que, a julgar pelas nuvens que se juntavam no horizonte e a densidade carregada do ar, em breve se tingiria daquele vermelho vivo tão típico dali. "De longe, tudo é exato e perfeito como num cartão-postal", ela dissera, enquanto ele se limitava a sorrir. Fora nesse momento, quando ele se voltou para ela e sorriu, que ela fizera a foto.

Decide encerrar a ligação ao perceber que ele não está em

seu escritório. Antes de desligar o computador ela resolve ver seus e-mails e encontra uma longa mensagem de Ahmet enviada fazia algumas horas, naquela mesma tarde. Entre outras coisas, ele evocava, de maneira inesperada para ela, a sua instalação sobre os mortos do incêndio do Grande Bazar em 1954. Dizia que talvez ela quisesse conhecer um jovem artista francês que estava fazendo uma releitura daquele trabalho e que, por causa disso, ele, Ahmet, tinha procurado, e encontrado, a lista dos parentes com quem mantivera contato durante o projeto daquela obra. Ele lembrou que um dia eles tinham comentado sobre essa lista, que ela dissera que a tal lista podia ser importante para ela e que então agora ela podia dar uma olhada, se quisesse, que eles iam, ele e o tal artista, se ausentar da cidade por uns dias ou semanas, mas que naquela noite estariam no Firuz, ia rolar uma festa por lá, o aniversário de um parceiro, depois um amigo deles ia tocar umas coisas, e talvez aquilo se estendesse e os dois ficassem até bem tarde.

Ainda parecia haver outras menções ao amigo francês e ao trabalho que ele desenvolvia, a fotos para um livro e a depoimentos ou algo assim, mas ela já não lê o e-mail até o final. No Firuz, até tarde. Um sobressalto. Sai do seu correio eletrônico, fecha o laptop. Percebe que esqueceu de olhar o relógio do computador. Não tem ideia de que horas sejam. Mas sabe que é muito tarde. Apanha a bolsa e vai à sala. Aproxima-se do estrado onde ele continua dormindo. Beija-lhe a boca, lança-lhe um último olhar e dirige-se à porta.

A iluminação no interior da caixa da escada é bastante débil e ela se vê obrigada a descer arrastando os pés para adivinhar os degraus. Sente o ar abafado ali dentro, um cheiro de mofo ou de coisa velha. Ao abrir a porta da rua e receber uma golfada do ar da noite a lhe bater no rosto como um tapa, experimenta uma espécie de alívio, uma sensação de regeneração, como se toda a fadiga acumulada em seu corpo durante o dia tivesse sido expelida de uma só vez com o ar que lhe saiu dos pulmões tão logo pôs os pés na calçada. Percebe de repente que durante todo aquele tempo lá dentro ela esteve, sem dar por isto, como que prendendo a respiração, pondo-se em suspenso, entre parênteses, durante um período que agora lhe é difícil quantificar. Ela dá um passo, desce da calçada e pisa a pedra da rua.

Ela avança pela rua.

Uns poucos gatos movem-se entre sacos de lixo amontoados junto à esquina do prédio, e seus movimentos esquivos em busca de restos de comida são iluminados por uma parca luz que pende de uma arandela junto à parede. Embora com pressa, ela se deixa ficar a observá-los sob o cone de luz, como que hipnotizada pelo balé dos gatos. São três, e eles parecem ter consciência de que estão sendo observados, encenam seus papéis de gatos de rua à procura de comida. Enquanto vasculham os sacos de lixo, eles se buscam, praticamente não se tocam, mas ensaiam aproximações e recuos, cada um deles dono de seus próprios movimentos, mas também preso aos gestos e movimentos do outro, refletindo-os, duplicando-os para além da dança que se instaura: cada um é também o outro, seus gestos refeitos, sua continuação. Tudo se passa em meio ao silêncio absoluto. Às vezes o movimento de uma pata é suspenso, o rabo se põe de pé em forma de vírgula, e o passo se congela numa posição de estátua extremamente difícil de ser sustentada, mas que dura, dura por infindáveis instantes à espera da resposta do outro. Nesse momento, os olhos parecem ficar maiores, desmesuradamente crescidos, quase anormais dentro de órbitas desfiguradas. Então alguma coisa se passa entre eles, alguma comunicação se estabelece, frágil, ínfima, mas suficiente para dar seguimento ao gesto, ao movimento daquela pata que agora, enfim, já pode pousar no chão e continuar o jogo.

Contagiada pela plasticidade dos movimentos, ela se aproxima dos gatos, mas chega perto demais e acaba por afastá-los. Esquivam-se para fora do facho de luz e se perdem na escuridão.

Nunca esteve tão sozinha. Todas as fachadas estão escuras e algumas janelas abertas dos prédios parecem olhos vazados, caveiras com aspecto de abandono e desterro.

Ela avança, caminha em direção a Istiklâl, aos poucos começam a chegar a seus ouvidos sons de música e vozes. Ela imagina que em menos de quinze ou dez minutos chegará ao Firuz. O bar fica no fim de uma rua estreita e perpendicular a Istiklâl. Ao contrário desta grande avenida pedestre, muito iluminada e tomada por um vaivém incessante de pessoas mesmo a altas horas da madrugada, todas as transversais são ruas escuras, tortuosas e apertadas que descem em direção a pontos não muito precisos da geografia da cidade. Impossível dizer se uma ruela dessas, por vezes com não mais que três metros de largura, termina a cinco, vinte ou a novecentos metros mais adiante.

O Firuz fica no fim de uma dessas ruelas. Ela vai reconhecê-la pela esquina, uma esquina por onde já passou inúmeras vezes, onde há uma loja de roupas para jovens em frente a um restaurante de kebab. Ela avança pela avenida olhando com atenção para todas as esquinas, passando, de um lado e outro da rua, por (1) uma livraria mantida pela municipalidade onde em seu primeiro dia na cidade ela comprou cartões-postais que nunca enviou a ninguém, (2) um café de grandes janelas de vidro e decoração despojada, tipo *lounge*, onde um garçom de aspecto cansado espera que o último cliente, quase adormecido na poltrona de couro, termine sua bebida, (3) pela vitrine de uma loja de acessórios femininos com seus manequins vestidos apenas com colares, pulseiras, cintos, braceletes, echarpes e roupas íntimas, (4) pela chapelaria com um enorme chapéu-coco pintado na porta, (5) por um restaurante de lanches rápidos com a cortina de aço arriada até quase o chão, deixando escapar uma nesga de luz por onde escorre a água escura e cheia de espuma de sabão que um rodo de borracha, do qual ela só vê a extremidade inferior, empurra em direção à calçada, (6) pela galeria com três ou quatro cinemas em seu interior e uma série de cartazes de filmes disputando o espaço da fachada, (7) pelo tapume de um prédio em obras, repleto de grafites, pichações e cartazes publicitários, (8) pelas luzes da sala de autoatendimento de um banco, coadas por uma grade de ferro, onde duas pessoas dormem sob trapos molambentos, (9) pelo portão de ferro alto e imponente que cerca os jardins da antiga embaixada de um país, ao que tudo indica, rico e importante, (10) pelas arcadas de um velho bazar transformado em centro comercial, (11) pelo vitral colorido acima da entrada de uma galeria tomada de restaurantes, (12) pelo luminoso de um dönner gigante preso à fachada de tijolos sujos, e ainda por lojas, e ainda por restaurantes, e ainda por cafés, bares, galerias, e também por muitas pessoas, apesar da hora, gente que vai e vem numa espécie de corso infinito, cada qual carregando seu cheiro de perfume, de suor ou de cigarro, e por bêbados e mendigos e vendedores de rua, e por luzes ainda, luzes da iluminação pública e do néon das fachadas e dos anúncios luminosos, e por sons de música — desde o rock ao folclore turco —, em um volume excessivo, por som de vozes, conversas, gritos exaltados pela bebida. E a avenida se estende, se dilata, quase transborda da caixa formada pelas linhas paralelas das fachadas e pelo leito lajeado por onde ela avança como que carregada por um fluxo contínuo e aparentemente sem fim, até que, enfim, ela reconhece a esquina: uma loja de roupas para jovens em frente a um restaurante de kebab; ambas as casas estão fechadas a esta hora, é claro, e estão ali apenas para lhe servir de porta para a ruela que continua — cheia de barzinhos e boates, como o som da música que chega até a avenida dá a entender — em direção à mais completa escuridão.

Sim, é essa a ruela que leva até o Firuz. Ela a reconhece. Reconhece a esquina. E avança, ela passa entre a loja de roupas para jovens e o restaurante de kebab. E deixa para trás a avenida, a luz, os ruídos, as vozes, as pessoas que vão e vêm, deixa-nos todos entregues a nós mesmos, já órfãos em nossa triste solidão de *voyeurs* agarrados a essas manchas que tremem diante dos nossos olhos sem nos dizer nada, e se embrenha no túnel escuro que é a ruela. Sua silhueta, assim de costas e recortada contra as sombras do fundo da ruela, vai se dissipando aos poucos na escuridão, fazendo-se também ela substância da noite, sem forma definida, sem limites palpáveis, apenas uma sombra que termina também por desaparecer para dar lugar ao nada completo, nenhum traço, nenhum contorno, nenhuma marca, nenhuma fronteira entre as linhas de um provável corpo e a matéria da noite, nenhum sinal capaz de dar conta de sua presença, ou de sua existência real.

BARRIÈRE

Ele desce os cinco andares da escada que o leva de seu apartamento até a rua, ajusta com a ponta do indicador os óculos escuros contra a nascente do nariz e dirige-se ao café junto à Torre Galata, onde, já há alguns dias, mais ou menos à mesma hora e após um suco de laranja tomado de pé em uma das várias bancas de frutas que se enfileiram ladeira abaixo até o porto de Karaköy, ele senta à sombra falhada de uma parreira e espera, sem que lhe seja necessário sequer um gesto, que um senhor de largos bigodes grisalhos, passos lentos e um meio sorriso que ou por timidez ou apenas por preguiça não se abre por inteiro venha lhe servir um cappuccino por seis liras turcas — um luxo que só turistas estrangeiros se permitem, ele pensa sempre ao primeiro gole, sem saber muito bem se se refere ao café propriamente, que é honesto e de sabor igual a um cappuccino pedido em qualquer café de Paris, ou se ao meio sorriso do garçom e à falsa impressão de familiaridade que a antecipação a seu pedido provoca, ainda que lhe impondo todos os dias o cappuccino, mesmo se por acaso, naquele dia, ele tivesse preferido tomar um chá.

Naquele dia ele teria preferido tomar um chá.

Mas bebeu o cappuccino com prazer, observando o garçom se afastar em direção à entrada do café e retomar a leitura interrompida de um jornal, protegido pela sombra de um toldo. A esta hora da manhã o sol já bate forte e o calor se faz sentir: vai ser mais um dia daqueles. Apanha o caderno de capa vermelha que tinha posto na mochila antes de sair. Tenta adivinhar palavras naquela língua vagamente familiar, embora inacessível para ele. Devolve em seguida o caderno à mochila. Pensa em tomar umas notas. Começar um dia é sempre um momento decisivo. Todo o destino do novo dia está em jogo nesse curto espaço de tempo em que o corpo e o espírito estão ainda semiadormecidos, entregues a uma espécie de virgindade lasciva que projeta fantasias e idealiza o que poderá vir a ser, o que poderá ser feito. Mas depois, aos poucos, novos estímulos do exterior vão chegando para encher de realidade o dia, fixar-lhe os limites e dar-lhe o peso da coisa concreta, e então as possibilidades começam a encurtar, tudo se torna pequeno, débil e dolorosamente factual, sem forças para evitar essa queda triste no que é, no que simplesmente é possível ser.

E assim começa o dia, sempre um renascimento, uma regeneração, sempre a enorme disponibilidade de um campo aberto. E que invariavelmente se fecha contra uma espessa camada de real.

Seus dias têm sido assim: durante os breves minutos em que alguma coisa pode se decidir, sobrevém uma relutância, um entrave, e tudo resvala para uma repetição cansativa, como num velho vinil arranhado. Mais um dia e ele bebe seu cappuccino e troca sorrisos cordiais com o garçom, mais um dia e ele anda a esmo pelas ruas, caminha até sentir fome ou sede ou tédio extremo, mais um dia e ele entra em bares e cafés, pede cerveja, escolhe um restaurante, pede vinho, escolhe um prato, pede rakı, toma notas, tira fotos, e regressa sempre às mesmas ruas que já está cansado de percorrer.

 Ele olha outra vez para o garçom de bigode grisalho lendo o jornal à porta do café. De tempos em tempos o homem atira o olhar para a esplanada a fim de ver se algum novo cliente chegou ou se há alguém que pede a conta.

 Ele pede a conta.

 Paga e se despede com um tímido sinal de cabeça. Ele desce a rua que o leva a Karaköy. Há muita gente na calçada, muitos sentados em torno de mesinhas improvisadas com um tabuleiro sobre um caixote de madeira, ainda tomando o café da manhã que vai se estender até quase o meio-dia. Na maioria, são os proprietários das várias lojas de instrumentos musicais enfileiradas ao longo da rua. Eles atendem os clientes que chegam e em seguida voltam a seu café ou chá e ao pratinho com tomates, queijo de ovelha e olivas. Mais abaixo, as lojas de instrumentos dão lugar às de antenas de televisão, parabólicas, receptores de ondas retransmitidas por satélites perdidos em algum ponto da órbita terrestre e coisas do gênero. E no final da rua, já no pé da ladeira, a estação de *tramway* de Karaköy. Ele evita a passagem subterrânea e, como um legítimo istambulense, se lança num balé arriscado para atravessar a avenida de tráfego intenso que une as duas partes da cidade divididas pelo Haliç. Ele chega ao embarcadouro de Karaköy. Do outro lado do rio está Eminönü e a Mesquita Nova.

 Mais um dia. Quem sabe ele volta para casa. Não imagina até quando Paris vai continuar lhe enviando dinheiro. Mais um dia e quem sabe ele vai receber um telefonema de Philippe, que lhe dirá, no mesmo tom doce e muito cordial de costume, que o tempo, o dinheiro e sobretudo sua paciência acabaram, que é preciso ele voltar com o que tem, com o que conseguiu fazer até agora, e o que ele não conseguiu um outro fará em seu lugar, se ele não quiser continuar o trabalho em Paris.

Mais um dia. À sua frente, o embarcadouro de Eminönü e a Mesquita Nova. Quem sabe ele não vai ao Pandeli hoje? Quem sabe ele faz alguma coisa para sair dessa rotina vazia?

Ele pensa em telefonar à Hélène para saber notícias de Lucas, mas logo desiste ao adivinhar o tom queixoso com que ela o acusará da infelicidade em que sua vida mergulhou nos últimos anos. Ele ingressa na ponte Galata. A manhã já vai bem avançada, o sol e o calor são implacáveis. Ainda assim são muitos os pescadores junto ao guarda-corpo da ponte. Ele chega ao outro lado. Sente uma pequena dor de cabeça começando a se manifestar em algum ponto indefinido da testa. Em breve aquilo se tornará insuportável. Tem sede. Ele passa em frente aos guichês que vendem os bilhetes para os barcos que partem de Eminönü. Três ou quatro barcas se preparam para sair. O barulho dos motores e o cheiro forte de óleo diesel parecem deixar as pessoas ainda mais apressadas e temerosas de perderem a partida. Elas se impacientam na fila, correm assim que se apoderam do bilhete, empurram-se para subir na barca.

E ele?

Ele anda ao longo do embarcadouro, para diante de uma banca de jornal e compra um exemplar da *Time-Out Istanbul*. Desce as escadas de outra passagem sob os trilhos do *tramway*. Sente-se sufocado em meio à pequena multidão que se espreme numa feira improvisada no corredor subterrâneo, cuja acústica faz reverberar o eco dos pregões dos vendedores de joguinhos eletrônicos e imitações baratas de camisas "oficiais" de clubes de futebol do mundo inteiro. Como quem emerge de um longo mergulho, quase sem ar, ele consegue sair do outro lado. Ele sobe as escadas e está no largo da Mesquita Nova. Há muita gente sentada nos bancos ou caminhando. Famílias inteiras em meio a sacolas, enfado e choro de criança matam o tempo à espera do ônibus para levá-las a um lugar distante na periferia de

Istambul. Idosos cochilam amparados por bengalas ou olham para o vazio, apalermados pelo calor e pela idade. Sentadas junto a bancas improvisadas, velhas de véu na cabeça vendem farelo de milho para os que querem dar de comer aos pombos. Crianças e adultos se precipitam, como pombos no farelo de milho. Turistas tiram fotos da mesquita, do bazar, da ponte, da praça, do barco, da estátua, do poste, da placa com o nome da rua, da velha que vende farelo para dar aos pombos, do menino dando farelo ao pombo, do pombo comendo o farelo, do cocô do pombo que comeu o farelo e, por fim exaustos, devoram os sanduíches preparados durante o café da manhã no hotel e suam sem pudor sob o sol e sob esse som de cigarras, que reverberam, o sol e os silvos, nas lajes do átrio.

Ele cruza o largo da Mesquita Nova em direção ao Bazar Egípcio. Entra no corredor principal do bazar. Ao deixar a forte luminosidade exterior e entrar no interior do bazar, por um instante o mundo desaparece e sobram apenas os sons. Ele gosta da sensação, acompanhada de uma rápida vertigem. Mas em seguida tudo retorna. A dor de cabeça aumenta. Ele sente também um ligeiro frescor nessa mudança de ambiente. Só então percebe os odores das especiarias. Ele pensa nas inúmeras vezes que leu em guias de viagens sobre os aromas das especiarias no Bazar Egípcio. Não há guia da cidade de Istambul, em qualquer idioma, sem ao menos uma frase sobre o odor das especiarias nos corredores do Bazar Egípcio. Diz a si mesmo que deve anotar essa observação, mas só pensar que precisa tirar a mochila dos ombros, e depois o caderno de dentro da mochila, e depois a caneta do bolso interno da mochila, transforma esses atos em uma empreitada pesada demais para ele, um obstáculo quase intransponível. Também com as fotos. Ele se maldiz mais uma vez por não usar um aparelho menor. Ele caminha até o fim do corredor principal. Mais uma vez. Ele já está cansado disso tudo, é uma evidência. Mas então por que repetir? Ele pensa em seguir em frente, deixar o Bazar Egípcio e subir em direção a Çemberlitaş. Ele ainda não foi a um hamam. Ele pensa em Hélène. Ele transpira. Ele sente a camisa molhada nas costas sob a mochila. Ele imagina a mancha de suor desenhada nas costas. Ele detesta manchas de suor. Mais ainda fedor de suor. Especialmente do seu suor. Seu suor tem andado mais fedorento do que antes, ele pensa. Tira a mochila dos ombros e a carrega na mão. Pensa em Lucas. Por que pensa em Lucas agora? Ele volta, refaz o caminho através do corredor central do bazar. Ele para alguns metros antes do portão que cruzou há pouco em sentido contrário e que o levaria outra vez ao exterior do bazar. Percebe a porta lateral, à direita. Outra vez. Ele entra. Sobe a escada. Ele sente na pele o frescor de uma temperatura que o mármore dos degraus e os azulejos das paredes conseguem manter num nível agradável. Ele entra no restaurante. Ele senta à mesma mesa. Pede uma garrafa de vinho branco. Ele apanha o caderno. Sua expressão mistura cansaço, enfado e solidão. E um ar meio patético. Ou seria "ridículo" a palavra? Ele não sabe. Ele não sabe o que faz nessa cidade. Ele sabe, porém, que seria pior em outro lugar. Ele está com dor de cabeça. E ele sabe que ela vai aumentar. Ele bebe o primeiro copo. Ele sente que o vinho o tranquiliza um pouco. Ele se serve outra vez. Em breve estará bêbado. E um pouco mais tranquilo. Ele olha para suas mãos. Estão escuras. Ele se dá conta de que ainda está com os óculos de sol. Tira os óculos. Ele olha através da janela. Ele recolhe o olhar. Ele vê um casal que chega para almoçar. Ele acha que são turistas. Ele tem certeza que são turistas. Ele tenta adivinhar a nacionalidade deles. Ele bebe mais um gole. Ele pensa no que vai pedir para comer. Ele não sabe o que vai pedir para comer. Ele não sabe o que faz ali. Ele tem cinquenta e quatro anos. Ele pesa setenta e oito quilos. Ele é francês. Ele tem um filho. Ele sou eu.

Eu sou um amigo dela, eu disse, com a impressão de estar ocultando alguma coisa ou, pior ainda, com a sensação de estar me delatando através da minha voz e da minha falta de jeito, como se confessasse um crime ou assumisse a culpa de algo que eu não sabia exatamente o que era. Mas que deveria ser grave, visto a maneira como aquela senhora de cabelo descolorido e com as mãos nos quadris, postada em pé ao lado de um pequeno balcão que lhe servia ao mesmo tempo de recepção e trincheira, me olhava. Porém em seguida percebi que o olhar e a atitude inquisitoriais faziam parte da sua natureza, uma estratégia de defesa.

É verdade que eu não tinha muito o que perguntar nem a lhe dizer, e isso deixava espaço de sobra para que ela me enchesse de perguntas e invertesse a situação rapidamente. Era ela quem questionava, de maneira quase agressiva, como forma de me afastar, de me fazer ver que eu não deveria importuná-la com aquele tipo de coisa.

Eu não sabia muito bem o que desejava encontrar indo até lá. Tinha sido meio instintivo. Não sentia nenhum tipo de curiosidade sobre o que poderia estar escrito naquele caderno. Abrira-o apenas na tentativa de encontrar algum endereço que me permitisse, talvez, não dar o assunto por encerrado.

Se queria ver Fátima outra vez — e eu não sabia dizer se queria —, o caderno era uma boa desculpa. Mas aí estava o problema. Era mais uma desculpa, o que não fazia avançar as coisas.

Sem revê-la e confrontado com uma passividade que se tornava doentia, eu me encontrava uma vez mais entregue à minha principal ocupação nos últimos tempos: andar sem rumo preciso pela cidade, ainda que dentro de uma zona geográfica cada vez mais reduzida. Eu já não me aventurava em bairros distantes, agora buscando num espaço físico cada vez mais familiar uma forma de proteção ou consolo. Tentava criar, através da repetição de ruas, avenidas, bares e cafés, de imagens recorrentes que se colavam às minhas retinas, um mundo particular, um refúgio, certamente artificial mas capaz de responder a uma necessidade de ordenação, de organização de algo que estava sempre me escapando, menos por sua complexidade do que pela minha incapacidade para apreendê-lo numa linguagem inteligível a mim próprio. Sentia-me demasiadamente sujeito às forças externas, acuado, e isso se manifestava na forma de um mal-estar interior e de uma inibição contagiantes e, por isso mesmo, capazes de causar repulsão. Há muito sentia-me um ser repulsivo.

Aquele pouco mais de dois ou três quilômetros quadrados que ia dos arredores de Taksim até Galata e, do outro lado da ponte, até Sirkeci, era o mundo que eu fabricara para me deslocar. E como ninguém me conhecia ali dentro, tal espaço me oferecia a possibilidade de me reinventar a todo momento. Um espaço concreto para uma vida hipotética. Eu sabia como fazer isso. Já havia gasto muito tempo da minha vida decodificando espaços, domesticando-os numa língua morna e acessível a todos que por falta de curiosidade ou por comodidade prefeririam seguir por caminhos traçados de antemão.

A tranquilidade de ruas arborizadas e prédios residenciais me fez ver que eu estava em Nişantaşı. Tomei a direção de Taksim. Contornei a praça e desci pela Sıraselviler rumo a Cihangir. Era divertido sentar a uma mesa no Kardesler Kafé ao final da tarde, sob as copas de enormes plátanos e a observar o movimento dos *bobôs* de Cihangir. Falsos artistas, ricos vagabundos, publicitários cocainômanos, arquitetos da vez, intelectuais de fachada, poetas fracassados, escritores de romances imaginários a encherem seus moleskines de vazio, tudo banhado numa atmosfera descolada, de um desleixo estudado e, é preciso admitir, irresistivelmente chique.

Tudo aquilo era como a versão istambulense de alguns lugares do Marais ou de Belleville que eu conhecia muito bem e que me causavam uma contrariedade condescendente, uma espécie de ternura para com algo ligado a muita coisa que eu abominava, mas do qual — e eu sabia que não faltava muito para isto — eu também poderia fazer parte. Poder-se-ia transportar aquela mesma fauna ao café La Perle ou ao La Mer à Boire e ninguém perceberia a mudança.

Era esse o tipo de olhar que Philippe, ele próprio um assíduo frequentador do Progrès, esperava de mim. Encontrar os pontos de contato e destacá-los. Ajudar a ler o desconhecido com os mesmos óculos viciados do próprio cotidiano e que, via de regra, só enxergam o entorno do umbigo. E ele sabia que eu podia fazer melhor do que ninguém o que ele queria. O problema era que *eu* não queria mais fazer. Já estava cansado. Cansado de mim, talvez. Com certeza cansado de mim, mas também do resto. Mudava a cidade, mas o que eu via eram sempre as mesmas coisas. Mesmos bares, mesmos restaurantes, mesmas pessoas, a parte visível de cidades iguais, ou a parte igual (e visível) das cidades. E consequentemente as mesmas palavras para dourá-las e torná-las algo a ser visto, absoluta e urgentemente. "Uma enciclopédia para ler antes de partir, um guia para consultar no local, um álbum para folhear na volta." Era uma frase de Philippe, o diretor daquela merda, que aliás gostava de ser chamado de editor, como atestava seu cartão de visitas. Lembro-me muito bem de quando ele a pronunciou, não sem certa pompa, em seu escritório na rue de Nemours cujo design era digno de figurar numa revista de arquitetura de interiores, tirando os óculos de aros grossos e vermelhos e anotando-a imediatamente em uma folha de papel. Pois a frase tinha ido parar direto na contracapa do guia que repousava à minha frente. Uma frase idiota. Como quase todas das quais ele era capaz, pelo menos aquelas que ele trazia para o seu negócio.

E o seu negócio ele sabia fazer muito bem. Eu próprio já era uma invenção do seu negócio. Era normal que ganhasse com isso. E no verbo ganhar, para ele, está subentendido o complemento "dinheiro". Por isso eu não entendia como eu ainda não recebera um ultimato. Nem mesmo um e-mail pedindo notícias. Eu já não lembrava quando tínhamos nos falado pela última vez. Meus pedidos de verba eram tratados diretamente com a secretária, e aceitos sem contestações. De repente me pareceu óbvio que aquela situação poderia durar muito tempo, ou pelo menos até que eu fizesse alguma coisa para alterá-la.

Apanhei o telefone para ligar a Philippe e, enquanto percorria a agenda em busca do número, o aparelho tocou. O nome de Hélène apareceu no visor. Deixei tocar. Chamou de novo. E de novo não atendi. Mais uma, e dessa vez atendi e desliguei num ato contínuo. Ela insistiu. Atendi outra vez, mas agora pronto a soltar os cachorros, a fazer provar toda a minha raiva, a dizer, para começar, que se eu não tinha atendido antes era porque estava ocupado e não podia fazê-lo, que ela deixasse uma mensagem ou ligasse depois se quisesse, e se não quisesse melhor ainda, porque eu não tinha a mínima vontade de ouvir o que ela ia falar.

Mas ela falou antes mesmo que eu pronunciasse a primeira sílaba.

Agora chega, você precisa voltar, ela disse. E desatou a chorar convulsivamente.

O avião aterrissa suavemente. Chegar a Paris, seja em Orly ou em Roissy, é uma das coisas mais sem graça do mundo. Não se vê a cidade, que fica longe demais. Após sobrevoar uma paisagem onde o campo, pequenas plantações e cidades minúsculas a poucos quilômetros umas das outras desfilam na janelinha do avião, a voz mecânica do comandante anuncia as manobras de aproximação ao aeroporto. Distritos industriais inteiros repartidos em quadriláteros tomados por pavilhões metálicos e atravessados por autoestradas sucedem-se até surgirem, cada vez mais perto e com dimensões assustadoramente reais, alguns hangares e aviões estacionados. Em seguida enxerga-se um pedaço da pista e chega-se a uma das cidades mais míticas do planeta sem que absolutamente nada nos faça sentir isso.

Depois é o de sempre. E o sempre fastidioso teste à resistência do viajante: um périplo vagaroso que dilata o tempo de espera para o controle de passaportes, a recepção das bagagens, a fila da alfândega, tudo muito devagar e multiplicando o cansaço do corpo e da cabeça, como se já não bastassem as tantas horas passadas com as pernas encolhidas e quase sem se mexer, completamente surdo pela despressurização deficiente.

O policial atrás do guichê envidraçado confere a foto do passaporte com aquele ar de desconfiança já incorporado ao uniforme e à sua fisionomia e me diz alguma coisa que meus ouvidos em frangalhos não ouvem, mas não é preciso ouvi-lo para saber que se trata da autorização para eu seguir adiante.

Avanço, deixo a bateria de guichês para trás e é apenas nesse momento que tiro o celular do bolso e o ligo. De imediato o sinal de quatro chamadas perdidas estampa no visor. Hélène. Apenas na última ela deixou uma mensagem. Sua voz é seca e demonstra uma preocupação desmesurada em ser precisa: ainda estava a caminho do aeroporto (doze quilômetros e meio) e talvez eu tivesse que esperá-la um pouco. Guardo o celular no bolso outra vez e dirijo-me à esteira destinada às bagagens do meu voo. Fico a olhar para a esteira correndo vazia por vários minutos até que as primeiras malas começam a surgir das profundezas de uma boca escura e a cair com estrondo sobre o tapete rolante. Aguardo. Enfim avisto minha mala se aproximando devagar. Apanho-a e a coloco no carrinho que empurro através de filas e portas corrediças que se abrem à minha passagem até eu me ver por fim despejado no amplo saguão que mistura viajantes a não viajantes, a funcionários do aeroporto com crachás pendurados no pescoço e a empregados das lojas, dos bares e dos restaurantes e a todos os que circulam nesse espaço de transição entre espaços, sob uma luz insípida que me remete a uma atmosfera de hospital, ou coisa pior.

    Procuro um banco livre para sentar e ligo para Hélène. Ela atende no segundo toque. Digo que já cheguei e que a espero (deixa ver, eu digo, olhando em torno para descobrir o número do portão) junto ao portão 2H, ao lado de uma cafeteria Paul. O.k., ela diz, estou perto agora e o trânsito flui bem, não devo demorar. Não digo nada, escuto o som do rádio do seu carro ao fundo, uma voz monocórdica anunciando as notícias do dia. Você está bem?, ela pergunta. Sim, estou bem (estou bem, repito, como para me assegurar). Estamos com folga, ela diz, acho que em uma hora estaremos lá. Ela diz *lá* e eu sei o que ela quer que eu diga. Sempre essas pequenas senhas lançadas ao meu encontro. Não respondo, tento me concentrar na voz que vem do rádio do seu automóvel mas não consigo identificar uma só palavra do locutor. Percebo apenas a entonação e o ritmo típicos dos noticiários radiofônicos. Então até daqui a pouco, ela diz, e desliga sem esperar mais nada, talvez acostumada demais ao meu silêncio e à minha falta de respostas, talvez cansada de tanto tempo a falar sozinha. Ela solta o celular no banco do carona e aumenta o volume do rádio. O noticiário encaminha-se para o fim com a previsão do tempo (algumas perturbações a leste na região da Alsácia, céu claro e temperaturas estivais ao sul, máxima de 29 em Perpignan e entre 15 e 26 no restante do território) e a chamada para os programas da tarde (o documentário sobre uma comunidade cigana da periferia de Paris, uma conversa com dois especialistas em medicina nuclear e a reprise de uma entrevista com François Truffaut concedida a Franck Maubert em abril de 1982). Ela muda de estação e para no sax de Charlie Parker, sempre melancólico a descortinar a melodia de "April in Paris". De repente ela se lembra de Paris. E consequentemente de Peter e Katherine. Precisava visitá-los em Nova York. Sempre disse que a harmonia entre os dois lhe fazia bem. E Paris também. Paris tinha um fraco por Hélène e vice-versa. Era intrépida e lambia-lhe as mãos e o rosto toda vez que a via. Hélène sempre fez confusão sobre o momento exato em que Paris entrou na vida de Peter e Katherine. A cidade, não a cadela. Nunca sabia dizer se eles tinham se conhecido em Paris ou se tinham se casado em Paris. O nome da cadela, evidentemente, veio depois. Mas o que é certo é que ela conhecera Peter e Katherine algumas semanas antes de nos vermos pela primeira vez.

"April in Paris" chega ao fim, e a voz de fumante de Julie London segue no mesmo tom de melancolia chorando um rio de bemóis. Hélène faz sinal para entrar à direita e apanha uma pista lateral que descreve um S antes de chegar ao estacionamento do terminal 2. Encontra uma vaga sem dificuldade, recolhe a bolsa de cima do banco e esquece o celular que escorregara sob a bolsa. Apanha o casaco, bate a porta e sai em direção aos elevadores. No andar dos desembarques, procura as placas indicativas para se localizar. Está no portão C, segue as setas que indicam D, E, F...

Hélène se aproxima. Está cansada. Talvez tenha chorado ainda esta noite. Nas últimas noites deve ter chorado tudo o que tinha para chorar. Agora está seca. Há muito Hélène está seca, e não seria exagero dizer que fui eu quem a secou. Lentamente. Fui contaminando-a com a minha própria secura, fui minando suas forças, isolando-a com minha indiferença crescente. Fechei olhos e ouvidos para seus pedidos de ajuda, para suas tentativas um tanto patéticas de salvar alguma coisa. Até que por fim ela cansou. Hélène agora é uma mulher cansada. Cansada e seca, e que também evita conflitos. Faz como se tudo estivesse bem. Você está bem?, ela pergunta. Sim, estou bem, e repito como para me assegurar.

 Hélène avança. Olha o relógio para se certificar uma vez mais de que temos tempo. Pelo menos desta vez não vamos chegar atrasados. Pelo menos agora estarei à sua disposição. À disposição de Lucas, que talvez tenha imaginado esta cena. Mas não, não é verdade que ainda temos tempo. Agora é tarde demais. Hélène também sabe. Ela avança. Traz no rosto as marcas da noite maldormida, o olhar meio esvaziado pelo uso em excesso de antidepressivos, os mesmos que a ajudam a se levantar de manhã e a embrulhar-se nessa capa de normalidade que transparece em seus passos ainda firmes, ainda bonitos e capazes de atrair os olhares daqueles que matam o tempo à espera do próximo voo para não se sabe onde. As pernas longas, envoltas por meias pretas e cobertas até o joelho por uma saia também preta, os sapatos cujos saltos fazem ecoar pelo saguão um ruído ritmado, um som de máquina, seco também, e cada vez mais próximo. Ouço o barulho do salto alto de Hélène chocando-se a cada passo contra o piso de pedra do saguão do aeroporto. E cada passo ecoa dentro dos meus ouvidos com um som quase concreto. O martelar cadenciado cresce no interior da minha cabeça como se a minha caixa craniana inteira fosse um grande espaço vazio a receber e propagar o eco de seus passos. Hélène caminha dentro da minha cabeça, sua presença física, material, desgarra-se dos tecidos esponjosos, quentes e úmidos que imagino ser a massa viva que constitui meu cérebro. Hélène já não é apenas uma imagem mental que se desenha nos espaços em branco, nos desvãos de uma realidade aparente, Hélène respira, tem um corpo que transpira sob a blusa e o casaco que ela não quis deixar no automóvel, uma pele que exala o cheiro dessa transpiração misturado ao do perfume que há anos, todas as manhãs, ela borrifa nos dois lados do pescoço, na nuca e sobre a nascente dos seios, Hélène tem um corpo que ainda reconheço em todas as suas manifestações, um corpo que se move, que avança, no som marcado dos seus passos dentro da minha cabeça. Ela vem, só ela, no ritmo matemático do salto contra a pedra do saguão do aeroporto. Toda esta multidão de gente enfastiada, todos estão parados agora, congelados. Apenas Hélène se move e avança.

    Ela vem na minha direção. Ela me procura. Olha para as placas indicativas de portas, portões, guichês, setor de embarque, desembarque, estacionamento, pontos de táxi, ônibus, metrô, câmbio, zona de alimentação, toaletes, farmácia, correios, bancos, centro comercial, posto de polícia, posto de turismo, posto de informações, juizado de menores, uma infinidade de setas a seguir, números, letras, sinais que levam a todos os pontos do aeroporto. Mas e eu? Onde estou? Ela me busca em cada homem que vê sentado na zona de espera do saguão. Ela tenta adivinhar a camisa que estou usando, já não muito certa de ainda conhecer minhas camisas. Ela sabe que é bem provável que eu vista uma roupa que é nova para ela, então desiste de me buscar pelas roupas e se concentra na complexão física. Relembra meu corpo, não necessariamente como ele é ou foi de fato um dia, mas o que ela guarda dele na memória já pálida de seu próprio corpo. Porém, ela sabe, agora, que esse corpo não existe. Que é preciso olhar com atenção para todos os homens que ali estão, que é bem possível que ela seja surpreendida com o que verá diante de si quando finalmente me encontrar. Mas onde eu estou? Ela contorna as grossas colunas de concreto que numa prova de virtuosidade arquitetônica sustentam vãos livres a perder de vista. Eu não estou ali, nem encoberto por uma coluna nem sentado em uma das tantas cadeiras metálicas que se enfileiram junto a paredes de vidro por trás das quais desfilam aviões lentos e graves como insetos gigantes no interior de um aquário vazio. Não estou encostado às paredes nem apoiado em balcões vazios ou sentado no chão com cara de exausto. Ela abre a bolsa, vasculha-a em busca do telefone e se dá conta de que o deixou no automóvel. Como vai fazer agora para me encontrar? Ela sabe, mas precisa confirmar que se encontra no portão 2H. Pergunta ao homem com um crachá do aeroporto pendente sobre o peito. Mal-humorado, esforçando-se para fazê-la ver que é uma idiota, ele aponta para a enorme placa com um 2 e um H acima de sua cabeça. Ela não agradece, não se despede do homem. Menos para reprovar a indelicadeza dele do que pela confusão que toma conta de seu espírito. Ela está aflita, e isso é visível mesmo para o homem do crachá, que, com uma ponta de sadismo, estampa um sorriso ao vê-la se afastar confusa e tropeçando na sacola de alguém que dorme com as pernas esticadas e abraçado a um travesseiro improvisado pela jaqueta enrolada. Ela olha em torno. A cafeteria Paul! Eu disse que estava perto de uma cafeteria Paul, Hélène. Imediatamente materializa-se em sua cabeça a imagem do logotipo em fundo preto, bastante simples, com o nome em maiúsculas douradas enquadrado por uma moldura também simples e também dourada: PAUL. Agora essa é a única imagem que povoa sua cabeça. E ela a busca por todos os lados, lança o olhar para todos os luminosos acima da entrada das butiques e lojinhas de suvenires na esperança de deparar com as letras douradas de PAUL sobre o fundo negro que ela vê — é a única coisa que vê — quando fecha os olhos. Percebe que penetra numa área de alimentação, volta-se para os quiosques que se interpõem à circulação das pessoas, os cafés com suas mesinhas redondas sempre ocupadas e cheias de valises à volta impedindo a passagem dos garçons. Ela olha, mas já não consegue ver grande coisa. Está a ponto de se descontrolar. Onde estou? Onde ele está?, ela se pergunta. Durante esse tempo todo, onde estive? Talvez Lucas tenha se perguntado a mesma coisa. É evidente que se perguntou também a mesma coisa. Até que também ele cansou. De outra forma, mais impaciente, mais radical, mas igualmente um cansaço moral, psíquico, um esgotamento. Há sempre um momento em que a coisa se esgota, em que já não é possível continuar, suportar, e a coisa estoura. Por mais que você pareça blindado e erga muros por todos os lados, se a pressão continua crescendo, sempre há um limite, e então é inevitável, vai chegar esse momento da fadiga máxima e irreversível quando então tudo se rompe, fibra por fibra daquilo que parecia um tecido ultrarresistente rompe-se como se fossem tênues fios de uma teia de aranha. E tudo vem abaixo. Ou à tona. Não importa, sabe-se muito bem que tudo aqui é conotativo, que falamos de outra coisa quando falamos dessa coisa.

 Então é assim: começa baixinho, quase imperceptível, como se fosse apenas o ressonar de alguém que, exausto, apoia a cabeça na mala pousada entre as pernas e cochila alguns instantes. Uma espécie de bola que vai crescendo na garganta. Eu sei que não vou conseguir contê-la. E aos poucos a bola aumenta, o choro começa lento, controlável até, mas se intensifica e logo se transforma num pranto copioso que a minha tentativa de prendê-lo apenas agrava, resultando em soluços roucos e grandes espasmos do torso curvado sobre a mala. Enfio cada vez mais a cabeça entre os braços, para me proteger, para me esconder dos olhares que certamente se voltam na minha direção. Desaparecer, sumir de uma vez por todas para, enfim, parar de fugir. Talvez Lucas tenha pensado nisso também. Mas sei que é impossível, e em algum momento ele soube disso também. O resultado é sempre desastroso. Fica apenas este espetáculo constrangedor que sou eu e a minha covardia, chorando agora de maneira desabrida, a cabeça enfiada entre os braços e apoiada na valise à minha frente, no saguão de um aeroporto em meio a centenas de desconhecidos que olham e se perguntam do que se trata e o que devem fazer. Não consigo erguer a cabeça. Sei perfeitamente que só há uma pessoa no mundo que pode me tirar daqui agora. E esse choro franco e incontrolável não deixa de ser uma forma de lhe dizer isso, Hélène. Aqui. Estou aqui. Até que enfim, Hélène. Há muito que estou aqui à espera. Porque não sei fazer outra coisa senão esperar. Aqui estou, Hélène. Sou eu: a testa apoiada nos antebraços, que por sua vez se apoiam na valise entre minhas pernas, o torso e a cabeça sacudidos pelos soluços. Essa mesma cabeça que recebe a sua mão, Hélène, seus dedos por entre as mechas dos meus cabelos. E então já posso erguer a cabeça. Nós nos olhamos. Você está agachada à minha frente. Você segura as minhas mãos. Você me ajuda a me levantar.

E deixamos o aeroporto sem olhar para os lados, sem trocar nenhuma palavra.

A paisagem é amorfa, algum verde à beira da autoestrada e pavilhões industriais que se sucedem como num filme repetido de maneira contínua. Encosto a cabeça no vidro da janela, tomado por uma grande fadiga. Pelo retrovisor vejo uma parte da lateral do automóvel contra a faixa escura do asfalto. A imagem fixa não me dá a impressão de que avançamos. Fecho os olhos e sinto que sou capaz de dormir assim. Dormir, talvez a única coisa que ainda pudesse me despertar algum desejo. Hélène permanece em silêncio, concentrada na condução do automóvel. Pelo menos é o que pensaria qualquer um que a visse agora, calada, o olhar atento à estrada à sua frente e apenas de tempos em tempos desviado por curtos instantes para os retrovisores laterais e o da parte superior do para-brisa, como se estivesse sozinha no veículo. Mas não é assim. Conheço-a demais para saber que, apesar da aparente concentração na estrada, sua cabeça fervilha com questões que estão bem longe deste trânsito que flui normalmente pela A1 nas proximidades da Porte de la Chapelle. Sei muito bem que agora ela se pergunta até quando continuarei em silêncio, pergunta que na sequência natural do seu pensamento ela própria vai responder. Hélène sabe que vamos permanecer em silêncio até que, cansada ou apenas para confirmar o que já sabe ou para preencher um espaço vazio, ela perguntará alguma coisa sobre o meu trabalho. Então eu responderei com duas ou três frases no máximo, e da maneira mais vaga possível, o que será completamente indiferente para ela, que, como nós dois sabemos, não tem o mínimo interesse em conhecer o que quer que seja a respeito do meu trabalho. Será apenas mais um protocolo a cumprir na tentativa, já não muito convincente, de nos aproximarmos daquilo que, talvez, não abordaremos jamais.

E se Lucas estivesse aqui agora?

Todas as vezes que me faço essa pergunta, as respostas são vagas, desimportantes até, meras formas de inventar uma presença que na realidade jamais existiu. Não a de Lucas, que enquanto foi ingênuo o suficiente para não enxergar que o que ele via em mim não passava de um simulacro ou de uma aparição, tentou de todas as formas encontrar, naquilo que ainda chamávamos de família, um espaço que lhe foi sempre negado. Não, a presença que eu desejaria inventar — se ainda houvesse tempo — seria a presença lógica, sincera e quase sempre natural do amor, ainda que deturpado ou mesmo tomado pelo avesso, mas sempre o amor, quando a coisa se passa entre pais e filhos.

Se Lucas estivesse aqui agora ele também estaria em silêncio, como há muito tempo, como Hélène e eu, e avançaríamos os três calados, imersos na atmosfera sonolenta do interior do automóvel com os vidros fechados, embalados pelo rumor quase inaudível mas constante do motor, cruzando uma paisagem opaca apesar do sol generoso, deixando para trás os opressores apesar de amplos espaços de uma periferia repleta de centros comerciais de atacado para, enfim, penetrarmos as ruas da cidade e nos enfiarmos entre fachadas tristes, apesar do evidente cuidado com a harmonia arquitetônica, protegidos os três por esta bolha de metal e vidro fumê que continua a avançar suavemente sobre quatro rodas bem balanceadas e assentes num jogo de suspensões e amortecedores de última geração através de avenidas e bulevares que nos carregam Paris adentro. Assim avançaríamos, os três dividindo o mesmo espaço dentro do automóvel, mas cada um de nós bem aninhado em sua própria cápsula de silêncio, imersos em algo que nos separa e nos aproxima tanto, incapazes de nos alcançarmos, afundados na imobilidade não só dos nossos corpos, mas também do que poderíamos desejar ou sentir.

Se Lucas estivesse aqui no momento em que Hélène estaciona o carro na rue des Rondeaux, no alto da colina de Belleville, à sombra de plátanos de copas fartas que margeiam o muro de pedra amarelado pelo tempo e a poluição, ele talvez usasse de alguma ironia modulada pelo esboço de um sorriso ao observar a altura do muro e as proteções de arame farpado e pontas de ferro que correm ao longo de toda a sua extensão e arrematam--lhe a parte superior, remetendo, sem esforço, à imagem de uma prisão. E depois, talvez, se acomodaria de novo em seu mutismo característico que no início eu insistia em encarar como sinal da rebeldia própria da juventude, porque aliviava a minha cota de responsabilidade, quando no fundo, pelo menos naquele início, nada mais era do que um reflexo, nunca uma reação.

Se Lucas estivesse aqui, agora que cruzamos o pesado portão de madeira e ferro pintado do mesmo verde-escuro que cobre todos os portões e cercas de parques públicos em Paris, um pouco surpresos pela visão até agradável das árvores e gramados cheios de vitalidade e banhados por uma luz crua e abundante que ilumina alamedas de pedra irregular e renques de arbustos, se ele estivesse aqui agora que Hélène, segurando suas lágrimas, busca a minha mão num gesto trêmulo e desajeitado como que pedindo desculpas por abrir a guarda outra vez, se Lucas estivesse aqui ele também responderia de forma desajeitada ao gesto de Hélène, passando-lhe o braço em torno da cintura, engasgado com palavras que jamais conseguiria pronunciar e, voltando quase de maneira ostensiva as costas para mim, afirmaria assim a única aliança possível para ele dentro do trio que bem ou mal continuávamos formando.

E assim avançaríamos os três, se Lucas aqui estivesse, ele com o braço em torno da cintura de Hélène, que, agora mais reconfortada, repousa a cabeça no ombro, dele, enquanto eu, um pouco à parte e de certa forma incomodado — é preciso reconhecê-lo — com aquela repentina e quase obscena cumplicidade, adianto-me para verificar, na planta baixa do conjunto desenhada num painel ao lado da guarita da vigilância à entrada, o lugar onde nos encontramos e como fazemos para ir dali até aquela construção que até então eu só vira em fotografias ou gravuras, mas que, ao avançar nem bem trinta metros, reconheço de imediato por seus traços claramente neobizantinos, sua cúpula e semicúpulas de uma alvura ofuscante sob o sol a pino e as altas paredes com largas faixas horizontais de pedra branca e negra sucedendo-se de alto a baixo.

E assim, em silêncio e incapazes de não experimentar a

sensação de penetrar um templo religioso, cruzamos a porta principal deste edifício que se orgulha de ser um dos maiores monumentos laicos em homenagem aos mortos na França, sob um fundo musical monótono que só faz aumentar a frieza que as paredes de pedra e um pé-direito de mais de sete metros conferem ao seu interior.

Frio, estou com frio, diz Hélène após uns vinte minutos lá dentro em completo silêncio, apenas os três — porque chegamos cedo, com folga, como ela previra –, sob a ampla cúpula da sala principal e o fundo musical que deixa tudo frio, tudo muito frio ali dentro.

Em seguida percebemos que alguns amigos de Lucas que ela conseguiu contatar já se encontram por ali. Não conheço ninguém e não tenho a mínima intenção de falar com quem quer que seja. Tomo Hélène pelo braço e sussurro-lhe ao ouvido que lá fora, sob o sol, estaremos melhor. Ela diz que vai ficar. Respondo que vou esperá-la à saída e a deixo. Antes de cruzar a porta vejo um jovem se aproximar de Hélène e lhe dizer alguma coisa ao ouvido. Lembro de já tê-lo visto antes, três ou quatro vezes em companhia de Lucas. Tento, sem muito esforço, lembrar seu nome, mas logo desisto ao perceber que não vou conseguir.

Desço as escadas e só então reparo no columbário que me havia passado inteiramente despercebido na chegada. São quatro Ls abertos ao exterior, mas cobertos em forma de passadiço e que enquadram o edifício principal, separados dele por pequenas superfícies gramadas e recortadas por calçadas de pedra irregular. O sol brilha com força, ponho os óculos escuros e fico à espera de Hélène.

É só quando entramos os dois novamente no automóvel que Hélène volta a pronunciar uma palavra.

Se Lucas ainda estivesse aqui, ela diz, acho que ele iria querer te mostrar uma coisa.

Não digo nada, não é preciso, eu sei que ela vai continuar. Você tem tempo agora?

Não é uma pergunta, é apenas uma maneira de dizer que ainda não terminou. E que talvez não termine jamais.

Hélène dá partida no automóvel, que em seguida desliza lentamente sob a sombra das árvores ao longo da rue des Rondeaux, ganha velocidade, dobra na avenue Gambetta e desce pela rue du Chemin Vert para em seguida tomar a direção leste de Paris.

No quarto andar do número 9 da rue Édouard Vaillant, um típico ateliê de artista, como há vários em Montreuil, não muito espaçoso, a peça quase sem móveis, uma grande banca de madeira onde repousam materiais de pintura e algumas ferramentas razoavelmente ordenadas em uma caixa de plexiglas. Em outro canto, duas cadeiras com assento de palha rota, um fogareiro de uma só boca pousado em um caixote de madeira, três canecas de louça sujas, duas colheres, um pacote de café aberto e alguns cubos de açúcar sobre um guardanapo de papel.

Uma peça de mais ou menos quarenta metros quadrados, revestida com um parquê maltratado pelo uso e pela má conservação, repleto de manchas de líquidos oleosos. Junto a uma das paredes, a mesa com o tampo de madeira ligeiramente inclinado e alguns tubos de tinta, pincéis, latas de solvente, cola branca, fitas adesivas, tesouras e folhas de cartolina espalhadas em sua superfície. Uma luz farta entra pela janela.

Uma luz gorda. A peça é iluminada com abundância, a janela ocupa quase toda a extensão da parede. Está muito quente.

Mas não se trata apenas da sensação de calor. Há uma materialidade física no calor ali dentro, tornando-o uma coisa palpável. Devido à inclinação do sol, parte do piso encontra-se sob a luz direta, e as manchas de tinta e solvente ressaltam do parquê. Ao mesmo tempo, a luz crua que atinge o piso parece retida e ampliada naquele espaço pela ação das paredes e do teto pintados de vermelho-vivo.

Mas nada disso é visto em um primeiro momento. O que chama a atenção tão logo abrimos a porta é o enorme painel recostado à parede em frente. Não há como nossos olhos não caírem em cheio nessa imagem. Trata-se de uma foto em um formato que extrapola facilmente quatro metros de comprimento por uns dois de altura. No terço direito do painel, Lucas se fizera retratar de pé, em tamanho natural, camisa branca e calça jeans surrada, encostado a uma parede vermelha. Sua postura é rígida — quase todo o corpo, dos pés à cabeça, está em contato com a parede —, como um soldado diante da revista de um oficial. A expressão do rosto, porém, não condiz com a posição do corpo. Ele está voltado para a sua direita, na direção da janela, mirando com evidente atenção, mas certo ar de candura, alguma coisa fora do campo enquadrado pela foto. Há em sua expressão um misto de admiração ou surpresa, transmitido, talvez, pela boca ligeiramente aberta e os olhos arregalados. Junto ao canto esquerdo, num primeiro plano totalmente fora de foco e com os contornos fluidos, aparece o cano de uma espingarda apontando na direção de Lucas e um braço a sustentá-la, como em uma cena de fuzilamento.

A parede retratada na foto não só tem a mesma cor vermelha da parede da peça onde o painel se apoia, mas, e isto não é difícil perceber, trata-se de fato da mesma parede. Descendo do teto, um fio de eletricidade, também pintado de vermelho e confundido com o plano da parede, revela que o painel está apoiado exatamente no trecho de parede que ele retrata. O fio desce pela parede real e continua seu caminho sem interrupção, já dentro da fotografia, até uma tomada situada a uns quarenta centímetros do piso.

Agora estamos os dois em silêncio diante da foto.

Nós a observamos por vários minutos. Então me aproximo e me coloco diante do painel, ao lado da imagem do corpo de Lucas. Hélène, por sua vez, dirige-se à janela, talvez para olhar (a foto?, eu próprio?) de outro ângulo. Para *entrar* no que seria o campo de visão de Lucas? Mas em seguida ela vira as costas e põe-se a mirar através da janela.

Ela pergunta se eu quero saber o que ela vê.

E começa a descrever o que vê.

O prédio em frente tem cinco andares, as janelas estão quase todas fechadas, há pequenas sacadas de ferro nos apartamentos que ocupam o terço central do edifício. Em algumas sacadas há vasos com plantas; numa outra, mais abaixo, duas cadeiras também de ferro e uma bicicleta encostada à parede. Vários pombos estão pousados no parapeito de uma janela do terceiro andar. Agora eles levantam voo. E pousam de novo no parapeito de outra janela mais abaixo. Mais abaixo ainda, no outro andar, uma mulher abre a janela. Os pombos voam de novo, agora em busca de outra fachada. A mulher acende um cigarro. Apoia os antebraços no parapeito da janela, deixando as mãos pendidas, o cigarro entre os dedos da mão direita. Dá uma tragada e olha para a rua lá embaixo.

Um caminhão de mudanças estaciona em frente ao prédio. O motorista desce e abre as portas da carroceria. Retira um embrulho comprido de dentro do caminhão, atravessa a rua e entra no prédio. Uma mulher empurrando um carrinho de bebê passa por trás do caminhão, para, espicha o pescoço para ver se algum carro oculto pelo caminhão avança em sentido contrário. Não vem ninguém. Ela atravessa a rua e entra no mesmo prédio onde há pouco entrou o homem do caminhão.

Uma campainha de telefone. A mulher que está fumando à janela volta-se para trás de repente. Tem o cuidado de apagar o cigarro num cinzeiro pousado sobre o parapeito e desaparece no interior do apartamento.

Um automóvel passa.

Mais um.

Ainda mais um.

Outro passa em sentido contrário.

Agora a rua está vazia.

Um casal de velhinhos atravessa a rua devagar. Vem um carro. O carro se detém para os velhinhos passarem. Os velhinhos demoram a passar.

A rua está vazia outra vez.

A rua continua vazia.

Outro homem desce da cabine do caminhão estacionado à frente do prédio. Ele tira o telefone do bolso e começa a andar de um lado para outro na calçada enquanto fala ao telefone. Ele termina de falar, guarda o celular no bolso e retorna à cabine do caminhão. Agora aparece o motorista que estava dentro do prédio. Ele sobe na cabine, dá a partida no motor e o caminhão arranca devagar. Quase ao mesmo tempo, enquanto o caminhão termina a manobra para tomar o curso normal da rua, atrás dele, em busca da vaga deixada junto ao meio-fio, aproxima-se um Mini Cooper amarelo com capota preta e teto solar. Avança, dá marcha a ré e encaixa na vaga. Um homem de óculos e casaco de couro desce. Ele carrega um pacote enrolado em papel pardo embaixo do braço. Entra no número 9 da rue Édouard Vaillant. Digita o código da porta. Empurra-a tão logo ouve o som do desbloqueio. Entra. Aguarda a chegada do elevador. Entra no elevador. Aperta o 4. O elevador sobe. Ele se olha no espelho e ajeita a gola da camisa. O elevador para. Ele abre a porta do elevador. Olha para a direita. Para a esquerda. Dá cinco passos. A campainha toca.

A campainha tocou duas vezes antes que um garoto de vinte e poucos anos, cujo nome (Pascal) eu saberia mais tarde, me abrisse a porta e, espichando o braço num gesto cansado em direção à sala, me convidasse a entrar.

E entrar naquele apartamento havia já algum tempo me causava certa confusão. Alguns móveis, livros, CDs, muitos dos meus filmes, objetos, quadros e até roupas e sapatos estavam ali ocupando os mesmos espaços de sempre. Outros, porém, se encontravam deslocados em recantos e peças onde eu jamais os teria imaginado. E outros ainda — cujo número aumentava a cada visita — eram inteiramente novos para mim. Móveis, livros, quadros, objetos que se agregavam a outros num espaço que para sempre me seria familiar, mas de uma familiaridade cada vez mais postiça, que dizia respeito a uma parte de mim que já me era estranha.

Pascal sentou-se no sofá e retomou a leitura do livro que interrompera para me abrir a porta. Eu sabia que já o tinha visto outras vezes, assim como a maioria dos jovens que acabara de ver em torno de Hélène havia poucas horas, mas era incapaz de saber o que cada um fazia e qual era o tipo de relação que mantinham com Lucas.

Pascal também é artista (Ah, desculpe, não tinha apresentado: Robert, este é Pascal; Pascal, Robert), disse Hélène tão logo se juntou a nós, sentados um de frente para o outro e separados por uma mesa de vidro baixa onde repousavam o último número do *Télérama*, três ou quatro livros empilhados e dois copos de uísque, um dos quais Hélène apanhou para tomar um largo gole.

Eu estava abrindo a boca para dizer "Também? Quem mais?", talvez apenas como esforço — que me esgotava antes mesmo de fazê-lo — para iniciar uma conversação, quando Hélène depositou o copo quase vazio sobre a mesa e continuou:

No momento ele está trabalhando num projeto bem interessante, talvez ele possa nos falar um pouquinho sobre isso, ela disse, sem fazer a mínima pausa para Pascal entrar na conversa, trata-se de um trabalho bastante conceitual, a ponto de alguns até o classificarem como ultraconceitual apenas porque envolve, o.k., o conceito do conceito, o que na minha opinião não justifica essa qualificação preciosista, porque no fundo a coisa é bem mais simples, trata-se de uma releitura dos procedimentos científicos a partir da incorporação dos tais procedimentos ao processo artístico sem abrir mão, é óbvio, do afastamento irônico fundamental à compreensão da lógica do dispositivo, o que acaba, claro, por deslocar o centro cognitivo da peça produzida, do artista já não para o processo em si e muito menos para a busca instaurada por sua estética, mas para esta atitude distanciada dele, artista, em relação ao seu próprio gesto mental, esvaziando-o ao mesmo tempo que lhe confere o estatuto de arte. Resumindo, ele instalou sensores semelhantes a marca-passos no interior de um repolho na tentativa de registrar a "pulsação" do repolho. O repolho não foi colhido, está em canteiro e, portanto, vivo. E portanto pulsa, como todas as coisas vivas. É a partir dessa obviedade que ele desenvolve sua pesquisa. Na verdade ele questiona a ciência através da arte servindo-se de técnicas e conceitos próprios da ciência para fazer arte. Por exemplo, a maneira de introduzir os sensores no coração do repolho — evidentemente, coração aqui é no sentido figurado e, claro, já uma apropriação do campo semântico deste outro lado do qual ele busca se aproximar, ela disse, enquanto tomava outro gole de uísque —, a técnica que Pascal utiliza para fazer esse, digamos, implante (e ela sorriu para Pascal), empresta equipamentos e procedimentos da cirurgia laparoscópica, usada, por exemplo, para fazer uma extração de vesícula sem a necessidade de cortar a barriga do paciente. Só que nesse caso o procedimento é contrário. Não uma extração, mas um implante. Como vê, a dialética está sempre presente. Ciência e arte, é uma maneira de aproximá-las e ao mesmo tempo distingui-las, servir-se dessa aproximação para destacar, crítica e ironicamente, as suas diferenças.

Eu acompanhava o que ela dizia aquiescendo de tempos em tempos com a cabeça e observando Pascal, que continuava a ler de maneira bastante concentrada, ou melhor, que fazia de conta que estava concentrado na leitura de seu livro, mas na verdade muito atento às palavras dela, como um menino que ali estivesse fazendo sala para a visita por imposição da mamãe e que aguardava, entre entediado e orgulhoso dos elogios, o momento em que ela o autorizaria a ir para o quarto brincar de Playstation.

Talvez outro dia a gente possa aprofundar esse assunto, se te interessa, mas agora Pascal deve ir para casa. Ele tem um encontro com uma galerista amanhã de manhã, uma pessoa muito interessante, uma empresária do ramo de carnes — frangos eu acho — que acaba de abrir uma galeria no Marais e parece interessada em montar uma exposição com os trabalhos de Pascal, não é Pascal?

Pascal fechou o livro, até tentou (sem sucesso) um sorriso, bebeu de um só gole sua bebida, largou o copo vazio sobre a mesa, deu um arroto e se levantou.

Eu celebro a vida, meu trabalho está numa linha oposta ao de Lucas, ele disse, olhando-me de fato pela primeira vez.

E então sorriu. Tinha um sorriso bonito, onde transparecia

todo o vigor e a beleza de sua juventude. Ao mesmo tempo ele me passava, e isto eu percebi apenas naquele instante, a impressão de certo retardamento mental. Imaginei-o sozinho em seu ateliê enfiando sensores dentro de repolhos e senti uma enorme compaixão por aquele rapaz. Quase tive vontade de beijá-lo.

De pé, estendi-lhe a mão. Mas uma fração de segundo antes ele já iniciara o movimento para dirigir-se à porta. Fiquei eu, também por uma fração de segundo, com a mão suspensa no ar, mas acho que nem ele nem Hélène perceberam.

Hélène acompanhou Pascal até a porta com o braço em torno da cintura, beijou-lhe de leve os lábios e fechou a porta sem esperar que chegasse o elevador.

Foi quando ela voltou a se sentar, depois de se servir de um segundo uísque (ou terceiro ou quarto, não sei) e me perguntar (pela primeira vez) se eu queria tomar alguma coisa (um uísque está bem, eu disse), foi só aí que percebi que ela estava com o cabelo molhado (provavelmente ainda tomava banho quando cheguei) e que vestia uma camiseta branca sem sutiã e um short que uma menina de vinte e poucos usaria com muita graça, mas, eu era obrigado a admitir, não mais do que ela.

Hélène tinha umas pernas longas e ainda bem desenhadas, com coxas e panturrilhas firmes, num equilíbrio harmonioso com os joelhos pouca coisa salientes e com os tornozelos, que derivavam para um pé bastante delicado que fazia lembrar os de uma figura grega.

Eu assistia ao movimento daquele conjunto feliz de coxas, joelhos, tornozelos e pés diante de mim, enquanto ela preparava o meu uísque. Ela me trouxe o copo e eu pedi uma pedra de gelo a mais, só para ver aquelas coxas, joelhos & etc. irem e voltarem mais uma vez.

Ela veio, enfim, com o gelo (e com todo o resto junto) e sentou-se ao meu lado no sofá. Encolheu as pernas, abraçando-as.

Percebi a pele de sua coxa ligeiramente arrepiada como a de uma galinha da qual se acaba de arrancar as penas. Dei uma molhadinha no dedo dentro do uísque e encostei a ponta naquela coxa, esfregando-a do joelho em direção ao quadril. Ficou ainda mais arrepiada e eu a beijei. A língua de Hélène sempre me deu a impressão de ter vida própria, e depois de tantos anos eu ainda não sabia dizer se gostava ou não daquilo. Depois puxei seus cabelos e apliquei umas mordidinhas embaixo do queixo, que ela gostava, e me dei conta de que Hélène jamais havia deixado de usar o mesmo perfume desde que eu a conhecera, um perfume que nunca senti em nenhuma outra mulher porque era a mistura particular do aroma do próprio perfume com o de sua pele, especialmente a pele do pescoço, que agora eu cheirava e lambia com a ponta retesada da língua, desde o colo até a parte de trás da orelha.

Hélène abriu minha camisa, acariciou meu peito e, com mais pressa do que jeito, desabotoou-me a calça e baixou minha cueca num só movimento. Meu pau saltou como de dentro de uma caixinha de surpresa, ela abriu um sorriso feliz para ele e o agarrou enquanto emitia um leve gemido. Não demorou para que o tivesse dentro da boca, cujo calor úmido o envolvia e se propagava pelas minhas virilhas. Toquei-lhe a xota, ainda por cima da calcinha, sentindo o calor e o volume dos pelos sob o tecido. Ela soltou outra vez um gemido, ou vários, mais profundos, mais graves, misturados ao sussurro de algumas palavras que não entendi. Afastei com os dedos a parte da frente da calcinha e enfiei bem devagar, com a impressão de que todo o meu corpo terminaria por entrar no interior do seu.

Foi uma espécie de desintegração. De repente eu me sentia ingressando em uma piscina de água quente, e à medida que entrava meu corpo ia se transformando, ele também em água, e eu sabia que em breve nada mais restaria dele a não ser a consciência de um corpo, dissolvido, misturado àquela água quente, mas ainda sabendo-se um corpo. E esse corpo eu já não podia dizer que se tratava do meu ou do de Hélène, mas daquilo que passamos a ser em meio a suor, saliva, sêmen e mais uma série de secreções que geravam aqueles líquidos todos que nos transbordavam e que faziam de nós um só corpo-água. Ou uma água-corpo. Era tudo o que tínhamos, este corpo e o seu desejo (mais do que isso: necessidade) de continuar vivo. Um corpo em sua manifestação mais primitiva e, portanto, mais pura, fora de qualquer medida ou tentativa de limitar algo que só fazia expandir, transbordar, ultrapassar, prosseguir em sua sede de infinito. E assim continuamos, cada vez menos nós e mais água. E assim finalmente nos encontramos, quando já não havia nem Robert nem Hélène, mas apenas seus corpos.

Ou para dizer de maneira mais sucinta: fodemos como bichos.

O que nos fez um bem danado.

Devido à insistência, resolvi atender o telefone. Disse que Hélène estava na ducha, que ele podia ligar dali a alguns minutos se assim fosse seu desejo. Ele perguntou quem estava falando e eu disse meu nome. Seguiu-se um silêncio. Pensei que a ligação tivesse caído. Filho da puta, ouvi do outro lado. Desculpe?, eu disse, um pouco surpreso, apenas um pouco. Você é um grande filho da puta, a voz continuou, num tom inalterado, como se me dissesse a lua está linda e cheia e seu clarão ilumina o meu quarto. Perguntei quem estava falando, mas ele pareceu não me escutar e continuou me insultando. À medida que prosseguia, sua voz começou a se alterar, subindo de tom, demonstrando um descontrole digno de um louco, ou de um (bom) ator.

Dirigi-me à porta do banheiro e quando Hélène saiu, enrolada em um roupão, passei-lhe o telefone. Ela me perguntou quem era com um leve arquear de sobrancelhas. Eu encolhi os ombros e fui servir uma bebida.

Ouvi-a dizer calma, calma e, por fim, gritar sou eu, sou eu, Marc, Hélène, para com isso, por favor, já chega, chega!

Sentado no sofá, com o copo de uísque pousado no joelho, eu observava o vaivém de Hélène diante da janela tentando acalmar a pessoa (Marc, se eu tinha ouvido bem) que, ao que tudo indicava, continuava a esbravejar no outro lado da linha.

O melhor a fazer é voltar a Paris agora, ela disse, você precisa de um descanso. Quando chegar, a gente conversa, o.k.? Promete que vai voltar? Mas tente manter a calma, descanse um pouco. Como é que você está aí? Tem se cuidado direito?

Ela fazia as perguntas sem esperar pelas respostas, apenas para tentar acalmá-lo. Depois olhou para mim no sofá e disse sim, sim, está aqui, sim, mas a gente conversa sobre isso depois, o.k.?

Ela continuava me olhando e falando. O outro parecia mais calmo e agora falavam (ou pelo menos Hélène) num tom normal, uma conversa absolutamente normal, ou que seria absolutamente normal não fosse o olhar dela, que não desgrudava de mim, deixando claro que o tema da conversa era precisamente eu, sentado em seu sofá e bebendo do seu uísque.

Quando desligou, eu não quis perguntar do que e de quem se tratava. Não queria que ela pensasse que eu dava alguma importância àquilo, até porque *de fato* aquilo não tinha a mínima importância para mim. Eu a tinha procurado por outra razão e até já havia me demorado demais ali. O que eu queria entender, entre outras coisas, era por que ela havia marcado aquele encontro com Philippe no ateliê de Montreuil. Por que Philippe? E por que no ateliê?

Foi ele quem quis, respondeu Hélène. Disse que queria ver aquela obra de Lucas. E quando eu disse que estaria lá com você naquele dia, ele pediu pra ir também. Achei que ele queria falar com você, e também achei que você não se importaria de encontrá-lo. O.k., eu devia ter te perguntado antes, mas a verdade, Robert, é que ando meio sem cabeça pra nada, dá pra entender, não? E além disso, estou um pouco assim, como se diz, meio que cagando se eu deveria ter te prevenido ou não.

E aquele livro?, perguntei.

Quando ele me telefonou, foi pra dizer que o tal livro tinha ficado pronto. Depois é que falamos da ida dele ao ateliê. Então ele disse que levaria uns exemplares em primeira mão. Mas eu nem sabia que isso estava em curso. Foi o Lucas quem o procurou, iniciativa dele. Conheço o Philippe há anos, você sabe. Não esqueça que fui eu quem apresentou vocês lá no Progrès, na época eu ainda estava com ele. Se o Lucas tivesse me falado da ideia de um livro, eu jamais teria pensado em Philippe pra realizar isso. Primeiro porque não dá pra dizer que o ramo dele seja bem o das artes e, depois, precisamente porque conheço o Philippe há anos, e muito bem.

E o que você acha daquilo?

Daquilo o quê?

Do livro.

Eu ainda nem abri. E pra ser sincera, não sei se um dia vou conseguir fazer isso.

Não podia precisar quando tinha começado a chover, e isso me incomodava. Lembro de em algum momento ter pensado em sair e ir ao cinema, mas não lembro quando nem por que desisti. Agora eu olhava através da cortina líquida que escorria pelo vidro da janela ao som de grossos pingos ricocheteando no próprio vidro e também no parapeito, que devia ser de alumínio ou PVC, mas em todo caso de um material diferente de pedra ou concreto, porque a chuva retumbava ali como num tambor.

Tinha sido esse barulho que me fez tomar consciência de que chovia.

Agora eu olhava e escutava a chuva enquanto tentava adivinhar quando ela começara a cair. O quarto ficava no segundo andar e, lá embaixo, por cima da parte anterior do luminoso do hotel, do qual eu só enxergava fios, reatores e a estrutura de aço que sustentava três letras em néon verde (TOH), eu via a chuva cruzar o halo amarelo de um poste da iluminação pública.

Ela caía de maneira vertical e seus pingos refratavam a luz da lâmpada, multiplicando visualmente sua real intensidade. Sob a auréola em torno do topo do poste, a calçada era um espelho estilhaçado pelos pingos, ladeado por uma torrente de água que escorria com força pela sarjeta e descia sob uma espuma branca que dançava sobre a grade da boca de lobo junto à esquina.

Eu olhava para essa imagem e ela me parecia absoluta, como se nada antes dela, e provavelmente nada depois, pudesse existir. A noite, o poste de iluminação e sua auréola amarelada por onde cruzavam os pingos da chuva como riscos prateados impressos no fundo escuro da noite, a calçada alagada, o riacho formado na sarjeta, a espuma branca, tudo ali convergia para uma imagem que eu, assim como todo mundo — eu julgava —, já vira ou pensava ter visto milhares de vezes: uma imagem que à força de parecer real cristalizava-se à frente da própria, e móvel, realidade que ela deveria traduzir, uma imagem facilmente "imaginada", como se devido a uma malformação do cérebro humano uma noite chuvosa impusesse necessariamente à sua representação mental o poste de iluminação, e sua auréola amarelada a chuva de grossos pingos, e estes a calçada alagada, e esta a água correndo na sarjeta, e a água na sarjeta a espuma branca borbulhando à entrada da boca de lobo. O resultado era a sensação de que aquela imagem havia fixado o tempo, quando na verdade apenas encobrira a sua noção, a percepção que se pode ter de um movimento. Aos poucos e com muito esforço, fui me recordando que eu chegara junto à janela de maneira meio automática, como qualquer pessoa que se encontra sozinha num quarto de hotel pela primeira vez: fatalmente, mais cedo ou mais tarde, mas em todo o caso nos minutos seguintes que seguem a sua entrada no quarto, essa pessoa vai dirigir-se à janela para ver que tipo de vista ela tem de seu quarto.

Pois na lembrança desse passado recentíssimo, vivido e já esgotado havia poucos minutos, comecei a ver essa pessoa que era eu (como se me movesse dentro de um filme) dirigindo-se devagar para a janela com o vago desejo de fumar (o que era estranho, porque salvo duas ou três tentativas frustradas na adolescência eu nunca tinha conseguido terminar um cigarro) e pensando que talvez fosse uma boa pegar um cineminha. Vi essa mesma pessoa soltar o livro que trazia na mão e destravar o trinco de latão dourado do centro da janela, abrindo-a de par em par. Lá fora havia um calor pesado, um céu carregado de nuvens, mas a noite ainda estava longe. Havia certo movimento típico de final de jornada, uma alteração de ritmo, um certo frêmito na rua, algumas pessoas de aspecto cansado e outras descontraídas, mas todas demonstrando alguma pressa, talvez pela iminência, evidente, do temporal.

Essa pessoa, esse homem, deixou-se ficar ali, em pé, com o ombro direito encostado a um dos lados do caixilho da janela, um pouco retraído, como se olhasse sem querer ser visto. Talvez fosse apenas uma impressão sugerida por sua posição junto à janela. Ele não tinha nenhum motivo para olhar sem querer ser visto. Primeiro porque nada de extraordinário acontecia lá fora, segundo porque não estava fazendo nem tinha feito nada de proibido e, portanto, não havia motivo para se esconder de ninguém. Mas o fato é que ele continuava naquela posição, olhando através da janela, com a sensação de estar sendo observado.

E foi só assim, sendo observado (ou com a sensação de ser observado) à janela de seu quarto de hotel, que ele pôde enfim recuperar aqueles instantes apagados e dessa forma, como se esse olhar exterior iluminasse não só sua memória recente mas seu próprio olhar, ele também pôde ver que de repente a noite começou a cair, que as pessoas na rua apressaram ainda mais o passo, que de um instante para outro começaram a surgir guarda-chuvas e gabardines até então improváveis para um dia de sol e calor, que um vento quente bafejou sobre as calçadas ressequidas, que uns pingos começaram a cair. Primeiro, pingos esparsos, mas já grossos e pesados, em seguida abundantes, fazendo as pessoas correr em busca de abrigos, esvaziando por completo ruas e calçadas. E ele sentiu que alguns desses pingos batiam no parapeito e respingavam no interior do quarto, molhando-lhe a camisa. Então fechou a janela e encostou a fronte no vidro. Luzes — nos postes, nos faróis dos carros, nas vitrines, nas fachadas das lojas, nas janelas dos apartamentos — se acendiam em cadeia. Em poucos minutos o céu tornou-se um breu completo, o que apenas realçava ainda mais a confusão feérica da cidade. Olhou para o relógio e viu números ordenados na forma 21:17, sem que isso lhe dissesse nada. Uma cortina líquida escorria pelo vidro da janela ao som dos pingos ricocheteando no próprio vidro e no parapeito, que devia ser de alumínio ou PVC, pois a chuva retumbava ali como num tambor.

Deixou-se ficar observando o movimento da chuva a cair. Ali, atrás da janela, na temperatura adequada do interior do quarto, em silêncio, imóvel, foi invadido por um sentimento de repouso que a imagem lá fora lhe transmitia. A água cruzando a auréola amarelada do poste de iluminação, a calçada alagada, a torrente escorrendo pela sarjeta para descer sob uma espuma branca na boca de lobo junto à esquina. Já não havia ninguém na rua, agora um território absoluto da chuva, que, diminuindo um pouco de intensidade, adquirira um ritmo constante.

Chovia.

Lá embaixo, na esquina, o poste e sua auréola de luz pareciam abandonados para sempre à chuva e à sua constância. Um quadro fixo — chuva caindo na noite — ou a cena parada da abertura de um filme, que deixava também ele paralisado junto à janela, o ombro direito apoiado a um dos lados do caixilho.

Tinha a impressão que poderia ficar assim pelo resto dos seus dias, não fosse aquela irrupção que quebrava o imobilismo da imagem e o tirava de sua passividade lenitiva.

Primeiro uma mancha clara, esvoaçante sob as rajadas de vento e água (sem que ele percebesse, a chuva tinha recrudescido outra vez), em seguida um vulto mais definido, envolto em uma gabardine branca cujas abas escapavam da mão que tentava sem sucesso mantê-la fechada junto ao corpo à altura das coxas, a cabeça coberta por um chapéu preso por uma fita embaixo do queixo. O vulto chega à esquina, junto ao poste, penetrando o interior da auréola de luz fustigada pelo aguaceiro, dá dois ou três passos em direção a uma das ruas, aproxima-se da placa colada à parede do prédio, olha para cima protegendo o rosto da chuva com as costas da mão a formar uma aba sobre os olhos. Regressa sob o facho de luz do poste, onde a água turbilhona em volutas de vento. Com uma das mãos mantém as golas da gabardine cerradas junto ao pescoço. Ameaça tomar uma das ruas. Desiste outra vez, olha para os lados.

Ele já percebeu (você, todos já percebemos), é Hélène. Ele pensa em abrir a janela e gritar seu nome, mas prefere vê-la ainda um pouco mais naquele balé insano sob a chuva, enfiada em sua gabardine branca acossada pelo vento, mais parecendo um pássaro novo tentando alçar seu primeiro voo, andando de um lado para outro entre espirais de água borrifada em todas as direções, como se os grossos pingos empurrados pelo vento se chocassem uns contra os outros e se dividissem em pingos menos espessos que continuavam se chocando uns contra os outros até se dissiparem por completo em uma chuva gasosa, pulverizada, chuva dentro da chuva, uma espécie de fumaça líquida subindo sem peso e cortada por grossas cordas d'água verticais, um pouco inclinadas, sacudidas de tempos em tempos por rajadas que as desordenam, enredam-nas, para logo a seguir deixarem-nas cair pesada e verticalmente sob Hélène na rua, Hélène sozinha na noite e sob a chuva, já não sentindo os pés dentro das botas, mas como se chapinhasse descalça a camada de água que cobre o passeio, molhada até a cintura, apenas o tronco ainda relativamente seco, protegido pela gabardine e pelo calor que emana de sua agitação, Hélène que vai de um lado para outro sem se decidir por um ou por outro, Hélène que enfim, quase por acaso, ergue os olhos e vê, sob o equilíbrio frágil da aba encharcada do chapéu sobre a testa e através dos pingos cruzando a luz do poste e chocando-se contra seu rosto, ela vê o néon verde com o nome do hotel, sem saber ainda (e não saberá jamais) que atrás daquela estrutura de metal onde se inscreve o letreiro, à janela, alguém (assim como você), imóvel, a observa dirigir-se até a entrada do hotel, cruzar a porta, deixando um rio de chuva atrás de si e pousar o chapéu gotejante no balcão, indiferente à surpresa e ao gesto brusco do recepcionista para proteger seus papéis da água que se espalha pela superfície de madeira — um jovem pálido que mesmo contrariado procura com afinco em sua relação de hóspedes o nome que ela (que agora leva as mãos aos cabelos, puxa-os para trás e agita-os energicamente para livrar-lhes do excesso de água que vai parar no peito e no rosto dele) acabou de lhe dizer.

Hélène se afasta sem nem agradecer ou se desculpar, o chapéu na mão direita, quase sem forma e pendido junto à perna. Sobe a escada, inaugurando às suas costas uma improvável cascata sobre os degraus, um véu líquido cuja descida o recepcionista acompanha com os olhos, degrau por degrau, até chegar à frente do seu balcão, na posição que ela há pouco ocupava.

Ela dirige-se à porta cujo número o rapaz lhe informou. Leva a mão ao trinco, empurra a porta e dá três passos até o meio do quarto. Ela para, a gabardine aberta, arriada na altura das espáduas e à mercê de um simples movimento dos ombros para tombar no chão, as abas roçando o piso e deixando escorrer a água que se acumula em torno dos seus pés como se ainda ali, dentro do quarto e ao abrigo de pelo menos quatro lajes de concreto que empilham andares até o topo do edifício, como se ali, no meio do quarto, ainda continuasse a chover sobre sua cabeça, como se ela, Hélène, fosse a própria encarnação da chuva que acabara de entrar, a passos lentos, naquele quarto de hotel do 11º arrondissement de Paris.

Quanto a ele, permanecia junto à janela. Agora, porém, voltado para o interior do quarto, em cujo centro Hélène chovia.

Dirigiu-se até ela, tocou-lhe os ombros, e a gabardine caiu pesada no chão.

Hélène continuava ali, a água a escorrer e a se acumular em torno de seus pés. Ele a olhava. Por um momento pareceu-lhe que a via pela primeira vez. Olhou para os lados, outra vez para Hélène, que estava como à espera de algo ou de uma palavra. Mas ele não sabia o que fazer ou dizer. Não sabia.

Tudo o que tinha a lhe oferecer eram roupas suas, nada mais: uma camisa, uma cueca e uma calça jeans que com a ajuda de um cinto poderia servir — teria, pelo menos, roupas secas.

Hélène as aceitou e foi tomar uma ducha quente.

Quanto a ele, ainda permanecia junto à janela, olhando para a rua vazia.

Parou de chover, ele disse, sem voltar-se para Hélène, que sentara na borda da cama e secava os cabelos com uma toalha.

Nessa época é assim, ela disse, levantando-se e indo até a mesa onde repousava um livro aberto. Conferiu a capa. O livro de Lucas. Ela o fechou.

Tudo parece diferente depois de uma chuva destas, ele disse. Como se já fosse outro dia. Ou outra noite, em todo caso como se fosse outra coisa.

Escuta, Robert, só vim aqui debaixo dessa chuva toda porque preciso te dizer uma coisa.

Mas ele parecia em transe, não a ouvia.

Sabe o que tudo isso me faz lembrar?, ele disse. Naquela vez em que levei Lucas ao Jardin des Plantes. Aliás, naquele dia eu queria ir com ele ao Champo pra ver Duck Soup, dos irmãos Marx, mas ele pediu pra ir ao Jardin des Plantes. Era a primeira vez que a gente ia lá juntos, mas em muitas oportunidades eu já tinha lhe falado do parque, das estufas com plantas tropicais, da infinidade de espécies de árvores, dos esqueletos de animais no Museu de História Natural. Portanto ele já conhecia muito bem o Jardin des Plantes quando pôs os pés lá pela primeira vez. Pois bem, sabe o que ele me disse quando duas ou três horas depois nos vimos na rua de novo? É por isso que ao pegar naquele livro agora eu pensei nisso. Sabe o que ele me disse? Robert fez uma pausa, sorriu, sacudiu a cabeça. Claro, agora tudo parece muito evidente, continuou, só podia mesmo... Mas naquele momento não me dei conta. Ele ainda era um menino e de certa forma tudo isso já estava escrito. Mas não me dei conta. E continuaria sem me dar se não tivesse acontecido o que aconteceu, e se eu não tivesse botado os olhos neste livro. É engraçado. Parece que a gente nunca está no mesmo tempo dos outros. Ou melhor, que a gente, em conjunto, nunca vive o mesmo pedaço de tempo. Como se houvesse vários tempos ao mesmo tempo. Entende o que quero dizer? Tem sempre uma defasagem, não coincide nunca. Uma permanente falta de sincronia. Ou de sintonia, sei lá. Você não sente assim? Um mesmo instante pode cair em momentos distintos para mim e para você, por exemplo. Sei que parece confuso, mas imagine cada um de nós, cada pessoa vivendo um tempo particular. Acho que é mais ou menos isso que ocorre. Cada pessoa em seu tempo particular, individual, indissociado deste outro tempo, vamos dizer, geral, que abarca tudo e todos e que de certa maneira nos faz interagir. É essa a impressão que tenho agora, depois de tudo isso, quando penso naquela visita ao Jardin des Plantes com Lucas. Pois estávamos naquilo, eu tinha curiosidade em saber o que ele pensava, e sabe o que ele me disse na saída? Robert sorriu de novo, sacudindo a cabeça. É incrível, isso. Sabe o que ele disse? Foi como se ele falasse de um ponto quinze anos à frente. Como se já tivessem transcorrido os quinze anos que ainda viriam a transcorrer. Quer saber o que ele disse?

Hélène acompanhava-o com atenção. Tinha sido capturada pelo relato e queria, sim, saber o que Lucas tinha dito. Sem se dar conta, ela também havia se aproximado da janela. Estava agora a poucos centímetros de Robert, à espera da sequência, quando o telefone tocou.

O telefone tocou e por um instante pareceu que ele ia deixá-lo tocar. Mas após cinco ou seis toques foi até o criado-mudo e atendeu a chamada.

Hélène seguiu-o com o olhar, depois voltou a mirar para fora, através da janela. Tentou imaginar Lucas no Jardin des Plantes e o que ele teria dito na saída, mas a única coisa em que conseguiu pensar foi que era a primeira vez na vida que usava uma cueca.

Ele não desligava o telefone, então Hélène, tomada de súbito por um sentimento de discrição, dirigiu-se ao banheiro. Encostou a porta atrás de si, e uma vez diante do espelho ajeitou o cabelo e o decote que a camisa grande demais formava. Molhou a ponta do dedo na língua, alisou as sobrancelhas, olhou-se de perfil e, por fim, achando-se ali sem mais nada para fazer, sentiu vontade de urinar. Tinha acabado de baixar a calcinha, ou melhor, a cueca, e se acomodar no vaso quando ele entrou e foi sentar em uma banqueta ao lado da banheira, de frente para Hélène.

Era o Amilcar, ele disse.

Ela continuou em silêncio, indecisa se pedia para ele sair ou se perguntava sobre a conversa que ele acabara de ter ou se não fazia nem uma coisa nem outra e simplesmente terminava o que já tinha (quase) começado.

Seu corpo decidiu pela terceira opção e ela então sentiu a urina percorrer-lhe a uretra e escorrer de forma abundante e com barulho na água do vaso, trazendo-lhe uma vaga sensação de prazer que só não foi completa porque no último instante, por pudor, segurou aquele peidinho que se preparava no interior do abdômen.

Robert parecia alheio a tudo. De repente pôs-se a falar de Marc, que primeiro ela pensou se tratar do marido de uma amiga comum que fazia muito não via, de Philippe, que segundo ele nunca tinha engolido o casamento deles, de Lucas e daquele "maldito livro". Falou de contratos, de pagamentos, de assuntos os quais ela desconhecia por completo. Falou ainda de futebol, de religião, de política, da China e da teoria do decrescimento. E de repente se calou. Olhou para Hélène e pareceu surpreso ao vê-la à sua frente, sentada no vaso, a cueca arriada nos tornozelos.

Então ele levantou, deu-lhe um beijo na testa e foi-se embora.

J'aurais voulu être un artiste!
Pour pouvoir faire mon numéro
Quand l'avion se pose sur la piste
A Rotterdam ou à Rio
J'aurais voulu être un chanteur
Pour pouvoir crier qui je suis
J'aurais voulu être un auteur
Pour pouvoir inventer ma vie

J'aurais voulu être un acteur
Pour tous les jours changer de peau

Et pour pouvoir me trouver beau
Sur un grand écran en couleurs

J'aurais voulu être un artiste
Pour avoir le monde à refaire
Pour pouvoir être un anarchiste
Et vivre comme... un millionnaire

J'aurais voulu être un artiste
Pour pouvoir dire pourquoi j'existe
J'aurais voulu être un artiste
Pour pouvoir dire pourquoi j'exiiiiiiiste !!!!

E então Marc atendeu, dois segundos antes de Daniel Balavoine recomeçar a ladainha e um antes de Robert desligar de uma vez por todas. Ele poderia ter apostado num café de Cihangir como o lugar escolhido para o encontro. Um dia antes, também por telefone, tinham falado e Marc havia dito que o.k., talvez pudessem tomar alguma coisa juntos e conversar um pouco: que ele voltasse a ligar no dia seguinte.

O "talvez" da véspera não deixara de soar meio fora do lugar, como se o encontro (se de fato ia haver um) ainda dependesse do que poderia ocorrer nesse meio-tempo entre o telefonema e o (possível) encontro, ou como se Marc estivesse indeciso se aceitava ou não o convite e usasse daquela estratégia para ganhar tempo, ou então — e isto era o mais simples e até o mais provável — Marc tirava sarro da cara dele.

Sem maiores opções, Robert tinha decidido esperar um dia, mas no íntimo, sem que soubesse o porquê, estava certo de que o outro aceitaria. Por isso, agora que voltava a ligar para o celular de Marc, quando este atendeu ele tinha já a caneta e um pedaço de papel à mão para anotar o nome do café.

Çılgın, disse Marc, fica perto da minha casa, em Ümraniye, sabe onde é?

Sim, ele sabia, vagamente sabia que Ümraniye era um varoş, um bairro popular (pobre, se tivesse de usar as próprias palavras) na parte asiática da cidade. Muito longe, portanto, do ambiente intelecto-chique-ocidental de Cihangir.

Não, ele não sabia, nunca tinha posto os pés lá perto e, portanto, não fazia a menor ideia do que iria encontrar quando lá chegasse.

Anotou as indicações (barca até Üsküdar, depois ônibus nº 72, descer na décima oitava parada, numa avenida grande (Küçüksu Caddesi), em frente a um supermercado (Migros), pegar à direita (Işık Sokak), depois à esquerda (Fatih Sultan Mehmet Caddesi), seguir a curva que ela faz à direita até encontrar uma loja de armas de imitação numa esquina, entrar à direita (Güsel Sokak), vai passar na frente de uma mesquita (Necat Cami) e já é aí, o café fica ao lado de uma *lan house*; chau, chau, Robert, até amanhã) e no outro dia, na hora marcada, encontravam-se os dois no tal café, que só com muita boa vontade podia ser chamado assim: um salão de dimensões enormes, sem nenhum outro tipo de mobília além de grandes mesas quadradas de madeira ensebada e sem toalhas, em torno das quais aglomeravam-se homens de todas as idades, sentados (outros, não muitos, em pé), bebendo chá, fumando e jogando uma espécie de truco muito barulhento ou qualquer um desses jogos de baralho em que a participação vocal dos jogadores é tão ou mais importante do que as cartas que têm nas mãos. O ar estava saturado de fumaça, partículas de poeira e cheiro de suor, havia um zum-zum constante de vozes que parecia planar a quase dois metros do solo e acima do qual irrompia a intervalos frequentes, como num registro de eletrocardiograma, um pico de gritaria (num primeiro momento, para um desavisado, parecia uma troca de insultos e ofensas em um crescendo que fatalmente desembocaria em luta corporal) vindo ora de uma mesa, ora de outra, e ainda de outra, e assim sucessivamente, como uma onda ou corrente elétrica a percorrer todo o espaço do café (embora, de vez em quando, duas ou três mesas explodissem aos berros ao mesmo tempo), conforme os lances de cada jogada.

Adoro isto aqui, disse Marc, sou capaz de ficar uma tarde inteira vendo esses caras jogar.

Ele pronunciou a frase fechando ligeiramente os olhos. Mais tarde, Robert iria se dar conta que Marc fazia muitas vezes isso. Fechava os olhos enquanto falava, ou até quando não falava. Poderia ser um simples tique nervoso, mas sem a "nervosidade" de um tique nervoso. Pelo contrário, conferia-lhe um ar relaxado, meio zen.

Robert decidiu ir direto ao assunto e perguntou se Marc poderia ajudá-lo.

Posso, respondeu Marc, fechando os olhos outra vez, só não sei ainda se quero.

Ele falava de maneira mais do que pausada, um pouco como um antigo vinil de quarenta e cinco rotações tocado em trinta e três, espichando as sílabas e os finais das palavras: ... aiiinda se queeeroooo. E também, mais do que o significado e o teor frontalmente provocativo da resposta, aquele "ainda" perturbou decisivamente Robert: já detestava aquelas modulações que, ao que parecia, eram bem ao gosto de Marc.

E quando é que vai saber?, perguntou Robert, para emendar logo: só quero entender umas coisas, Marc, se você tem como me fazer chegar ao que quero, por favor me diga; se não, estamos, eu e você, perdendo tempo.

Marc pareceu não ouvir. Permanecia com os olhos semicerrados e uma expressão de deleite agarrada ao rosto. Dava a impressão que em segundos começaria a babar.

Ficaram em silêncio. Isto é, sem falar, já que "silêncio" era o que menos havia naquele café. Ficaram por um bom tempo assim e quando, por fim, Robert resolveu se levantar para ir embora (ou seria para ir ao banheiro?), Marc, ainda de olhos fechados, disse:

Lucas esteve aqui.

Robert sentou de novo (o que confirma a tese de que ele pensara mesmo não em fazer xixi, mas sim em ir embora (apesar de isso não ter nenhuma importância para o que está sendo contado aqui (porque, sim, mal ou bem, alguma coisa está sendo contada), mesmo que essa coisa também não seja o mais importante), do contrário teria dito algo como "Só um pouquinho que eu já volto" e não ter ficado, como ficou, sentado durante as três horas que se seguiram à frase de seu interlocutor, "Lucas esteve aqui") diante de um Marc que de uma hora para outra desandou a falar (na maior parte do tempo sobre coisas que não faziam o menor sentido para Robert) como se atacado de repente por uma incontrolável diarreia vocal.

Marc contou que Lucas tinha vindo visitá-lo havia uns meses (mais tarde Robert iria perceber (ou pelo menos deveria, tinha tudo para perceber) que não se tratava exatamente de uma visita), que até bem pouco tempo atrás ele (Marc) não se interessava muito pelo que Lucas fazia, que não respondia às suas tentativas de aproximação e até mesmo o evitava, não era nada pessoal, era apenas porque nunca gostou de perder tempo com coisas ou pessoas, sobretudo as últimas, que o desviassem do seu trabalho, e sentia que Lucas podia se enquadrar nesse perfil. Mas depois de alguma insistência, embora ele (Lucas) sempre tivesse mantido uma elegante discrição, continuou Marc, começamos a nos falar mais seguido. É verdade que Hélène ajudou, eu já a conhecia fazia muito, muito tempo e ela me falava seguido de Lucas, quase sempre de uns problemas de relacionamento, alguma coisa como sentimento de rejeição, depressão e não sei mais o quê, mas que não mudava muito a ideia que eu tinha dele como um adolescente previsível com as ansiedadezinhas de praxe, algumas espinhas na cara e nadinha na cabeça. Começamos a nos corresponder, ele foi me mostrando umas coisas que fazia, na época eu já havia me instalado em Istambul (estava farto da mesmice parisiense, daquele ar pestilento que recende do circuito das galerias da moda, farto das igrejinhas e dos vernissages regados a vinho branco e suco de caixinha, farto dos coletivos de artistas e de seus blogues autorreferenciais, farto da falta de ousadia dos autointitulados artistas, todos muito contentes do "caldo cultural" onde se banham desde a mais tenra infância num país que ainda pode ter orgulho da "sólida tradição cultural", todos muito seguros de estarem e pertencerem ao centro do mundo sem se dar conta que este mundo perdeu o centro há muito tempo, estava farto da arrogância crônica, farto do cansaço moral, daquela horda de deprimidos a buscar desculpas para a preguiça mental e para a falta de talento, farto do sistema de autoalimentação de assistidos funcionais, grandes especialistas na montagem de dossiês para pedidos de auxílio institucional, estava farto do discursinho formatado nas classes preparatórias das *grandes écoles*, do blá-blá-blá culturoso e falsamente contestatório ao sistema que lhes serve, farto das teorias inacessíveis, do intelectualismo requentado, farto de toda aquela punheta conceitual (palavras dele, Marc) a fabricar obras vazias, quilos de merda (idem), quilos de uma merda preta e fedorenta capaz de ser transformada em obra genial pelo discurso treinado, pela locução fluente e cheia de referências literárias ou filosóficas que o gênio da argumentação vai despejar nas ondas da France Culture num programa que repassa as exposições da semana (suspiro), estava farto daquela merda), e assim que o convite para vir passar uns dias aqui surgiu de maneira espontânea e natural, tivemos uns momentos bem legais, e acho que ele gostou também, tanto que planejava voltar com mais tempo em breve, ele fazia planos, sim, sim me falou do livro que tinha na cabeça, uma ideia bestinha a princípio, fotografar a morte, muita gente já fez isso e de muitas maneiras, mas, o.k., a ideia em si nunca importa muito, eu dei força, disse que ele tinha de ir em frente, até sugeri umas coisinhas, umas dicas e tal — neste ponto Marc fez uma pausa breve como se pesasse as palavras, ou hesitasse, ou simplesmente recuperasse o fôlego —, fui eu que falei pra ele do *Douleur Exquise*, disse que se aquilo tinha virado livro era porque na base estavam aquelas narrativas todas daqueles traumas, disse que ele devia dar uma olhada, quem sabe podia tirar uma ideia dali, se inspirar naquilo, falei de como aquela obra tinha sido importante pra mim e tal, claro que aí entra a história pessoal, é outra coisa, mas o que eu queria dizer é que era uma referência, que quando ele começou a me falar daquela ideia logo pensei no *Douleur Exquise*. O.k., depois ele meio que copiou o formato: os relatos muito breves e apócrifos, as fotos e tal. Mas em dois pontos o trabalho dele é diferente: 1) propõe um diálogo com a obra de outro artista, no caso Ahmet, e uma instalação feita com fotos dos mortos no incêndio do Grande Bazar (Robert lembrou vagamente de Fátima falando sobre isso), ao partir do relato dos descendentes daqueles mortos para projetar no tempo a verdadeira dimensão e o efeito de devastação do tal incêndio, e 2) as fotos; aquelas fotos dos próprios autores dos relatos, fotos fabricadas, numa alusão direta à fotografia post mortem muito comum no século XIX, quando as famílias buscavam perpetuar a lembrança do ente querido retratando-o como se estivesse vivo, o que resultava em fotos incríveis, que na época não tinham nada de mórbido, pelo contrário, aquilo era uma celebração da vida, o defunto ali ainda fresco no meio dos amigos e familiares, às vezes escorado por uma estaca ou por uma complexa armação de arame enfiada por dentro das roupas, ou bem sentado em uma poltrona ou ainda espremido entre dois amigos, com um braço sobre o ombro de alguém ou suspenso por um fio invisível, tudo numa busca bastante eficaz da *realidade* da cena, a ponto de na maioria das vezes ficar difícil dizer quem na foto estava vivo e quem estava morto. Mas a inversão do dispositivo operada por Lucas é também muito eficaz e inquietante. O que antes era uma encenação da vida passa a ser uma encenação da morte, aí sim com um gosto mórbido evidente, sem a religião nem o sexo de um Andres Serrano, por exemplo, sem o sensacionalismo trágico de um Enrique Metinides, sem o esteticismo careta de um Jeffrey Ulms, sem querer ser um Jack Burman ou um Nicolas Quinette, ou um Walter Schels, ou um Tarik Maalouf, ou um Tsurisaki Kiyotaka, ou um Oleg Valkmos, ou um Rick Feyord, ou até um Nhem En, mas vai na mesma linha, como uma síntese de toda essa turma, sobretudo em função do "gesto final" de Lucas, gesto este que está fora do livro, veja bem, que vem depois dele, mas que já está ali anunciado, na foto dele próprio, Lucas, na sua própria encenação, a encenação da própria morte. É a última foto do livro, você deve ter reparado, e a única de alguém, um personagem, se a gente pode falar de personagens aqui, sem relação com os mortos do incêndio e, portanto, a única que não dá para associar a nenhum dos relatos da primeira parte do livro, disse Marc. Estou dizendo isso, continuou, pra dizer que não sei como aquilo foi acontecer, embora até se pudesse pensar que ia acontecer, mas quando fiquei sabendo quase não acreditei, aquilo me deixou meio que surtado por uns dias. Lucas esteve aqui por algumas semanas, falamos bastante durante esse período, mas foi só na véspera de sua volta que ele me contou que você também estava na cidade, na verdade eu nem sabia que você existia, disse Marc.

 E disse ainda que estiveram com Ahmet, foi um pouco antes de ele desaparecer, estiveram no ateliê que ele tinha em Gazi

Mahallesi, era um espaço enorme, um armazém que estava abandonado, e uns caras, entre eles Ahmet, disse Marc, resolveram se instalar lá, deram uma arrumada no que precisava ser arrumado, uma boa limpeza e tal, e pronto, ficou um superateliê que funcionava meio como casa dos caras também, eles meio que viviam e, claro, meio que trabalhavam lá também, havia sempre muita gente, muita gente passando, nem todos eram artistas, mas muita gente ia e até ficava por lá uns dias, uma galera jovem, claro que sempre rolava festinhas e drogas e tal, nada pesado, só aquela coisa pra dar uma socializada, mas assim mesmo a polícia passou a implicar, porém foi só quando Ahmet começou a expor suas obras e a se tornar mais conhecido que a patrulha moral reforçou o seu contingente de durões e então decidiram perseguir o cara. Não sei qual foi o argumento oficial, o pretexto, disse Marc, devem ter se pegado na ocupação do armazém, claro que aquilo era ilegal, os caras tinham se apossado de um prédio abandonado, mas o que estava por trás foi o impacto que causou a exposição que Ahmet tinha feito em Stuttgart uns meses antes. Umas fotos incríveis, em formato grande, mulheres, meninas, o.k., muitas menininhas púberes, mas não é essa a questão, o.k., a sensualidade está ali, é latente, até um pouco mais do que isso, mas não havia uma postura, sabe?, elas não estavam em pose tipo "ensaio para revista masculina", toda a sensualidade estava na mise-en-scène, no cenário e nas roupas, na maneira como elas olhavam diretamente para a câmera, como que a interrogando, isso sim podia ser encarado como obsceno, no senso mais estrito da palavra.

Para mim, disse Marc, com os olhos semicerrados, duas fotos são especiais, uma é a de uma menina de uns onze, dez anos, talvez menos, sentada num banco rústico da sala de uma casa que, percebemos logo que o nosso olho se desgruda da figura central da menina (e do bebê, já chego lá), 1) é (a sala) incrivelmente grande (a parede do fundo fica a perder de vista) e 2) está (a casa) caindo aos pedaços e com muito lixo e sujeira espalhada pelo chão e nas paredes, principalmente fezes humanas, segundo Ahmet. Pois a tal menina está bem no centro da foto, continuou Marc, no primeiro plano, tendo por fundo toda a extensão (enorme) da peça, ela veste uma camisa de homem, de um homem adulto, portanto a camisa cobre até os pés da menina e ainda se amontoa um pouco no chão, a camisa é de um branco imaculado, não se pode dizer se ela veste ou não alguma outra coisa além daquela camisa superbranca, é provável que não, que não tenha nada por baixo, a foto é feita para que a gente seja levado a pensar isso, pois ela, a menina, tem nos braços um bebê nu e oferece ao bebê, através da camisa aberta no peito, uma mamica infantil, lisa, sem nenhum sinal do seio que virá a ser em alguns anos, o bebê suga a mamica, tem a boca grudada na mamica, a posição da sua mão direita, agarrada (e amarrotando) à camisa da menina na altura da barriga, revela que ele se esforça para sugar aquela mamica, e a menina, como eu disse, disse Marc, olha direto para a câmera, olha para nós, com o olhar vazio mais vazio que eu já vi, ou melhor, é como se olhasse para o vazio, ou melhor, ela (o seu olhar) nos transforma em vazio completo.

A outra foto, continuou Marc, é a de um grupo de garotas (onze a catorze anos, no máximo) vistas do alto, numa sala que logo percebemos se tratar de uma biblioteca, a biblioteca de uma residência burguesa tipo mansonete, a câmera está posicionada numa sorte de passarela da qual se vê um trecho na parte inferior da foto, que dá acesso aos livros das estantes superiores, é preciso dizer que o pé-direito da peça é muito alto, deve fazer umas duas vezes o pé-direito de uma peça normal, e as paredes estão completamente recobertas pelas estantes, pois as meninas (umas seis ou sete) estão lá embaixo, fotografadas de cima, olhando, quase todas, para a câmera, ou seja, para cima, quase todas estão olhando exceto uma, pelo simples motivo que está de olhos fechados, e ela está deitada no chão, deitada não, estirada, caída mesmo, a verdade é que ela está sem sentidos no meio de todas as outras que a cercam e olham para cima, para a câmera, indecisas se prestam socorro à amiga ou se olham para cima, como se alguma coisa chamasse a atenção delas lá em cima (aqui em cima, porque nós as vemos de cima) ou como se procurassem alguma coisa (ou alguém) no alto da passarela, responsável talvez pelo que acaba de se passar lá embaixo, e se a gente se desvencilha da cena em si, do quadro por assim dizer, e se concentra só nas personagens, nas figuras das garotas, vamos notar que todas estão vestidas de forma a caracterizar determinado "tipo" (médico, advogado, músico etc.), mas sem as vestimentas características (avental branco, toga etc.), a coisa não é explícita, mas algo nos faz compreender que elas representam tipos, na verdade não é bem uma representação, ou pelo menos não uma representação a sério, não é, digamos, uma tentativa de fraude do real, elas estão, digamos, fantasiadas de médica, advogada etc., sem estar vestidas de médica, advogada etc., e além disso a gente percebe (há algumas pastas dispostas no chão) que elas são estudantes, são colegiais reunidas na casa de uma delas depois da última aula da tarde, disse Marc.

Mas logo a gente percebe também, ele continuou, que há algo mais naquela cena, é muito visível isso, há uma, digamos, dramaticidade por trás daqueles gestos, ou melhor, das poses que fazem representar os gestos, e até mesmo nos pequenos detalhes, por exemplo no livro que está caído no chão, emborcado, a alguns centímetros da mão direita da garota estendida no tapete, então aos poucos você vai percebendo, a gente vai se dando conta, é uma lenta revelação, como se alguém estivesse nos contando a história daquela cena, do que se cristaliza naquela cena, do que sai dali como o suco, é bem isso, como se a gente espremesse aquela cena para extrair o suco, a essência, é como se a própria foto se revelasse ali à nossa frente, como se o processo químico se pusesse em marcha ali mesmo, fixando sobre o suporte que permite ver uma imagem até então latente, como se algo que até então era apenas luz de repente, puf, começasse a ganhar materialidade, é como se num jogo de pôquer fôssemos descobrindo uma carta devagar, ou como se estivéssemos lembrando e ao mesmo tempo contando um sonho a alguém durante o café da manhã, como se passássemos a unha num cartão de raspadinha, como se, como se, como se (não tem jeito, expressar um troço é se enfiar por desvios, você vê como é a coisa? (Robert não via)), é como se os contornos cada vez mais nítidos das formas fotografadas viessem revelar não exatamente essas formas mas uma espécie de "verdade", o.k., palavra horrível, disse Marc, mas é o que me ocorre agora, a "verdade" da foto, não do que ela mostra, mas do que ela revela, a "verdade" daquela cena, daquela representação, então a gente percebe, você entende? (claro que Robert não entendia), e aí é o ponto aonde quero chegar.

Lucas percebeu tudo isso muito bem, disse Marc, nós discutimos à exaustão as fotos de Ahmet, que concordou com a interpretação de Lucas. "Interpretação" é outra palavra ruim, disse Marc, mas na falta de coisa melhor, o.k., interpretação. Lucas disse que pôr em cena o suicídio, disse Marc, era uma forma de potencializar o ato, porque por si só o suicídio é um gesto teatral, uma mise-en-scène sempre destinada ao outro, não há suicídio sem público, o.k., disse Lucas, disse Marc, talvez eu esteja tentando desdramatizar uma coisa que é hiperdramática, mas o drama está justamente aí, nessa necessidade de público quando ele, o público, não está mais lá, o suicídio, com exceção da matança coletiva ministrada pelos gurus dementes de algumas seitas religiosas, é um ato solitário, o grande gesto solitário por excelência, o.k., tem a escrita e a masturbação, mas essas duas podem ter um fim em si próprias, já o suicídio é sempre para o outro, contra o outro, sem o qual ele não teria nenhum sentido, o suicida está sozinho e quer atenção, e ele sabe que o público só vai voltar se e quando ele enfim levar a cabo sua mise-en-scène, disse Lucas, disse Marc.

Aquela garota estirada ali no meio da biblioteca, disse Lucas, disse Marc, agora tem o seu público, finalmente a olham, reparam-na: ela é reparada, veja bem, disse Lucas, disse Marc, sempre as palavras, alguma coisa nela se restabelece, alguma coisa perdida é reencontrada, alguma coisa que não aparecia agora aparece pelo olhar das outras, alguma coisa que não estava lá e que de repente se revela, alguma coisa, disse Lucas, disse Marc, e ele não terminou a frase, ficou olhando para um ponto fixo a alguns centímetros acima da minha cabeça, sem piscar, perdido em algum pensamento obscuro e me dando a impressão de que se ia afastando num trem em direção ao infinito, com aquela frase não terminada se repetindo dentro de sua cabeça como o tac-tac das rodas do trem nos trilhos, levando-o cada vez mais para longe dali, disse Marc.

E ele disse ainda que depois do encontro com Ahmet, já de noite, os dois saíram a caminhar em silêncio pelas vielas circundantes do ateliê, atravessaram um descampado, um depósito de lixo e um terreno baldio onde se via, sob o clarão da lua, as marcas de um campo de futebol traçado com cal, depois chegaram até uma rua, uma aragem fresca e agradável lhes batia na cara e havia uns tipos suspeitos encostados nas paredes ao longo do quarteirão, fumando, e também em silêncio, apesar de estarem em grupos, eram vários grupinhos separados por alguns metros uns dos outros, todos em silêncio, fumando e com aspectos ameaçadores. De repente Lucas perguntou se corríamos o risco de sermos agredidos se ele os provocasse, e eu disse, disse Marc, que não sabia mas achava que sim, que bastava apenas olhar para aqueles caras para corrermos sério risco de levarmos uma sova memorável. Será que podem nos matar?, perguntou Lucas, disse Marc, não sei, eu disse, disse Marc, mas acho que não vale a pena tentar saber, e Lucas não disse mais nada e continuamos a andar em silêncio, teríamos que andar ainda pelo menos umas três horas até chegar em casa se continuássemos o caminho a pé, mas como eu já disse, disse Marc, a noite estava agradável e os tipos mal-encarados tinham ficado para trás, nós ingressávamos em uma zona menos lúgubre e mais bem iluminada, então Lucas começou a falar de Hélène e foi aí que eu fiquei sabendo que você era um canalha.

Lucas disse que você era o maior egoísta que já conhecera, disse Marc, um belo de um filho da puta. Ele disse que já tinha conhecido muitos, mas que você era o maior deles, o filho da puta mor, o grão-filho da puta, o rei, paizão de todos, maioral, o filho da puta mais filho da puta de todos os tempos, desculpe mas todos os qualificativos são dele, disse Marc. Um filho da puta, eu dizia, disse Marc, incapaz de enxergar meio palmo além do próprio umbigo, e disse também que você tinha acabado com a saúde mental de Hélène, que ele nunca de fato tinha se visto como seu filho e que se um dia tivesse a oportunidade ele ia ter muito prazer em matá-lo, então perguntei por que não fazia isso, disse Marc, e ele respondeu que estava pensando no assunto, eu lhe disse que se ele quisesse eu poderia ajudar, dar um empurrãozinho, empurrãozinho em quê?, ele perguntou, disse Marc, naquilo em que ele estava pensando, naquele assunto, eu disse, disse Marc, mas claro que eu disse essas coisas para provocá-lo, para ver se ele falava mais, se ele clareava melhor aqueles pensamentos que, se num primeiro momento me pareceram coerentes e perspicazes, depois foram se tornando nebulosos e iam dando conta de uma cabecinha confusa, um pouco transtornada, doentinha, pra dizer com delicadeza, disse Marc.

Naquela noite, quando chegamos em casa faltavam umas poucas horas para o dia nascer, fizemos café e ainda continuamos a conversar, embora eu não me lembre sobre o quê, disse Marc, até que o sol já alto entrando pela janela e o calor da manhã nos nocautearam e caímos no sono. Quando acordei, disse Marc, lá pelas quatro ou cinco da tarde, Lucas já havia saído, e eu não o vi mais durante uns cinco ou seis dias. Uma noite, porém, cheguei em casa tarde, disse Marc, estava com fome e cansado e dirigia-me à cozinha para preparar um sanduíche, quando me dei conta que no corredor e na sala havia umas roupas meio espalhadas e duas mochilas de náilon que não me pertenciam. Não foi muito complicado entender que eu tinha visitas, disse Marc, mas não sabia dizer onde estavam. Enfiei-me no corredor e, quando passava em frente do quarto que Lucas tinha usado nos dias em que lá esteve, vi vultos movimentando-se ao lado da cama, no chão, sobre um tapete imundo que eu não via mas sabia que estava ali. Movimentando-se não é bem a palavra, disse Marc, eles estavam como que dançando sem se mexer, como se fossem a sombra de estátuas que uma luz bruxuleante vinda não se sabe de onde fazia ondular, as lâmpadas estavam todas apagadas, mas havia uma penumbra azul que transformava o quarto numa espécie de aquário, e aqueles dois vultos (embora o que eu via fosse uma só sombra, um só amontoado mexendo-se ao lado da cama, eu já havia identificado que eram dois, estavam meio misturados, por assim dizer, entre sentados e deitados, mas eram dois) moviam-se como se estivessem dentro d'água, onde até o mais brusco movimento (que não havia) seria visto com a lentidão de uma câmera lenta. Na verdade era isto, eu tinha a impressão de ver dois vultos se abraçando (os movimentos indicavam abraços, carícias, entre outras coisas e tal) em câmera lenta. Tudo era muito lento, como se os abraços, que em sua velocidade normal já passavam a impressão de serem vistos em câmera lenta, fossem vistos em câmera lenta. Uma lentidão duplicada, abraçavam-se e acariciavam-se lentamente aqueles dois homens (a essa altura, com os meus olhos mais bem adaptados à penumbra, eu já havia identificado que se tratava de dois homens) e pareciam seguir uma coreografia muito bem ensaiada, onde o gesto de um, cada gesto, chamava o do outro, que respondia com outro gesto, que pedia outro e assim por diante. Fiquei algum tempo ali, disse Marc, admirando a lenta beleza daqueles movimentos, e foi só quando comecei a ouvir o som da minha respiração é que me dei conta que eles faziam tudo aquilo no mais absoluto silêncio, não havia nenhuma palavra, nenhum som ou murmúrio, nada, tudo no mais absoluto silêncio e em câmera lenta. Eu nunca tinha visto dois homens transando, disse Marc, e confesso que esperava uma coisa mais viril, entende? Estava surpreso com a poesia daquilo. Não que a poesia seja sinônimo de falta de virilidade. Há muitos poetas de belos e rijos colhões, mas você entende o que quero dizer, não? A delicadeza daqueles gestos, o.k., daquele ato, me deixou emocionado. A ideia de filmá-los só me veio depois, o que é estranho, porque normalmente a coisa é imediata, se uma imagem me toca meu primeiro reflexo é fotografá-la ou filmá-la, depois eu vejo o que posso fazer com ela. Já é uma coisa incorporada ao meu cérebro, sou uma espécie de câmera que dispara automaticamente para tudo o que de alguma maneira me toca, então eu teria registrado as imagens mesmo sem falar com Lucas, estou me lixando pra essa conversa de que é preciso ter o consentimento das pessoas, o que eu vejo me pertence, o registro numa película de filme ou em um punhado de pixels é só outra forma de lidar com a memória. O que eu quero dizer, disse Marc, é que quando, no outro dia, eu falei disso com Lucas, não foi para pedir a autorização dele para filmá-los, mas para convocá-los para o meu filme. O resultado foi diferente daquilo que eu imaginava inicialmente, como sempre acontece, aliás. O problema é que dessa vez foi bastante decepcionante. Nada daquela poesia que estava na origem do meu interesse pela imagem, mas, ao contrário, certa violência, talvez crua demais, o que em si não é nem melhor nem pior, mas já era outra coisa. Se quiser ver, posso te mostrar, o próprio Lucas não chegou a ver as imagens, ele sumiu por mais uns dias e só voltou na véspera de seu regresso a Paris, eu não lhe perguntei, mas ele me disse, disse Marc: estive à procura daquele imbecil. Demorei quinze segundos para compreender, disse Marc, mas depois me dei conta que o imbecil em questão só podia ser você (imbecil sou eu que não me dei conta antes, pensou, mas não disse Marc) e lhe perguntei como assim?, à procura dele aqui em Istambul?, então ele me explicou, e eu comecei a entender melhor as coisas, disse Marc.

E disse também que só depois de tudo ter acontecido é que umas luzinhas começaram a se acender e ele se deu conta que o tal livro de Lucas, ou aquilo que até então era apenas a ideia de um livro, só tomou a forma que tomou porque Lucas tinha entrado em contato com o que Ahmet vinha fazendo naquele momento, ou melhor, com aquilo que dava voltas na cabeça de Ahmet e que ele não chegou a levar adiante, disse Marc.

Mas Lucas, sim, ele disse depois de uma pausa que a Robert pareceu estudada.

Lucas, sim, disse outra vez Marc.

E Marc ainda disse muito mais, falou do projeto de fazer alguma coisa com o som daquelas vozes no café (falou isso com os olhos fechados e com aquela expressão beatífica que já deixava Robert quase fora de si), um filme sem imagens, por exemplo, apenas com aqueles sons, com aquele zum-zum constante e o pico de gritaria a passar de mesa em mesa, disse que aquilo o fazia pensar em torcidas de futebol em estádios lotados, e em seguida passou a falar do Fenerbaçhe e do sistema tático (obsoleto) do Galatasaray, das poucas vezes que foi ao campo do

Beşkiştaş (não gostava de times com uniforme preto e branco) e do dia em que um servente de obras — e zagueiro central nos fins de semana — interrompeu com um carrinho maldoso sua arrancada (normalmente mortal) em direção ao gol adversário, matando a jogada e também sua promissora carreira de centroavante que começava a despertar a atenção dos clubes semiprofissionais da quarta divisão francesa. Marc disse que enquanto caía, ou mesmo antes, enquanto as travas da chuteira daquele troglodita se aproximavam da sua canela, ele já havia percebido que tinha se fodido, e disse também que nunca mais esqueceu o nome do assassino, Ribeiro, ele era filho de imigrantes portugueses e seu pai tocava uma pequena empreiteira de reformas, pinturas e serviços gerais em Montfermeil e tinha uma furgoneta branca em cujas laterais estava escrito em letras azuis e em forma de arco *Les Bricoleurs du Minho* e mais abaixo, na horizontal, *Société Ribeiro*, e que nos domingos servia para levar metade do time para cumprir seus compromissos esportivos na periferia de Paris (a outra metade chegava de RER), e ele, o bandido, carregava sacos de caliça a semana inteira e nos fins de semana distribuía carrinhos e pontapés em atacantes habilidosos como ele, Marc, e que o tal Ribeiro, naquela tarde fria em Étampes, enquanto ele (Marc) rolava de dor no gramado, dizia que tinha ido na bola, só na bola. Foi mesmo um trauma, uma grande dor, disse Marc, física e psicológica, tíbia e fíbula fraturadas e nunca mais a segurança e a coragem necessárias para enfrentar os zagueiros. Mas felizmente existe a arte, disse Marc. Nessa época, por acaso, li um artigo de jornal que falava de uma artista à procura de pessoas que desejassem contar a ela a maior dor de sua vida. Em troca, a tal artista relatava a seus confidentes sua própria experiência dolorosa, um câmbio de lamentos, pensei ao ler aquilo, uma coisa meio terapia coletiva, meio exibicionismo, meio espetacularização da dor, uma grande bobagem, disse Marc. Naquela altura, eu nem sabia quem era Sophie Calle, nunca tinha ouvido falar, aliás não conhecia nada nem ninguém daquela turma, meu negócio era a bola. E depois de ler o tal artigo eu o teria esquecido na mesma hora e passado a outra coisa, à página esportiva, por exemplo, se não houvesse ali, depois é que me dei conta, uma palavrinha mágica: "artista", "arte", eu não sabia onde é que entrava a arte naquela história, mas a simples menção da palavra acendia um sinal para mim, revestia aquela ideia bobinha ou aventura meio ingênua, desinteressante e até de mau gosto de algo que de repente me fazia parar ali e ficar pensando naquilo. Pode falar em charme, fascínio, sedução se quiser, mas alguma coisa naquele discurso, naquele universo girando em torno da palavra "arte" me tocava tão profundamente quanto o futebol. De maneira diferente, mas me tocava. Só bem depois é que me dei conta: dor e arte. Nada mais simples. Falar disso hoje, que sou um artista e sei dessas coisas, me parece de uma banalidade gigantesca, mas naquele momento acabou funcionando como uma revelação. Tudo estava na associação destas duas palavrinhas, muito capciosas por sinal: dor e arte. Tudo está nisso. Evidente, mas eu precisava me deparar com o bendito artigo para me dar conta. Aliás, não. Foi preciso o desajustado mental do Ribeiro me partir a perna em duas para eu poder ver. Para outros, a coisa, essa *revelação*, se passa de outra forma, tem outras características. Depois, tem também a forma que cada um dá a isso quando começa a pôr um discurso em cima, um discurso, via de regra, intelectual, intelectualizado, entende? Mas comigo não. E a coisa foi bem assim e se deu ali naquele campo esburacado e na tarde fria, quase noite em Étampes. Então tudo ficou claro: eu só ia sair daquela pela arte, eu tinha de virar artista, não havia saída, do contrário seria consumido pela minha dor. Não sei se dá para entender (não dava, pensou Robert), mas diante daquele episódio crucial e que radicalizava a minha vida eu só podia responder também com uma atitude radical. Naquele momento eu sofria como um porco na hora do abate, todo um mundo projetado, tudo aquilo onde eu punha o melhor das minhas energias, o que me fazia me levantar todos os dias e me mantinha vivo nessa vida de merda, tudo de repente ruiu, puf, evaporou, e no lugar ficou só a dor, a puta da dor, essa coisa medonha que te faz ver que está vivo quando pensa que já morreu ou, ainda pior, quando pensa que tudo o que mais deseja é estar morto, aí tem ela, essa coisa instalada no fundo das tuas entranhas, latejando, te comendo por dentro, te secando, te transformando numa coisa oca, numa casca de ovo, ou numa crisálida, se quiser uma imagem mais poética, mas de onde não vai sair nenhuma borboleta linda, e sim um caroço bichado, o aborto nojento de alguma coisa que ninguém, nem você próprio, nunca vai saber do que se tratava. A solução, disse Marc, estava em dar nova vida a esse aborto, transformá-lo em algo aceitável, para o qual as pessoas pudessem olhar sem ter vontade de vomitar ou, ainda, olhassem e sentissem muita vontade de vomitar, mas sem razões aparentes para fazê-lo, disse Marc. Pois foi nesse ponto fodido da minha vida que comecei a me interessar pela arte contemporânea, a ver exposições, a pesquisar, a ler sobre o trabalho de artistas, a conviver com eles e, de certa maneira, a superar o trauma, se bem que ainda hoje, ele disse, seja comum levantar no meio da noite suando e com os batimentos acelerados, despertado sempre pelo mesmo pesadelo, com pequenas variantes formais, mas sempre o mesmo e terrível pesadelo: ponho a bola na frente e arranco em direção à meta adversária, só o goleiro à minha frente, eu corro, corro, mas nunca chego a uma distância apropriada para o arremate, vejo o goleiro, a meta, mas tudo ainda muito longe, avanço mas não me aproximo do gol, e de repente, surgindo do nada, Ribeiro, o zagueiro-pedreiro, se materializa na minha frente armado de uma ferramenta qualquer (aí as variantes que ele,

Marc, chamou de formais: às vezes é uma picareta, noutra é uma enxada, uma pá, uma furadeira e, recentemente (coisa estranha!, disse Marc), foi a própria piça, Ribeiro postado à sua frente de pernas abertas feito um caubói na hora do duelo segurava com as duas mãos seu caralho descomunal, duro e cheio de veias salientes, em posição de lhe dar uma marretada, ou coisa pior), eu ainda consigo passar por ele, mas ele vem e me acerta por trás, eu caio no chão rolando de dor enquanto ouço sua voz dizendo "Na bola, na bola, fui só na bola", disse Marc.

E depois continuou falando de sua dor, de sua arte, dos artistas, dos críticos e da relação entre artistas e críticos (dá vontade de rir da vaidade bobinha de todos esses jovens artistas e escritores, especialmente os últimos, que acham que a única função do crítico é falar de suas obras medíocres, esquecendo-se que o crítico, em geral um poço de ressentimento, só fala de si mesmo e de sua alma ressentida, como o próprio artista por sinal, sem o mesmo charme nem a mesma petulância, que aliás é o que dá todo o charme, mas o que eu quero dizer, disse Marc, é que isso tudo é um grande diálogo de surdos). Disse ainda que tinha ganho algum dinheiro, não tanto quanto poderia ter ganho se se tornasse um astro da bola, mas tinha ganho algum e continuava ganhando, não tanto quanto o bando de vampiros que voeja à volta do mercado da arte (de qualquer mercado, mas o da arte, irmão, eu nem te conto… grana e arte, grana e arte, meu velho, quanta merda escorre por baixo desse binômio), mas dava para viver sem ter que fazer contas no fim do mês e era isso o que importava, afinal a única coisa que importava era poder continuar trabalhando, produzindo, fuçando, ralando, esperneando, porque é isso que me faz vivo, ele disse, e me fazer vivo é a maneira mais honesta de encarar o meu trabalho, eu tenho que estar vivo nele, quando cansar eu paro e morro, e comigo a minha arte (a arte é efêmera, porque é vida, se não for assim é impostura, arrogância ou embaixadinhas pra torcida — a posteridade não vale um balde de merda), disse Marc. E depois desatou a falar da tensão política na Turquia, do AKP, de Erdoğan e da islamização do governo, e também de um problema de encanamento no banheiro do apartamento e do preço que outro dia teve de pagar para trocar a correia do tambor da máquina de lavar, e depois de uma tia que vivia numa casa de saúde na Creuse e do seu pai que enlouquecera no dia da eleição de Mitterrand (mas uma coisa não tinha nada a ver com a outra, ressaltou), e depois ainda seu tom de voz foi ficando cada vez mais baixo e seus relatos cada vez mais confusos, ele já não abria os olhos e começou a fazer uns sinais com a mão para que Robert se retirasse, ao mesmo tempo que estendia a mesma mão para se despedir dele.

Quando Robert a segurou, teve a impressão que segurava uma sanguessuga (embora nunca tivesse segurado uma), era fria e mole como, ele pensava, deveria ser uma sanguessuga. Marc continuava a falar num tom de voz tão baixo que já não passava de um murmúrio incompreensível que se somava e se dissolvia no zum-zum do café. Tinha os olhos inteiramente fechados e um leve sorriso nos lábios. Robert achou que Marc dormia ou que entrava em transe, ou que simplesmente se tratava de um completo idiota, ou então, e de repente esta última opção lhe pareceu de uma evidência absoluta, que o único idiota ali era ele próprio, Robert Bernard, e que Marc continuava gozando da sua cara.

Quando, três dias depois, recebeu o convite de Marc para ir até o seu ateliê, Robert esteve a ponto de desligar o telefone no nariz dele. Mas respirou fundo, procurou saber do que se tratava, pensou consigo que não tinha nada a perder, ao contrário, e resolveu aceitar.

Marc ia reunir umas pessoas — amigos, artistas, jornalistas ligados às artes (e alguns cronistas esportivos), críticos, marchands, curadores, agitadores culturais, estudantes e professores de arte, intelectuais, pretensos intelectuais, pessoas com pose de intelectuais, outras com óculos de intelectuais, outras com roupas de intelectuais, outras com roupas de artistas (e óculos, pose etc.), curiosos, desocupados, pobres-coitados, no fundo qualquer um que quisesse bebericar um vinho e matar o tempo, enfim, a fauna de sempre para o teatro de sempre — para apresentar uma mostra do seu novo projeto. Não, não era um vernissage, insistira, não era uma exposição, apenas uma prévia de um *accrochage* que ele talvez realizasse dali a uns meses numa galeria do Mısır Apartmanı, era o seu *work in progress* que ele gostaria de dividir com os amigos para, quem sabe, suscitar novos olhares, críticas, reações que poderiam, quem sabe, ser incorporadas ao restante de sua pesquisa e mesmo ao processo de elaboração da peça, algo que, quem sabe, poderia servir a realimentá-lo, a oxigenar o próprio trabalho e lhe dar forças para continuar, porque muitas vezes é duro, bate o desânimo, por isso conto com vocês, os amigos, hoje à tarde, hein bob, quem sabe?

Robert limitou-se a pedir o endereço e o horário, anotou tudo e desligou. Mas não pôde se impedir de imaginar Marc se dobrando de rir ao pousar o telefone no outro lado.

Ficava próximo ao local onde estivera na véspera. Robert chegou mesmo a passar em frente ao café, que, para sua surpresa, estava completamente vazio, o que lhe dava a impressão de ser ainda mais amplo do que a imagem que ainda flanava na sua lembrança.

O ateliê de Marc, ao contrário, não era muito grande para um ateliê, de maneira que as poucas pessoas que lá estavam eram suficientes para preenchê-lo e criar esse ambiente alegre e pleno de alegria e descontração que comumente encontramos nas primeiras horas dos vernissages bem-sucedidos.

Como sempre procedia nessas para ele até nem muito frequentes ocasiões, Robert tratou de 1) localizar a mesa das bebidas e dos salgadinhos (o que não foi difícil devido às já referidas dimensões do local), 2) para lá se dirigir a fim de molhar a garganta e, 3) cumpridos os passos anteriores, dar uma olhada nas lindinhas que quase sempre marcam presença em eventos desse tipo.

Sua atenção não tardou a ser atraída para uma jovem morena de cabelos curtos, não muito alta e bem-feitinha, com um corpo que mesmo à distância dava a impressão de ser rijo e tratado a sessões regulares de ginástica e a uma bem-cuidada dieta alimentar. Quando a bela se virou para onde estava Robert, revelou-se ainda mais bonita do que ele intuíra a partir da sua visão, digamos, bundo-anterior. Os cabelos eram ligeiramente encaracolados e negros, cortados um pouco abaixo da nuca, os olhos grandes e verdes, e seu sorriso, se é que se podia chamar de sorriso aquele ligeiro movimento da comissura dos lábios que não deixava jamais mostrar os dentes, era muito sedutor, um sorriso que mentalmente ele classificou como minimalista e que — ele estava convencido deste pormenor —, fazia todo o charme daquela garota.

Ela conversava com duas outras pessoas, um jovem que trazia uma teia de aranha tatuada no antebraço e um homem mais velho, de óculos, cabelos grisalhos, cavanhaque de bode e jeito de bicha, que monopolizava a palavra.

Havia mais jovens interessantes (sempre do ponto de vista

físico, já que Robert continuava apenas a observar e sem falar com ninguém) e outras nem tão jovens mas igualmente interessantes, e outras ainda nem jovens nem interessantes, mas que ali estavam apenas para compor esta tropa de gente invisível com que cruzamos todos os dias, a manada.

Marc falava com todos, saltando de grupinho em grupinho como uma borboleta hiperativa. Estava sorridente e usava tênis de lona, uma calça preta de couro muito justa e uma camiseta branca colada ao tronco magro, o que lhe dava um ar efeminado (ou pelo menos o de um efebo) que Robert não notara no dia anterior.

Sem conhecer ninguém e sem a mínima vontade de fazê-lo, Robert aproximou-se da instalação, que, ao que tudo indicava, afinal era a única obra ali presente (a menos que os dois sofás de panos puídos e as três ou quatro cadeiras dispostas junto às paredes e um latão de lixo onde se podia ler "Municipalidade de Istambul" também fossem obras de arte, nunca se sabe, pensou Robert), fazia parte do trabalho que Marc desenvolvia e que queria mostrar a seus convidados.

Tratava-se de uma grande quantidade de pequenas telinhas de cristal líquido de uns quinze por quinze centímetros cada uma, dispostas sobre a superfície vertical da maior parede da peça. E em cada telinha passavam imagens de filmes onde abundavam paisagens urbanas e, em alguns, rostos de pessoas em plano mais fechado. Robert seguia algumas dessas sequências, cruzava de uma telinha a outra, de um filme a outro como se manejasse um controle remoto com os olhos em vez dos dedos, reconhecendo aqui e ali certas paisagens de Istambul, sobretudo seus pontos de interesse turístico.

Se você tomar distância, vai perceber o desenho do mapa.

Era Marc que falava às suas costas, convidando-o a recuar alguns metros para ver a instalação de mais longe.

De fato, ao dar quatro passos para trás Robert identificou com facilidade o desenho do mapa de Istambul que a mancha produzida pela disposição das telinhas de cristal líquido formava na parede, os espaços vazios do Bósforo e do Haliç e o mar de Marmara ao sul. Marc explicou que cada telinha passava de maneira contínua pequenos filmes de durações variadas mas nunca superiores a sete minutos feitos por desconhecidos e postados no YouTube. A localização da tela no mapa correspondia (sempre que era possível a identificação) ao ponto da cidade onde as imagens tinham sido captadas.

Como as fotos no Google Maps, disse Robert quase por reflexo, para em seguida se dar conta, satisfeito, que aquilo cabia também como provocação.

Marc não ouviu, ou fingiu não ouvir, e continuou a explicar seu trabalho. Cada filme, como dissera, tinha uma duração diferente e, passando assim em repetição, todos ofereciam um número infinito de combinações possíveis para o conjunto das imagens. A cada instante a somatória total das pequenas imagens em cada telinha formava uma imagem única se tomada em conjunto, que não voltaria a se repetir jamais. Um verdadeiro mosaico cambiante, disse Marc, uma imagem do que é a cidade metaforicamente. Atrás de nós, no alto da parede, há uma série de catorze câmeras fotográficas disparando automaticamente, mas defasadas umas das outras, a cada catorze segundos, o que me permite ter registros fotográficos do conjunto a cada segundo, e cada registro é e será sempre único, diferente de todos os outros, cada foto mostrará um quadro diferente da cidade a cada instante, como uma coisa viva, que nunca se repete.

Além disso, continuou, movimentando-se sem parar em torno de Robert e acompanhando seu discurso com muitos gestos, demonstrando uma excitação um tanto exagerada e que revelava um Marc diferente daquele da véspera que fechava os olhos a cada final de frase e que parecia viver em estado de sonolência ruminante, além disso, ele dizia, havia o som de cada filme, todos mantidos a um mesmo volume e que, assim como as imagens, ofereciam uma somatória sonora diferente a cada instante, embora o que chegasse aos ouvidos era um mesmo e constante zumbido, algo semelhante a um enxame de abelhas no interior do cérebro (ou fora dele, mas em todo caso perto dos ouvidos, frisou Marc, levando as mãos à cabeça em forma de fones de ouvido).

Falando em fones de ouvido, apesar de o som chegar em conjunto a quem olha (e escuta) a instalação, havia um dispositivo (justamente, um par de fones de ouvido) que permitia ouvir individualmente o som de cada filme. Bastava tocar a tela escolhida com a ponta do dedo, apanhar os fones de ouvido e escutar através deles o som do filme em questão, separado do conjunto de todos os sons, ou seja, extraído do zumbido.

Marc continuou a falar de suas pesquisas acerca das formas de representação da cidade, das infinitas leituras possíveis da paisagem urbana em movimento, da paisagem urbana fixa, da paisagem urbana meio em movimento e meio fixa, dos espaços públicos, da massa humana inserida na massa de concreto, do QGB, ou *quociente de gordura betônica*, que era uma espécie de indicador obtido pela razão simplificada entre os quilos de concreto e aço dos edifícios e os quilos de carne humana somados por toda a população, da relação entre a grama e o asfalto, entre o número de árvores e o número de privadas e mais uma série de bobagens que rapidamente se incorporaram ao zumbido do enxame de abelhas dos seus filmezinhos, tornando-se a sua voz também um zum-zum de abelhas, a ponto de em pouco tempo Robert se sentir levado por uma nuvem, deitado nela, uma nuvem de abelhas, embalado pelo zumbido que o isolava em uma cápsula antissonora onde o único som possível de ser ouvido era o zum--zum, até que, pela constância, este também desaparecia para dar lugar a uma imensa bolha de silêncio que acabava por lhe aguçar os demais sentidos, sobretudo a visão, e Robert começou então a se concentrar nas imagens que cruzavam à sua frente, zapeando visualmente os vários pontos da cidade, pulando da parte europeia para a asiática, de Şişli a Üsküdar, de Sultanahmet a Kaptanpaş, de Beşiktaş a Örnektep, de imagens noturnas a outras em plena luz do dia, dos quadros fixos aos de intenso movimento, de cenas repletas de automóveis e pessoas a outras apenas com árvores ou gatos, de planos contemplativos àqueles de grande ação, de movimentos lentos da câmera a tomadas nervosas, de imagens pretensamente poéticas a outras hilariantes, e então ele começou a buscar imagens localizadas nos arredores de onde habitara havia uns meses, e então Robert Bernard viu músicos tocando na Istiklâl, viu panorâmicas do alto da Torre Galata, viu o bondinho passando e uma escandinava muito grande a fazer mímicas à janela, viu homens transportando bandejas cheias de copinhos de chá pela rua, viu um vendedor de pepinos que falava alguma coisa para a câmera e mostrava um pepino descascado, viu automóveis atravessando uma ponte e logo a seguir a imagem de pescadores ao longo do guarda-corpo da ponte, viu a bandeira da Turquia, imensa, desenhada em um muro e um homem de bigode à frente, viu uma barca passando repleta de imbecis abanando para a câmera, viu fachadas de prédios e letreiros ilegíveis, viu vendedores ambulantes, viu produtos expostos nas calçadas, viu uma jovem sorridente em uma cadeira de rodas, viu luzes azuis, vermelhas, verdes, roxas e amarelo-cocô, viu a lua sobre o Bósforo, viu a lua entre minaretes, viu a lua na calçada e achou que via coisas, um céu alaranjado ao pôr do sol, viu crianças dando de comer aos pombos, viu um mercado apinhado de gente, viu gringos, japoneses, chineses, coreanos e se perguntou como pode ter feito a diferença entre eles, viu noruegueses, dinamarqueses, islandeses e se perguntou a mesma coisa, viu velhos, velhas, homens e mulheres de meia-idade, viu rapazes, moças, crianças e guias turísticos esgotados, viu o contorno das mesquitas contra um céu ao anoitecer, viu a mesma coisa contra um céu ao amanhecer e também ao meio-dia, viu ainda mais mesquitas e os minaretes dessas mesquitas, viu mesquitas e minaretes a dar com o pau, viu gatos revirando latas de lixo, viu o menu de um restaurante, viu turistas descendo de um ônibus, viu uma foto de Atatürk e o sorriso de uma bela negra, viu jovens loiros caindo de bêbados e entornando canecos de cerveja sob o olhar cansado de um garçom, viu varais de roupa atravessando uma rua, viu um homem a despejar injúrias contra a câmera, viu mulheres cobertas por véus negros, viu mulheres cobertas por véus de todas as cores, inclusive verde-limão e com o símbolo da Nike estampado no lado da cabeça, viu placas de indicação de trânsito, viu um embarcadouro cheio de gente, viu pessoas descendo de uma barca, viu um velho dormindo, viu o Bósforo da popa de um barco, viu as borbulhas brancas na água, viu pessoas abanando das margens, viu um homem mijando contra um muro, viu a esplanada de um café, viu yalıs decrépitos e magníficos, viu inúmeras pessoas, casas, automóveis, e finalmente Robert viu, por acaso, porque não poderia ser de outro jeito que cada uma daquelas imagens era vista, viu quando já se cansava, quando já se sentia uma mosca alucinada por sua visão cubista, quando já sentia os olhos começando a misturar tudo em uma só e multifacetada imagem, foi aí que ele viu, finalmente, a imagem de uma barca que balança na noite, ancorada junto ao embarcadouro e envolta em fumaça, e em seu interior, junto à guarda de madeira da lateral do barco, um homem que recebe os sanduíches preparados pelo companheiro sobre uma mesa ao lado da grelha onde os peixes são assados e de onde provém a fumaça, o homem parece gritar alguma coisa enquanto repassa os sanduíches àqueles que, em terra firme, se enfileiram e estendem-lhe o dinheiro na ponta dos dedos, várias pessoas se aglomeram em torno daquela lanchonete flutuante e envolta na fumaça, a câmera se fixa no barco balançando em meio à fumaça e à luz fraca do embarcadouro, o barco se balança, a imagem fica nisso ainda por alguns segundos e depois a sequência é cortada e o filme retorna ao início, ou seja, ao mesmo plano com o barco balançando em meio à fumaça. E ele então reconhece. Aquelas mesmas cenas voltam à sua mente, mas agora sem a interferência da câmera, sem filtro, sem nada. Robert vê tudo outra vez como se fosse a primeira, como se estivesse presenciando, no tempo em que tudo se passou, o que agora passava continuamente naquela tela situada no ponto do mapa correspondente ao do embarcadouro de Eminönü. Robert recorda o momento em que presenciou aquelas cenas, ele não tem mais dúvidas, ele estava ao lado da câmera que as registrara.

Então apanhou os fones de ouvido para ouvir o som do filme, os berros do homem dentro do barco para chamar os clientes, as vozes das pessoas que passavam ali perto do microfone embutido na câmera e, no fim do filme que durava pouco mais de dois minutos, inconfundível, ouviu sua própria voz dizendo "Agora vamos".

E depois tomamos a ponte em direção a Karaköy, ele pensou.

E depois.

E depois?

Depois procurou por Marc, mas ele já não estava lá. Tinha desaparecido e deixado os convidados entregues a si próprios.

Robert ainda voltou à instalação e assistiu e ouviu o "seu" filme umas quatro ou cinco vezes, até perceber que havia mais gente querendo usar os fones de ouvido. Então retirou-os, pendurou-os em um gancho preso à parede e foi-se embora.

No dia seguinte telefonou para Marc. Começou com um elogio meio forçado e pouco convincente ao trabalho dele, fingiu interessar-se pelo seu valor artístico, mas em seguida passou a pedir detalhes a respeito de como ele tinha obtido os filmes.

São todos filmes postados no YouTube, disse Marc.

Sim, mas como você fez para chegar até eles? Para encontrá-los em meio aos milhões de filmes postados no YouTube?, perguntou Robert.

Filtros, pesquisa avançada, palavras-chave, cositas así.

E você teve contato com quem postou esses filmes, pediu autorização para usá-los em sua instalação, por exemplo?

Claro que não.

E se agora você quisesse encontrar o autor de determinado filme, você teria como fazer isso?

Pra quê?

Pra que o quê?

Pra que eu iria querer encontrar o autor de um dos filmezinhos, querido?

É o seguinte, Marc: tem um filme ali que me interessa. Me interessa saber um pouco mais sobre ele, entende? Saber, por exemplo, quem fez o filme e quem o postou.

Breve silêncio. Robert imaginou Marc tragando longamente um cigarro antes de responder. Chegou mesmo a ouvir, ou pensou ouvir, o som da fumaça sendo expelida por um biquinho da boca em direção oposta à do auscultador. E logo se deu conta que nunca vira Marc com um cigarro na mão.

No início começamos a anotar o URL de cada filme. Tinha uma lista com o filme e o respectivo URL. Mas depois vi que era muita coisa, muito trabalho pra nada, e decidi parar, disse Marc.

Começamos?

Tenho meus colaboradores. Não trabalho sozinho, pelo menos não no que diz respeito ao trabalho braçal, à execução. Amigos, artistas que estão iniciando e querem aprender, assistentes, estudantes. Quando a época é boa, pago estagiários.

Você tem essa lista?

Não sei se ela ainda existe. Mas, você sabe, isso vai te levar no máximo a um nome de usuário e não é garantia nenhuma de que consiga contatar quem postou o filme. Por que você quer isso?

Posso ver essa lista?

(breve silêncio)

Posso ver essa lista, Marc?

Se ela ainda existe, Burcu é quem deve saber onde ela está.

Burcu?

Cursa história da arte na Mimar Sinan, está fazendo um doutorado sobre a obra de Ahmet e meio que me ajuda um pouco de vez em quando.

Como falar com Burcu, Marc?

Fuck you oito cinco. Acho que gemêil.

Quê?

Fuck you oito cinco gê mail ponto com, minha flor. Um dos poucos que sei de cabeça, e Marc soltou uma risadinha seca, antipática, que a Robert pareceu ao mesmo tempo vulgar e perturbadora, como pode ser a risada de um débil mental.

Obrigado, Marc.

A resposta de Burcu não demorou nem um dia, Robert escreveu para ele de manhã e no final da tarde, quando abriu outra vez sua caixa de mensagens, lá estava a resposta de Burcu, um e-mail breve dizendo que se a tal lista não tinha ido parar no lixo, deveria estar no ateliê de Ahmet, era preciso procurar, o que poderia fazer no dia seguinte, pois precisava mesmo passar pelo ateliê para apanhar uns livros que tinha deixado lá. Robert respondeu de bate-pronto perguntando se poderia ir junto. Poucos minutos depois, Burcu lhe respondeu outra vez, dizendo que não tinha problema, ele podia ir junto, e propôs um horário para se encontrarem, e um local, um café-livraria da Istiklâl Caddesi, de lá iriam até o ateliê. Vou estar com uma mochila amarela, terminava Burcu, fácil me reconhecer.

No outro dia, um pouco antes da hora marcada, Robert já estava sentado a uma mesa ao fundo, no lado oposto ao da entrada, na cafeteria que Burcu tinha indicado. Estava próximo ao espaço dedicado à pequena livraria junto ao café. Com alguma surpresa, tinha encontrado um exemplar em francês de *Douleur Exquise*, ao procurar, mais para passar o tempo, o nome da autora anotado em sua caderneta. Esteve lendo uns trechos, mas a verdade é que associar, lembrar ou pensar outra vez no livro de Lucas o repugnava. Deixou aquilo de lado e agora tinha nas mãos outro livro, tipo tijolão, aparentemente um romance de um autor turco. Na orelha, a foto mostrava alguém pela faixa dos trinta anos, um rosto bonito, barba de três dias, olhar profundo entre blasé, intelectual e melancólico: o cara! Achou que aquela foto poderia ser tanto a de um ator de telenovelas emergente, de um modelo (idem) de comerciais de cigarro ou ainda a de um astro do pop rock ou a de qualquer outro jovem urbano na faixa dos trinta anos. Na contracapa, frases entre aspas pescadas de resenhas publicadas em jornais, muitos deles do estrangeiro, provavelmente a dar conta, pensou Robert, de "uma das vozes mais expressivas da sua geração" ou de "um escritor extremamente original" e de "um dos livros mais importantes da nossa década".

Folheou o monumento tentando fazer suposições sobre as maravilhas contidas naquelas páginas, mas não conseguiu chegar a conclusão nenhuma. De tempos em tempos, olhava em direção à porta para ver se entrava alguém com uma mochila amarela nas costas. Levantou-se, largou o gênio na prateleira e, quando regressava, deu de cara com a garota de olhos verdes que tinha visto na reunião no ateliê de Marc. Em pé, ela folheava um livro junto à seção de crítica e artes. Robert aproximou-se e se deixou ficar por ali fingindo percorrer com os olhos e grande interesse os livros dispostos na prateleira. Chegou tão perto que ela, sentindo a presença de alguém, mas sem desviar os olhos do livro, deu um passo para trás a fim de deixar livre o acesso à estante. Em seguida, ela puxou o celular do bolso e o consultou (se havia mensagens?, a hora?), repôs o livro no lugar e dirigiu-se à cafeteria. Robert sentiu seu perfume leve e adocicado quando ela passou às suas costas, e acompanhou-a com o olhar. Ela sentou-se a uma das mesas e começou a folhear um jornal.

Nesse instante, a visão de uma mochila amarela chamou a atenção de Robert, como que o trazendo de volta a uma realidade de onde ele tinha escapulido desde que vira a menina havia alguns minutos (mas que pareciam muitos, horas talvez). Em menos de um segundo, como quem desperta de um sonho e vai reconhecendo pouco a pouco as paredes do quarto onde dorme, veio-lhe à consciência o motivo pelo qual estava naquela cafeteria: tinha um encontro marcado para ir até o ateliê de Ahmet, esperava alguém que se chamava Burcu e esse alguém portava uma mochila amarela. Ainda assim, como restos de um sonho que insiste em não se dissipar por completo e que se infiltra na realidade e a desestabiliza, ali estava, materializada à sua frente, a jovem morena de olhos verdes que vira no ateliê de Marc havia dois dias e, ao lado dela — e este era o inquietante ponto de intersecção entre a realidade e o sonho, ou entre aquelas duas, digamos, versões do real —, a mochila amarela pousada na cadeira.

Antes que Robert se perguntasse por que, desde quando ouviu Marc falar de Burcu, em nenhum momento lhe passara pela cabeça que Burcu fosse ou pudesse ser um nome feminino (e agora se dava conta que nada, com seu parco conhecimento da língua turca, podia fazê-lo pensar com tanta certeza que se tratava, ao contrário, de um nome masculino), antes mesmo que pudesse rir da situação, certamente porque ele olhava com insistência para ela, a jovem já havia se levantado e percorrido os seis ou sete passos que os separavam. Parou à frente dele e disse: Robert Bernard?

Ele não disse nada, mas deve ter sorrido, um sorriso que aquiesce e que finge alguma surpresa.

Muito prazer, sou Burcu, ela disse, estendendo-lhe a mão pequena e macia, que ele apertou com certo receio de machucar.

Robert não disse nenhuma palavra sobre esperar um homem, mas disse que acreditava tê-la visto no vernissage de Marc (embora Marc houvesse insistido que não se tratara disso, ele não sabia como nomear aquela reunião).

Não foi um vernissage, ela disse, foi apenas mais um jogo de Marc, uma espécie de *performance* dissimulada, ele diz que é parte do seu trabalho, que é para trazer as pessoas para dentro do seu trabalho, mas no fundo é só um jogo, ele adora isso, é sempre assim. Depois ele desaparece e deixa todo mundo lá, entregues uns aos outros.

Burcu parecia ter pressa, e Robert não teve tempo de lhe oferecer nada no café. Em poucos minutos já estavam na rua, ela disse "por aqui" e entraram numa ruela ao lado do café-livraria. Caminharam cerca de vinte metros até um local onde estavam estacionados motos, bicicletas, dois patinetes e um triciclo de criança. Burcu aproximou-se de uma Vespa cor-de-rosa, pousou a mochila no banco e destravou a corrente que prendia a roda dianteira a um gancho de ferro engastado na calçada. Depois abriu a mochila e retirou de dentro dois minúsculos capacetes que fizeram Robert pensar nos filmes de guerra dos anos 50 em que sempre aparecia um nazista dirigindo motos com uma espécie de caiaque grudado ao lado, ou, na era pós-Google, as Zundapp KS 750, e dentro do caiaque ia o carona, normalmente um oficial, portando, os dois, ridículos capacetes de coquinho como aqueles. Um era da mesma cor da Vespa, o outro, bege. Trouxe um para você, disse Burcu, estendendo o capacete bege a Robert, que o apanhou e logo o colocou na cabeça com a sensação (agradável) de que a cobria com uma casca de ovo. Burcu pôs também o seu, montou na Vespa e disse "Vamos?". Robert permaneceu em pé, imóvel ao lado dela. Burcu deu a partida e então teve que gritar para elevar a voz acima do barulho do motor: "Vamos?". Um tanto desajeitado, Robert subiu na Vespa e procurou equilibrar-se. Quando Burcu arrancou, ele viu que não seria fácil.

Não é perto, vai demorar um pouquinho, tudo bem?, disse Burcu, virando o rosto ao máximo (ainda que mantendo os olhos à frente) para ser ouvida por Robert, que, por sua vez, estava preocupado demais em manter-se em cima do banco. Seu corpo jogava de um lado para o outro como se estivesse num bote inflável em meio a um mar agitado ou sobre o lombo de um cavalo com cócegas, e aquilo, ele tinha consciência, devia dificultar a condução da Vespa. Mas Burcu a controlava com firmeza — era preciso reconhecer que ela dirigia bem, embora rápido demais, pensava Robert — e infiltrava-se de maneira destemida nos espaços exíguos entre as filas de automóveis, ziguezagueando à frente deles, tirando casquinhas de retrovisores e, sobretudo, fazendo Robert acreditar que não se aguentaria por muito tempo em cima daquela moto. Agarra na minha cintura, ela falou, e depois gritou, duas vezes, mas ele não ouviu, porque o barulho do motor da Vespa, somado ao dos automóveis e dos ônibus quase roçando neles e das buzinas e dos escapamentos de toda aquela fúria de veículos enlouquecidos em disparada por uma grande avenida de Istambul não permitiam que Robert ouvisse nada além de um único ronco ensurdecedor, um ronco que ganhava contornos físicos e assustadores, como se ele estivesse dentro de um túnel, ou melhor, dentro da garganta de um animal gigantesco e escorregasse pelo esôfago desse animal, e o ronco que ele ouvia era precisamente o som do corpo do animal ouvido de dentro, o som de um corpo funcionando, ecoando em seus tubos em meio a suas vísceras, um som que, se tivesse de compará-lo com alguma coisa, pensou Robert, seria com o som que se ouve no inferno, se lá se ouve alguma coisa.

 Como Robert não ouvia nada, Burcu tateou em busca de uma das mãos dele e a trouxe para a sua cintura, na altura do umbigo, dando uma batidinha sobre ela e fazendo-o entender que ele deveria agarrar-se ali. Robert abraçou a cintura de Burcu e colou-se às costas dela, o que imediatamente deu uma estabilidade maior à motocicleta. Burcu fez sinal de positivo com o polegar e acelerou um pouco mais. O motor se esganiçou, a Vespa não ganhou muito mais velocidade, mas passou a avançar, pareceu a Robert, mais leve em meio ao fluxo dos veículos, quase flutuando sobre o asfalto. Foi só então que Robert percebeu que desde o momento em que começaram a andar o vento penetrava por baixo de sua camisa e trazia-lhe uma sensação de frio, o que não o impedia de transpirar com abundância. Percebeu também que de um instante para outro já não sentia frio nem calor, apenas uma agradável sensação de bem-estar que o equilíbrio adquirido e o contato das costas de Burcu com seu peito, sobretudo isto, proporcionavam-lhe. Algumas mechas pequenas do cabelo dela escapavam por baixo do capacete e, tocadas pelo vento, vinham roçar as faces de Robert. E ele descobriu, enternecido, que o perfume adocicado que sentira no café-livraria vinha precisamente dos cabelos de Burcu, e não de seu corpo.

Primeiro os prédios e automóveis foram ficando para trás, depois o traçado das ruas começou a se tornar ainda mais irregular do que já era, até que o próprio conceito de rua passou a ser difícil de aplicar àquele caminho que nem calçamento tinha, um areião brabo. Avançavam por uma estradinha de terra estreita que se vocês pudessem ver diriam sem pestanejar que os dois atravessavam uma zona rural, e não um bairro da periferia de Istambul. Robert ia bem agarrado à cintura de Burcu e, apesar dos solavancos, sentia-se agora muito seguro em cima do banco.

Aos poucos apareceram umas casas e outras construções com jeito de casas que davam uma aparência mais urbana à paisagem, embora rodassem ainda na terra e de vez em quando cruzassem com porcos e galinhas pelo caminho. Burcu diminuiu a marcha e disse que faltava pouco, virou numa outra estradinha de terra ainda mais estreita, quase uma trilha, acelerou, avançaram por uns quinhentos metros até chegarem a um terreno fechado por uma cerca de arame e uns tapumes de compensado.

Aqui estamos, disse Burcu, parando a moto junto à cerca. No fundo do terreno havia um pavilhão malconservado em meio a lixo e restos de caliça. Talvez devido ao matagal em torno da construção, foi só quando se preparavam para entrar no terreno que perceberam um homem empoleirado num tonel e tentando, ao que tudo indicava, passar por uma das janelas.

Fique aqui vigiando a moto, disse Burcu, e dirigiu-se até o homem em cima do tonel.

Robert aquiesceu. No minuto seguinte, achou que o mais prudente teria sido acompanhá-la, mas Burcu já estava junto ao homem. Ele desceu (com dificuldade) do tonel, os dois trocaram algumas palavras e sumiram atrás do pavilhão. Robert pensou em levar a moto para dentro do pátio, mas não sabia como fazer (freios, travas, embreagens, complicadores desse tipo). Além disso, o portão estava fechado com uma corrente. Constatou que não havia nada a fazer senão esperar.

Não esperou muito, dez ou quinze minutos mais tarde os dois surgiram à frente do galpão outra vez. O homem foi embora e Burcu veio até Robert. Ela abriu a corrente do portão e levou a moto para dentro.

Quem era aquele sujeito?, perguntou Robert.

Alguém procurando um lugar para passar a noite, disse Burcu. É muito comum por aqui.

Ela empunhou um molho de chaves, abriu a porta do pavilhão e os dois entraram. O ateliê, embora não muitas coisas ali dentro dissessem que se tratava de um ateliê de artista, era amplo e sujo, provavelmente já fazia bastante tempo ninguém botava os pés lá. Certo, havia material de pintura, uma grande mesa basculante com ferramentas e outros materiais que podiam servir a um artista, como serrotes, pedaços de pano e rolos de papel higiênico, muitos. Mas havia também máquinas pesadas que faziam pensar em uma fábrica (de quê?) abandonada ou em uma oficina mecânica (devido ao cheiro forte de óleo diesel).

Burcu foi até uns armários e recolheu três ou quatro livros, que pôs dentro da mochila, enquanto Robert perambulava pelo ateliê. Havia várias telas no chão, encostadas às paredes, outras penduradas. Havia também fotos, desenhos e colagens presas com fita adesiva às paredes. Atrás de um painel de madeira compensada, que Robert pensou tratar-se de uma divisória improvisada para separar o que seria a cozinha do espaço reservado ao trabalho com a pintura, uma série de fotos lhe chamou a atenção. Eram fotografias em formato de uns vinte por trinta centímetros dispostas lado a lado em várias linhas e colunas ao longo de todo o painel, que, por sua vez, não devia medir menos de dez metros de comprimento por quase três de altura. O que lhe chamou a atenção foi o tema das fotos. Todas eram tomadas frontais da genitália de mulheres. Todas tiradas da mesma distância e contra um fundo branco. Todas planos fechados de vulvas, e o que estava em torno, num enquadramento da região que descia da cintura até o primeiro terço das coxas e, lateralmente, por toda a extensão — quando esta não era muito larga — dos quadris. Vulvas das mais diferentes anatomias, cores e, mais tarde Robert percebeu, idades. Evidentemente, além do volume e da forma menos ou mais arredondada dos quadris, o que de imediato distinguia uma (foto, vulva) da outra era o desenho formado pela implantação dos pelos pubianos (em uma rápida conferida, Robert verificou que não havia nenhuma raspada) e as texturas, cores e graus de ondulação dos fios. Quanto à forma do desenho, os triângulos, claro, abundavam, desde os perfeitamente equiláteros, passando por variantes de isósceles e escalenos, mas havia também figuras menos evidentes e quase disformes que lembravam manchas de um teste de Rorschach e retângulos longitudinais que terminavam em chumaços tristes pendurados no vazio. As fotos eram coloridas e de boa resolução, o que permitia uma ideia bastante precisa da variada gama de cores tanto dos pelos quanto da pele e, em alguns casos, quando a massa capilar era um pouco rarefeita, da vagina propriamente e de seus lábios ora vermelhos, ora mais escuros ou quase negros.

Robert analisava com atenção o painel, quando sentiu a presença de Burcu às suas costas.

Era um trabalho para a Bienal de Lyon, ela disse, mas nunca chegou a ser exposto.

Por quê?, perguntou Robert, sem nenhum interesse na resposta.

Não sei ao certo, talvez ele já estivesse se direcionando para outros projetos. Faz parte da fase branca de sua obra, que exalta a luz, a vida, o exterior. Depois disso ele entrou em um processo de introspecção, conhecido como a fase negra, que foi se tornando tão importante no conjunto de sua produção a ponto de hoje o público e até alguns críticos o considerarem apenas por essa parte, digamos, mais sombria de sua obra.

E o que você acha?

Eu gosto, disse Burcu, foi um trabalho que vi nascer e acompanhei de perto, tenho certo carinho.

Você o estudou em sua tese?

Não é isso. É que Ahmet trabalha sempre com colaboradores. Acompanhei o trabalho nessa condição. Todas as pessoas que posaram para as fotos eram amigas, conhecidas dele, gente de sua relação, enfim, colaboradores.

Ah... E você só posou ou também ajudou na produção das fotos?

Não, as sessões de fotos, as tomadas, ficavam a cargo só de Ahmet, ele cuidava de tudo, equipamentos, iluminação, tudo, não admitia mais ninguém além dele e da pessoa a ser fotografada.

Robert pensou em fazer uma observação do tipo "Não são exatamente fotografias de pessoas", mas resolveu calar-se.

Burcu dirigiu-se a um armário próximo à mesa, vasculhou as gavetas e voltou com uma folha de papel na mão.

Este é o texto que acompanhava a instalação, ela disse, ao que consta é de autoria de um poeta turco amigo de Ahmet.

Faço a ressalva porque há quem diga que foi o próprio Ahmet quem escreveu, mas não acredito.

Robert apanhou a folha (na verdade duas, duas páginas cheias, espaço simples, corpo 11) e leu o documento, cujo título era "Elogio da buceta", seguido da menção em itálico *"Texto para acompanhar a obra 'Janelas da vida', de Ahmet"*. Um texto lamentável, truncado, cheio de erros gramaticais e de ortografia (Robert lia a tradução num francês de arrepiar) que se perdia em descrições anatômicas da vagina feitas com um vocabulário ora pernóstico, ora chulo. Quase ao final, o texto derivava para uma espécie de ode à candura, carregada de apelo sexual, de uma menina de dez anos (ou melhor, da vagina, que o autor chamava de "pombinha", dessa menina), que parecia ser sobrinha ou filha do autor, ou então filha da mulher dele, o texto não era claro a esse respeito.

Robert devolveu o papel a Burcu. Ela esperou, não por muito tempo, um comentário que não veio. Guardou-o de volta na gaveta, disse que precisava telefonar e deixou Robert diante do painel.

Analisando-o mais detidamente, ele percebeu, pelas formas não tão abauladas de alguns quadris e pelo que a qualidade das fotos deixava apreender das texturas da pele e dos pelos, que era bem possível que houvesse modelos adolescentes entre os retratados, ou em todo caso bastante jovens. Além disso, cada conjunto de elementos que davam uma "cara" às vulvas (pelos [cor, espessura, desenho da implantação], quadris [forma e tamanho], cor da pele etc.) também permitia ter uma ideia (sem que houvesse uma explicação racional para isto) da personalidade daquela que a portava. Pentelhos claros e delgados, por exemplo, pareciam indicar uma alma atormentada e propensa à histeria, pelos fortes e um triângulo bem definido indicavam certa praticidade nas ações, já quadris muito abaulados e associados a fios muito finos nascendo na parte inferior do púbis pareciam caracterizar personalidades inseguras e volúveis. Claro que todas essas associações eram fruto de certa excitação mental de Robert diante do que ele, se questionado a respeito, classificaria de insólito da obra. Mas no fundo, quase sem pensar, quase sem se dar conta, o que ele buscava mesmo era adivinhar qual daquelas fotos seria a da "janela" de Burcu. Primeiro experimentou um ligeiro impulso de autocensura, ao se dar conta de tal pensamento, impulso, aliás, que passou tão rápido quanto veio, pois achou natural e até inevitável aquela tentativa de aproximação entre o real (e Burcu era, até onde ele sabia, a única das modelos que ele conhecia) e o representado. E entregou-se com deleite ao exercício. Entre as características disponíveis para observação, fixou-se primeiro na forma da pelve e separou mentalmente os quadris que teriam mais ou menos o tamanho e as curvas daqueles que ele imaginava ocultos sob a calça (larga e de um tecido que devia ser linho) de Burcu. Para facilitar o trabalho, puxou a caderneta que trazia no bolso e reproduziu a disposição das fotos no painel sob a forma de uma matriz onde cada elemento era formado por dois números, o primeiro indicando a linha e o segundo a coluna. Nessa primeira seleção, o conjunto inicial de cento e noventa e duas fotos (oito linhas por vinte e quatro colunas) ficou reduzido a algumas dezenas. Dentro desse grupo, Robert passou a analisar que idade seria possível deduzir com base na textura da pele. Mas prioritariamente concentrou-se nas características de constituição dos pelos e no formato de mancha que reproduziam. Parecia-lhe impossível, por exemplo, que Burcu não tivesse um elegante e bem definido triângulo — as formas irregulares passavam longe do que ele imaginava para ela. A cor escura, quase negra da massa capilar parecia-lhe inevitável, o que o fez descartar seis delicadas penugens cuja tonalidade ia desde o castanho até uma diáfana nuvem loira. Depois, os fios muito grossos e compridos também lhe pareciam incompatíveis, assim como tufos desgrenhados e revoltos não condiziam com o asseio que Burcu demonstrava ao se vestir (mesmo que o estilo fosse meio alternativo e bastante informal), na maneira (falsamente casual) de prender o cabelo, na disposição dos (muitos) acessórios, um asseio que sem nenhuma dúvida estendia-se à sua intimidade (por exemplo — e Robert fazia associações a grande velocidade, sem saber aonde elas o levariam —, não podia imaginar Burcu usando uma calcinha cujo elástico já estivesse cansado ou com o cós desfeito, ou ainda com bolotas de tecido na parte da bunda). Portanto, procedendo por sucessivas eliminações, terminou com um grupo de seis fotos (1, 6; 1, 18; 4, 12; 7, 9; 7, 24; 8, 10) dentre as quais, ele tinha quase certeza, devia estar a xereca de Burcu.

Decidia-se a aprofundar o exame desses seis retratos, quando ela surgiu outra vez às suas costas.

Ainda aí?, ela disse, com um sorriso cujo significado Robert não conseguiu definir.

Eu estava matando o tempo à sua espera, ele respondeu, um pouco frustrado por ter de abandonar o exercício tão perto do fim. Por um instante cogitou perguntar de chofre a Burcu qual era a foto dela, mas logo desistiu ao perceber que para isso teria de forçar um tom de descontração que decididamente não existia entre eles, e que sobretudo era incongruente tanto com sua postura até então quanto com a de Burcu (principalmente a dela), que desde o início se mostrara séria e pouco afeita a brincadeiras. Aliás, o sorriso que ele acabara de presenciar era o primeiro desde que a vira no café-livraria. Mas, embora único, foi um sorriso que alegrou Robert. E que o incentivou a perguntar se ela seria capaz de lhe arranjar um encontro com Ahmet.

Burcu olhou (já sem sorrir) longamente para Robert. Ele já se maldizia por ter falado besteira. Ela foi outra vez aos armários de metal, puxou gavetas, tirou umas pastas, voltou a recolocá-las onde estavam.

Acho que a lista que você quer deve mesmo ter ido parar no lixo. Ou então levei para a tia Ayşe, disse Burcu, juntando suas coisas e puxando o molho de chaves da bolsa. Pôs-se ao lado da porta, de braços cruzados, e então Robert entendeu que ela só esperava por ele para fechar e irem embora.

Tia Ayşe morava numa ruela meio perdida entre as franjas de Cihangir e Galata, num prédio de seis andares que mais parecia um acampamento cigano ou uma comunidade alternativa dos anos 70. Dos corredores, das escadas e de todos esses espaços que, para fazer uma distinção — ali perfeitamente inútil — entre o que está e o que não está à vista de todos, chamamos de áreas comuns, passava-se sem se dar conta a qualquer um dos apartamentos distribuídos pelos andares, cujas portas estavam sempre todas abertas (em alguns casos simplesmente não havia portas ou era difícil percebê-las) e com as mobílias espalhadas pelos corredores e patamares da caixa da escada, embaralhando os ambientes, fundindo todas as habitações num só espaço por onde circulavam crianças ranhentas vestidas só de fraldas, mulheres estabanadas pelas lides da cozinha ou histéricas pelo choro de um bebê, ou sonolentas com robe de chambre e bobes na cabeça, homens fumando sem camisa e deitados em sofás recobertos por colchas puídas, velhos e velhas aos montes, esquecidos em poltronas junto a um canto e confundidos com algum móvel em desuso, cochilando ou hipnotizados por televisões que eram ligadas de manhã e que só se apagavam quando tudo e todos ali dentro resvalavam para um cansaço pastoso que descia sobre o imóvel como uma nuvem de vapores soporíferos e alguém, num último gesto consciente antes de também cair nas profundezas do sono, passava como um fantasma à frente do aparelho e apertava o botão de off.

 Eles subiram ao terceiro andar, esgueiraram-se pelo apertado espaço entre o guarda-corpo do patamar e o sofá onde um velho de bermuda (ou seria cueca?) dormitava de barriga para cima, e entraram naquilo que deveria ser a sala do apartamento de tia Ayşe, mas que se parecia mais com uma cozinha e que na verdade era o seu quarto. Ela estava sentada na cama, olhava para a parede vazia em frente. Burcu saudou-a com a voz cheia de ternura e entonações infantis, como se se dirigisse de fato a uma criança ou, na melhor das hipóteses, a um cachorro. Tia Ayşe nem sequer desviou os olhos na direção deles. Burcu disse-lhe alguma coisa, dessa vez no tom seco que a caracterizava. Tia Ayşe rabiscou palavras na folha de papel disposta em uma prancheta pousada em seu colo e mostrou-a em seguida a Burcu. Diante do olhar interrogativo de Robert, Burcu disse que tia Ayşe estava dizendo que Hülya tinha ido ao supermercado. Como o olhar de Robert pareceu-lhe ainda mais interrogativo, Burcu explicou que tia Ayşe sofria de uma doença degenerativa rara que lhe paralisava grande parte dos músculos, sobretudo os da face, o que acabava atingindo, entre outras coisas, a função da fala. Havia algum tempo, portanto, ela não falava e, não podendo fazer muitos gestos, tia Ayşe só conseguia se comunicar escrevendo, sem muita destreza e com grandes letras tremidas. Tia Ayşe na verdade não era sua tia, acrescentou Burcu, mas tia de Hülya, uma muito querida amiga.

 Naquele momento Robert não identificou o que lhe pareceu diferente na fala de Burcu. Mais tarde, talvez, ele deve ter compreendido. A verdade é que advérbios e adjetivos carinhosos pareciam deslocados no estilo direto e frio com o qual Burcu modulava suas frases.

Hülya chegou poucos minutos depois, e parecia irmã de Burcu. Era tão bonita quanto ela, talvez mais doce e simpática (o que dado o caráter de Burcu não era muito difícil, pensou Robert), mas também mais distante. Ela o cumprimentou e sorriu para ele como se já o conhecesse, e depois, sem sorrir, disse alguma coisa em turco a Burcu. Enquanto Hülya esvaziava o saco das compras e as arrumava dentro do armário, Burcu falava com ela e ouvia, de quando em quando, uns monossílabos como resposta. Embora não soubesse do que falavam, pela primeira vez Robert não sentiu Burcu em uma posição de superioridade em relação a seu interlocutor (no caso, interlocutora). E não precisava saber do que as duas falavam para perceber que aquela conversa não tardaria a tomar um tom áspero e descambar, como de fato descambou cinco minutos depois, numa violenta discussão com direito a elevações de voz, dedos em riste, gestos bruscos e batidas de portas. Hülya enveredou para o interior do apartamento (ou para o seu exterior; impossível dizer onde cada peça desembocaria) e Burcu foi atrás. Suas vozes, que já haviam se transformado em gritos, foram sumindo à medida que se distanciavam de onde todos estavam, como se as duas mulheres estivessem sendo engolidas pelo corpo do edifício.

Ficaram apenas tia Ayşe e Robert na peça. Tia Ayşe continuava olhando para a parede em frente à cama. Manchas de mofo e pintura descascada. Ele se pôs dentro do campo de visão dela, entre a cama e a parede, e lhe sorriu. Ela pareceu esboçar alguma coisa perto de um sorriso. Depois escreveu uma frase na folha de papel e a ergueu para Robert. Assim ele pensou. Mas, ao ouvir uma voz às suas costas, viu que a conversa não era com ele, e sim com o velho que havia pouco dormia no sofá no patamar da escada e que agora estava em pé junto à porta. Viu também que o velho não trajava bermudas, e sim uma cueca samba-canção de um cáqui meio desbotado. Os dois velhos começaram a conversar de maneira animada, ou melhor, o velho falava e a velha escrevia. De tempos em tempos, o velho se dirigia a Robert, como para integrá-lo à conversação, sem se dar conta de que ele não compreendia turco ou, o mais provável, não dando a mínima importância para esse fato. Burcu e Hülya não tardaram a voltar. Estavam visivelmente chateadas. Burcu então perguntou a Hülya sobre a lista que Robert procurava. Enquanto Hülya abria gavetas e remexia papéis, Burcu explicou a Robert que ela costumava trazer as folhas usadas para tia Ayşe, que afinal consumia quase tanto papel quanto remédios, o que além de dispendioso era antiecológico, acrescentou. Já haviam tentado um pequeno quadro-negro e até uma dessas placas imantadas onde as crianças fazem seus primeiros rabiscos, mas tia Ayşe só conseguia escrever mesmo com papel e caneta, o que para todos eles, inclusive os médicos, continuava a ser inexplicável.

Finalmente Hülya empunhou uma pilha de folhas saídas não se sabe de onde e as depositou (de maneira forçadamente brusca e um tanto teatral; na verdade ela *atirou* as folhas) à frente de Burcu. Burcu lançou-lhe um olhar cujo significado nem eu consegui entender direito, depois examinou os papéis e os estendeu a Robert. Eis o que você procurava, ela disse. Como Robert já havia anotado o número correspondente ao "seu filme", ele foi direto na parte da lista que lhe interessava. Era uma lista enorme, composta de várias folhas, e trazia o número do vídeo, seu URL, o nome do usuário que o postara no YouTube, a data da postagem e, em alguns casos, informações complementares sobre o local onde o vídeo fora feito ou quem o havia encontrado na web. Rapidamente, porém, Robert percebeu que a lista não estava completa e que entre as folhas faltantes estavam aquelas onde deveria constar o número correspondente ao filme que lhe interessava. Disse isso a Burcu, que lhe respondeu com um conclusivo "Quer que eu comece a chorar?". Em seguida todos ficaram em silêncio. Com o mal-estar entre Burcu e Hülya, a natural amabilidade desta última já tinha ido para o espaço. Ela agora demonstrava apenas abatimento, como se estivesse cansada ou doente, o que de certa maneira reforçava ainda mais sua beleza. De repente ficou claro que a diferença entre as belezas de uma e de outra repousava na candura e em certo aspecto enigmático de Hülya e na aspereza do caráter de Burcu. Tanto uma quanto outra, pensou Robert, e cada qual do seu jeito e com sua personalidade, eram lindas e extremamente atraentes e, por mais incrível que parecesse, idênticas. Além do mais, e isto era visível, as duas eram muito ligadas, e esse desentendimento fazia-lhes mal e as tornava contrariadas e tristes. Ninguém falava, o velho de cueca deu as costas e saiu sem dizer nada a ninguém, e Robert preparava-se para anunciar que também ia dar uma banda, quando tia Ayşe escreveu uma frase e levantou sua prancheta. Hülya e Burcu leram, voltaram-se ao mesmo tempo para Robert e depois se olharam. Hülya foi a primeira a não conseguir conter o riso. Depois foi a vez de Burcu, o que fez Hülya rir ainda com mais vontade. Em pouco tempo as duas gargalhavam e não conseguiam mais parar. Robert, por sua vez, vendo as outras dobrarem-se de rir, também começou a rir, enquanto perguntava-lhes o que tia Ayşe tinha dito. Tia Ayşe continuava impassível olhando para a parede. Quando Burcu conseguiu retomar o fôlego, disse, ainda entre risadas: "Tia Ayşe pergunta por que você não tira esse capacete da cabeça". Só então Robert se deu conta de que desde que deixara o ateliê de Ahmet, ou talvez desde antes, quando apanharam a moto para sair da cafeteria, não havia retirado o capacete tipo casquinha de ovo, tão leve e confortável e tão bem adaptado à sua cabeça era aquele equipamento.

O episódio serviu para distender o clima entre Burcu e

Hülya, agora a um passo da reconciliação. Elas saíram outra vez do quarto e, quando voltaram, estavam bem mais leves e sorridentes. Aliás, Robert nunca vira Burcu (tinha a impressão de conhecê-la havia muito tempo) tão leve e tão sorridente como agora. Parecia outra pessoa, tanto que nem acreditou quando ela propôs que fossem os três tomar alguma coisa para comemorar.

Mesmo sem entender bem o motivo da comemoração, Robert aceitou o convite na hora.

A noite começava a cair e eles foram a um bar ali perto, uma espécie de porão minúsculo, escuro e com fedor de asa, aonde chegaram após descerem uma escada em caracol que terminava justo em frente ao balcão. Burcu comandou as bebidas. Sentaram em banquetas em torno de uma mesa alta e redonda. De uma hora para outra o bar, que estava meio vazio quando chegaram, encheu a ponto de as pessoas se espremerem, se empurrarem e às vezes até discutirem para saber quem era o primeiro da fila para pedir no balcão. Todos falavam alto, às vezes aos gritos, sob um fundo de música tecno a um volume sensivelmente mais alto do que o recomendável para a saúde e a tranquilidade dos ouvidos. Evidente que ninguém ali estava em busca de ambientes tranquilos, a começar por Burcu, que deu início a uma longa e um tanto confusa, e sobretudo cansativa, explicação sobre sua atração por lugares enfumaçados, barulhentos e desconfortáveis como aquele. Disse que aquilo a estimulava, a fazia se sentir mais ativa, que o barulho e o desconforto físico despertavam seu corpo para reações que sempre a surpreendiam, a adrenalina subia e ela se sentia mais lúcida e até mais inteligente, mais forte, mais potente, mais, mais, é até difícil explicar, ela disse, e secou outro copo.

A verdade é que isto tudo me excita, disse, pousando o copo vazio na mesa. E lançou um olhar entre lascivo e fulminante para Hülya. Me excita sexualmente, quero dizer, ela disse, levando a mão à coxa de Robert, tendendo para os ovos. Depois voltou-se outra vez para Hülya e perguntou se ela concordava. Hülya disse um sim meio protocolar e continuou a beber. E a enrolar com o dedo uma mecha do cabelo. Ao contrário de Burcu, Hülya parecia não estar ali, ou se estava era como se não estivesse, completamente alheia à barulheira em torno dela e como que protegida por uma esfera de vidro. Robert era capaz de jurar que mesmo o cheiro de cigarro não se fixava em suas roupas e cabelos. Aliás, ele começava a identificar a principal característica da personalidade de Hülya, por trás de sua aparente fragilidade e doçura, naquela distância que ela mantinha das pessoas à sua volta. Era inatingível, como alguém que não pertencia a este mundo e sentia todos os outros como seres inferiores.

Eles bebiam rakıs intercalados com intensas rodadas de cerveja, e as duas revelavam grande desenvoltura nessa prática. Em pouco tempo estavam bêbados (Robert, pelo menos, estava) e em algum momento da noite deixaram o bar, tomaram um táxi e foram até o apartamento de Burcu. Já a essa altura Hülya não estava mais com eles (Robert lembrava vagamente de, ainda no bar, ter visto a figura esbelta de Hülya se levantar da cadeira meio que flutuando, leve e fresca como se acordasse após uma bela noite de sono e, sem aparentar o mínimo sinal de embriaguez, dar um suspiro e dizer que estava um pouco cansada e preferia repousar), e Burcu, excitadíssima, não parava de falar.

Quando chegaram em casa, porém, Burcu não disse mais nada. Fechou a porta atrás de si com o pé, aproximou-se de Robert olhando-o fixamente e o beijou como se fosse engoli-lo: os lábios e a língua passando pela boca, queixo e nariz de Robert antes de descer com tudo na garganta. Robert engasgou, tossiu e pensou com seus botões (que Burcu já abrira) que aquilo começava muito mal. Mas Burcu parecia não se importar, e logo as mãos dela se enfiaram por baixo da camisa de Robert e passaram a explorar seu tronco. Com passos atropelados, quedas e grunhidos, como em uma luta entre um mudo e um cego, sem que ninguém soubesse quem era o mudo e quem era o cego, os dois chegaram à cama, Robert já sem camisa e com uma ereção monumental. Burcu, que havia deixado a calça pelo caminho, deitou-o de bruços, tirou a camiseta e, vestida apenas com uma calcinha branca, estendeu-se sobre ele. Robert sentia o volume e o calor dos seios dela nas costas. Ela começou a lhe aplicar pequenas mordidas nos ombros e na nuca. Descendo as mãos pelos flancos, desafivelou-lhe o cinto e, com um só gesto, livrou-o da calça e da cueca. Estavam deitados de lado, Burcu colada às costas de Robert, cujo pau latejava no vazio. Burcu cravou-lhe as unhas acima da altura dos joelhos e subiu arranhando (e arrancando) a pele das coxas de Robert. Pressionou de leve os testículos como se os sopesasse, depois virou-o de bruços novamente e num quase imperceptível movimento, delicado mas de muita firmeza, resvalou-lhe o dedo médio ânus adentro.

Robert soltou um gemido fundo, um som estranho, que curiosamente fez desaparecer de imediato todos os efeitos do álcool. Usando apenas de uma sutil rotação do dedo no interior de Robert com sentidos que se invertiam a todo momento, Burcu imprimia-lhe uma delicada pressão em toda a região do ânus e massageava-o ao mesmo tempo. Com a outra mão, beliscava os mamilos dele. Robert, com os braços para trás, puxava-a contra si. Então ela aliviou a pressão e recolheu um pouco o dedo como se fosse retirá-lo (para desespero de Robert) e meteu mais um, o anular, sussurrando umas palavras em turco que pareciam um xingamento. Robert sentiu um tremor percorrer seu corpo, uma sensação ao mesmo tempo de frio e de calor, achou que ia desmaiar e começou a pedir baixinho — e logo em seguida aos gritos — que ela pegasse no seu pau. Mas Burcu, em completo silêncio e alheia aos clamores de Robert, continuava com os mesmos movimentos ritmados a tocá-lo por dentro, deixando-o com a sensação de que aqueles dedos incríveis continuavam entrando, que não cessavam de entrar.

Havia algumas estrelas no céu e uma nuvem pálida errava sobre o Bósforo. Devia ser umas quatro da manhã, gaivotas sonolentas sobrevoavam os prédios escuros e o canto do muezim irrompia na madrugada de Istambul chamando os fiéis para a primeira oração do dia que não tardaria a raiar. E foi quando o som lamentoso das evocações de Alá (e latidos de cachorros ao fundo) misturado a uma brisa quase fria entrou pela janela e a ponta da cortina se mexeu, despertando um mosquito que cruzou o quarto na diagonal, que Robert Bernard, com dois dedos enterrados no cu, gozou como nunca tinha feito na vida.

Robert dormiu como havia muito não dormia, um sono profundo e sem sonhos como ele achava que era, ou deveria ser, a morte. Quando acordou, Hülya já tinha juntado os copos e as garrafas da noite anterior e recolhido as almofadas e roupas do chão. Entoava uma canção com sons da garganta, entremeados de quando em quando com palavras em turco.

Robert procurou alguma coisa para cobrir sua nudez, mas não havia nem roupas nem lençóis por perto. Sem deixar de cantarolar e arrumar o quarto, Hülya alcançou-lhe a cueca e a calça.

Antes de Robert perguntar, ela avisou que Burcu tinha saído, era dia de estar cedo na universidade.

A que horas ela volta?, perguntou Robert.

Só no fim da tarde, mas não acho uma boa ideia você esperá-la aqui. Aliás, ela é que não vai achar uma boa ideia, disso eu tenho certeza.

Robert perguntou onde era o banheiro. Hülya indicou-o e disse que se ele quisesse podia tomar uma ducha: a toalha verde é minha, use a azul, que é a da Burcu, acrescentou.

Quando Robert saiu outra vez do banheiro, já vestido e de banho tomado, o apartamento estava impecável, tudo na mais perfeita ordem, e Hülya lia um livro, descalça e estirada no sofá. Ela perguntou se ele queria tomar alguma coisa e sem esperar resposta serviu-lhe um copo de chá.

Burcu comentou que você estava interessado num dos filmezinhos da instalação de Marc, disse Hülya.

Robert assentiu com a cabeça enquanto bebericava o chá.

Silêncio (o chá estava bom).

Silêncio.

E você também colabora com Ahmet?, perguntou Robert, lembrando de repente da instalação que vira no ateliê de Ahmet e do fato de que na noite anterior nem lembrara, ou não pudera, ou não tivera tempo de confirmar in loco se sua última seleção de fotos contemplava de fato a da verdadeira "janela" de Burcu.

Quê?

Acho que eu gostaria de me encontrar com Ahmet, Hülya. Você sabe como posso fazer pra falar com ele?

Ela deu uma risada.

Para dizer a verdade foi uma gargalhada:

Tá brincando? Então você acha que pode falar com Ahmet? Ninguém na face da Terra sabe onde Ahmet se encontra, talvez nem ele próprio saiba. Faz algum tempo que ele se retirou completamente de cena, sumiu do mapa, abandonou o campinho, entende? Vive recluso não se sabe onde, se é que ainda vive. De tempos em tempos aparece alguma obra, uma peça que, dizem, é dele, mas ninguém sabe ao certo. Aliás, quando os trabalhos dele começaram a ser reconhecidos, o cara já havia desaparecido. Alguns dizem que virou monge e foi viver no Tibet, outros que foi pra Nova York e trabalha em Wall Street, outros ainda dizem que ele jamais existiu e que toda a sua obra é fruto de um coletivo de artistas internacionais cujo objetivo e obra maior é justamente a construção do mito Ahmet.

E você, o que acha?, perguntou Robert.

Eu não acho nada. Essa história não me interessa nem um pouco.

Robert terminou o chá, serviu-se de novo. Bebeu e começou a pensar em ir embora devagarinho. Levantou-se e preparava-se para se despedir quando Hülya perguntou:

E você, por que o interesse no vídeo da instalação de Ahmet?

Robert pensou um pouco. Sentou de novo.

Depois falou:

Nada de especial, talvez eu conheça a pessoa que fez um daqueles vídeos, só isso.

Sem saber por que, talvez por alguma interrogação percebida no olhar de Hülya, Robert achou que deveria acrescentar mais alguma coisa:

Perdi o contato com essa pessoa, então o filme poderia me ajudar a encontrá-la de novo.

Ela era sua amiga?, perguntou Hülya.

Quem?

A garota de que você fala.

Eu não disse que se tratava de uma garota.

Tudo bem, essa pessoa de que você fala, ela era sua amiga?

Não exatamente, uma conhecida. Vi ela duas ou três vezes, ou quatro ou cinco, já não sei. Depois nunca mais vi, não sei que fim levou.

E você queria saber?

Saber o quê?

O fim. Que fim ela levou. Você queria saber o que é feito dela, por onde ela anda, que rumo tomou, essas coisas. A continuação, né? Isso da sequência, uma coisinha depois da outra... é importante pra você isso, não é?

Robert demorou uns segundos:

Sim, claro.

Sei...

Silêncio curto.

E por quê?

Por quê? Porque sim, ora. Eu nunca mais vi ela, não sei onde anda, cheguei a procurar um pouco, fui onde ela morava e tudo, mas ninguém soube me dizer nada. (Outro silêncio breve.) Além disso, é possível que ela tenha cruzado com outras pessoas que eu conheço, ele disse, e ficou pensando no que dissera.

Um mistério?

Sim, um mistério.

Sei, murmurou Hülya.

Ela olhava para Robert, mas era difícil dizer se esperava que ele continuasse e explicasse melhor sua história ou se já estava pensando em outra coisa. E se estava pensando em outra coisa, essa coisa podia ser em decorrência do que ele tinha dito ou então ela estava apenas sendo delicada ao fazer a pergunta e, no fim das contas, aquela conversa não lhe interessava em nada. Difícil saber.

Ela permaneceu olhando para Robert, que interpretou aquele olhar prolongado como um terceiro "sei...". Neste momento ele parou para pensar, talvez pela primeira vez, no que de fato faria, ou poderia fazer, se encontrasse na tal lista as referências sobre o filme que procurava.

Acho que se você estivesse no meu lugar, também ia querer saber que fim ela levou, não?, ele disse, num tom de voz que lhe saiu infantil demais. Tentava retomar alguma coisa que parecia estar escapando. Mas aquilo era quase um pedido de socorro.

E Hülya:

É como se abrisse uma estradinha, né? (ele acreditou ouvir "meu filho": "uma estradinha, né, meu filho?"). E a gente não descansa enquanto não souber onde ela vai dar. Como se toda estradinha tivesse que dar em algum lugar. Ou melhor, como se a gente tivesse que saber aonde ela leva só porque num relance a gente viu ela aberta. Só que o que mais tem na vida da gente são essas estradinhas que a gente não sabe onde terminam, que a gente acaba abandonando pra poder seguir adiante. Saco, né?

Robert ainda tentou justificar, sem muita convicção, seu interesse pelo filme dizendo que, ao ficar sabendo que ela (sim, era uma garota) não aparecera mais na pensão onde estava hospedada, ele sentira um misto de curiosidade e de obrigação de saber onde ela andava e se estava bem. Era uma estrangeira, não conhecia quase ninguém em Istambul, ele disse.

E calou-se. Tomou mais um gole de chá.

Hülya olhava-o. Tinha o olhar calmo, plano como a fotografia de uma poça d'água. Depois voltou a seu livro.

Então, com um tom de voz que nada tinha da hesitação de minutos antes, Robert falou:

Ela conhecia Ahmet.

Hülya ergueu os olhos do livro. Por um instante Robert pensou que ela iria fechá-lo e dizer alguma coisa. Mas nada. Tomou um gole do chá e, sem olhar para Robert, disse:

Devia ser outra pessoa, já disse que o cara está desaparecido.

Robert não quis insistir. Vinha tentando justificar o interesse pelo filme, mas aquilo lhe parecia mais um gesto de defesa. Num primeiro momento, contra o silêncio que volta e meia tomava conta daquela conversa. Mas na verdade outro silêncio maior o cercava e o assustava, como se estivesse prestes a absorvê-lo. Querer saber quem tinha postado o filme era uma maneira de responder com uma atitude a esse silêncio, para escapar dele, ou poder pensar que podia escapar.

No fundo, ele disse, no fundo você pode ter razão e talvez não tenha importância nenhuma onde ela esteja. No fundo, o que importa mesmo não tem nada a ver com isso. Nenhuma importância.

Hülya não disse nada, estava de volta à leitura do livro que tinha na mão.

Robert sentia-se cansado, de ressaca, sem forças nem mesmo para levantar do sofá e ir embora. Pousou o copo na mesinha ao lado do sofá, junto ao bule, uma delicada peça de porcelana turca. E ficou observando. Olhando para o bule. Ocorreu-lhe então o pensamento de que lá dentro do bule o chá esfriava. Era incapaz de um pensamento menos (nem mais) óbvio. O chá esfriava dentro do bule, e isso era tudo o que ele podia pensar naquele momento. Era o que ele podia apreender daquele seu momento contido naqueles minutos que escoavam dentro daquele apartamento, enfim, a síntese do que vivia naquele preciso instante: o chá esfriava dentro do bule, e ele era testemunha disso. Era o que ele presenciava, o que acontecia na sua vida naquele preciso instante, e a sua única certeza.

O que você está lendo?, ele perguntou.
Um romance.
É sobre o quê?
Como assim?
O que é que conta esse romance?
Não sei bem, difícil dizer.

Mas qual é a história?
Não sei, é difícil dizer qual é a história, não tem muita.
É bom?
Eu gosto.

Quando ele chegou, o restaurante estava vazio, o ambiente calmo e agradável. Escolheu uma mesa de canto, junto a uma das janelas, e pediu um cálice de vinho branco. Aos poucos as demais mesas foram sendo ocupadas e o burburinho aumentou. Muitos turistas, pensou, facilmente identificáveis por seus aparelhos fotográficos, filmadoras e maquinetas do gênero, ou pelas roupas, pelo físico ou simplesmente por essa etiqueta invisível que todos trazem colada à testa dizendo "Eu sou turista". A verdade é que podia adivinhar, com margem de erro próxima de zero, quem ali era turista e quem era da cidade, e também aqueles que, não sendo nem uma coisa nem outra, estavam em Istambul a trabalho e de passagem.
Pediu outro cálice.
Como um fio que se vai soltando do novelo, ou como o pensamento de um adolescente durante uma aula de matemática, sua mente errava por caminhos incógnitos, em geral desérticos, ao sabor do vento e das tempestades de areia, e ia trazendo novas variantes ao jogo de adivinhação ao qual ele se entregara com deleite (nacionalidade, grau de parentesco, tipo de vínculo entre os ocupantes de uma mesma mesa etc.), até que alguma coisa (uma voz, chegou a pensar — um pensamento que traduzia sua preguiça, certo, para pensar em algo mais racional ou, pelo menos, mais original, mas que também corroborava o grau de

absorção da brincadeira) lhe disse que, se continuasse a desenvolver joguinhos bobos como aquele, seria obrigado a admitir que se transformava em um imbecil.

Lembrou-se de Marc. Rindo.

Quando enfim reconheceu que Burcu havia lhe dado o cano, chamou o garçom e pediu a conta. Robert tinha tomado cálices de vinho em número que ultrapassava com boa margem o que poderia caber em uma garrafa, pagando, é claro, o equivalente ao preço de umas quatro ou cinco. Pensou em Marc outra vez. Ao pisar o largo da Mesquita Nova, experimentou uma sensação agradável, que a conjugação de álcool, céu estrelado e temperatura amena em uma noite de verão transformava em quase alegria. Mas bastou atravessar a avenida e perambular durante dois minutos entre os camelôs retardatários do embarcadouro de Eminönü para terminar cabisbaixo, debruçado junto à balaustrada de ferro que limitava o cais, sem se decidir se cuspia no chão ou na água. O que o prendia ainda em Istambul? Seria de fato a possibilidade de encontrar Ahmet? Encontraria alguma resposta para a atitude de Lucas? Mas como?, se nem as perguntas, as verdadeiras, ele sabia formular. O que fazia de fato naquela cidade? Quantas vezes já havia passado por aquele embarcadouro? Por aquelas ruas? Quantas vezes?

Pensou em Lucas. Pensou no livro de Lucas. E Fátima? Lucas e Fátima, e aquele livro que já começava a pesar demais em sua mochila. Fátima. Talvez aquele livro fosse, sim, a única coisa que o prendia ali. E talvez por isso mesmo estava mais do que na hora de se livrar daquilo. Já havia ido à pensão da senhora gordinha e de cabelos descoloridos, e ela lhe tinha dito que o pai da menina havia se mudado. Apenas mais tarde, quando leu com a devida atenção o endereço, para ter uma noção de onde ficava enquanto se decidia se ia ou não até lá, foi que notou tratar-se do seu agora ex-endereço. Apenas esse fato, que não podia ser uma simples coincidência, ainda o impedia de procurá-lo. Mas agora, ali, no cais de Eminönü de onde tantas vezes vislumbrou a Torre Galata no outro lado do Haliç, pareceu-lhe evidente que não poderia deixar Istambul para trás sem se livrar do que era possível se livrar naquele livro. Pensava em Fátima. Pensou na noite em que ela fizera aquele filme, ali mesmo, quase na mesma posição em que ele se encontrava agora, do mesmo jeito. Então foi como fazer de novo: Robert atravessou a ponte, depois apanhou o Tünnel e emergiu no topo da colina de Karaköy, enquanto um bondinho meio vazio iniciava mais uma viagem pela Istiklâl até o Taksim. Robert dobrou à direita e desceu a rua das lojas de instrumentos musicais, como se a caminho de casa mais uma vez. Quando teria sido a última? Há semanas? Um mês? Difícil dizer. Mas naquele momento teve a certeza que não poderia haver mais uma; agora era de fato a última vez que refazia esse trajeto.

As fachadas das lojas eram sempre sombrias à noite. Dobrou à direita numa rua mais estreita, os mesmos (certamente outros) gatos vasculhavam os monturos de lixo na esquina. Dobrou à esquerda. A rua terminava num beco. O prédio era o último antes do beco, à esquerda. Empurrou a porta e ela abriu. A mesma cara de depósito do hall abrigando a escada. Subiu, tomando cuidado com os degraus quebrados. Chegou ofegante ao quinto andar. Esperou até restabelecer o fôlego. Passou um lenço na testa. E bateu à porta.

Ouviu passos de alguém correndo lá dentro. Sem muita demora a porta se abriu, e junto a ela apresentou-se um homem de tronco nu, molhado, cheio de espuma no cabelo e enrolado numa toalha. E que falou:

Puxa vida, até que enfim, fazia tempo que eu esperava por você.

O homem deu um passo para trás como quem diz "Entre", e Robert entrou.

O apartamento estava exatamente igual a quando o deixara. E não havia motivo para estar diferente, era um desses apartamentos "prontos para morar", bastando entrar, transferir as roupas da mala para o armário e dar início à rotina doméstica. Foi o que fizera quando ali se instalou. Certamente foi isso que fizera também o homem que acabava de recebê-lo e que agora se vestia no quarto ao lado enquanto ele, Robert, o aguardava na sala, em pé diante dos dois janelões que ocupavam quase toda a parede.

Quando entrei aqui pela primeira vez, já sabia que ia encontrar esta vista, disse o homem, abotoando a camisa que trazia manchas de água no peito e na altura da barriga.

Terminou de se abotoar, enfiou a barra da camisa para dentro da calça e estendeu-lhe a mão.

Ibrahim Erkaya.

Robert Bernard, e apertou-lhe a mão.

Eu sei. E antes de mais nada, muito obrigado.

Por quê?

Sem aquele caderno eu não teria chegado até aqui.

Ah, sim.

Você sabe onde ela está?

Não.

Perguntei por perguntar, disse Ibrahim depois de um instante que a Robert pareceu ser de hesitação, mas que no fundo era a expressão de certo excitamento contido. Acho que eu não esperava que você soubesse, ele continuou. E logo parou, dando a ideia de que, ao se preparar para iniciar uma nova frase, arrependera-se a tempo.

Não sei onde ela está, disse Robert, sem maiores preâmbulos, mas tenho comigo uma coisa que achei que tinha de lhe mostrar. Não me leve a mal. Se de alguma forma eu não fizesse parte desta merda toda, eu teria deixado tudo isso de lado.

E estendeu-lhe um exemplar do livro de Lucas que trazia na mochila.

Neste momento teve certeza de que na próxima vez que visse Philippe, se um dia ainda o visse, saltaria em seu pescoço. Imaginou-o falando de livros de arte, da importância de editores corajosos para assegurar a livre expressão artística, de sua abjeção pelos julgamentos morais, imaginou Philippe pintando exatamente o seu contrário, desfilando todo um repertório de justificativas, umas mais, outras menos canalhas, ao seu infatigável oportunismo e ao rancor puro.

Ibrahim começou a folhear o livro, primeiro sem entender direito do que se tratava, mas à medida que avançava sua fisionomia foi se tornando mais tensa. De repente fechou o livro e olhou para Robert. E seu olhar não era exatamente uma pergunta, talvez no máximo uma pergunta muda, como se já soubesse a resposta mas não quisesse ouvi-la.

Robert desviou os olhos.

Ibrahim soltou o livro na mesa. Tornou a apanhá-lo e a soltá-lo outra vez:

Você conhece Ahmet?

Não.

Quer tomar alguma coisa?

Um uísque, se tiver.

Ibrahim foi até a cozinha. Quando voltou, trazia copos, um prato com gelo e a garrafa embaixo do braço. Parecia ter chorado. Não, parecia ter envelhecido cinco anos. Talvez dez. Tinha umas olheiras fundas e o rosto cavado. Serviu a bebida de Robert e estendeu-lhe o copo apoiado em um pequeno disco de crochê. E falou:

Quando cheguei aqui pela primeira vez, eu já sabia o que ia encontrar. De certa forma sabia também o que não ia encontrar. Foi Fátima quem me trouxe até aqui, e de algum jeito vai ter que ser ela também a me tirar, entende?

Robert não disse nada.

Acho que pude pensar em algumas coisas que não teria pensado se não tivesse ficado sozinho nesta cidade, prosseguiu Ibrahim. Mas e agora? É uma sensação de ter sido agarrado por aquilo do qual você passou a vida inteira fugindo sem saber exatamente o que era. Então aí você sabe, e se dá conta de que em vez de fugir você levou a vida inteira indo na direção daquilo. Aí é tarde. *Aquilo* te pegou e de alguma maneira daí em diante você precisa lidar com esse fato. Então eu me pergunto: e agora?

Posso entender. É a pergunta que mais tenho me feito também. E agora?, disse Robert, que ao beber um gole deixou cair o porta-copos.

Os dois se abaixaram ao mesmo tempo, e ao mesmo tempo espicharam os braços para apanhar o pequeno círculo de crochê caído no chão. Ergueram-se, repetidos um no outro.

Ibrahim bebeu um gole, e disse:

Talvez possa. Sim, talvez você possa entender. Talvez eu possa entender você também, embora ache que não tenho o direito de dizer isso. Mas chega uma hora em que nada disso tem sentido. E tentar entender, buscar um sentido, acaba te afastando do que de fato interessa, daquilo que finalmente pode dar sentido à coisa. O sentido não existe antes de a gente chegar nele. Tem momentos em que é preciso desistir de buscar sentidos, talvez aí a gente vai poder entender alguma coisa. Está me entendendo?

Não.

Não faz mal.

Isso me faz lembrar a história de um homem que conheci há algum tempo, ele disse. Estava casado havia uns quinze anos com uma mulher que ele amava e que o amava também e com quem tivera dois filhos, ou três, não lembro mais. Tanto ele quanto a mulher mantinham cada um, individualmente, uma relação saudável e feliz com os filhos. Também em conjunto a família funcionava bem, a mesma coisa acontecendo no tête-à-tête do casal, às vezes uma rusga aqui, uma discussãozinha ali, discordâncias e concordâncias normais, enfim, a vida nossa de cada dia correndo como normalmente ela corre, com suas agruras e pequenas alegrias mas nada muito fora do ordinário. Na aparência, e não tenho por que não pensar que na essência também, os dois eram felizes, e essa felicidade vinha do fato de que eles se amavam. Simples como água. Os dois tinham se conhecido por um completo acaso. O que não quer dizer grande coisa, claro, porque na verdade a vida da gente é sempre uma sucessão mais ou menos feliz de acasos, mas esse é um dos escrachados e digno de figurar num romance, já que, dentro das condições normais que formam a moldura desse quadrinho figurativo que a gente chama de realidade, suas vidas não teriam mais do que de quinze a vinte segundos em comum, ou seja, o tempo decorrido entre o espirro que ela deu e o "saúde" que ele pronunciou no preciso instante em que se cruzaram no saguão barulhento e cheio de ecos do aeroporto de uma grande cidade que tanto ele quanto ela pisavam pela primeira (e única) vez, ela à espera de uma conexão para voltar para casa e ele porque perdera o voo e fora obrigado a apanhar outro que fazia conexão ali. Pois a partir desse encontro no meio do saguão do aeroporto, dos ecos e dos espirros, os dois não mais se separaram, e os primeiros momentos da relação foram intensos e vividos com um imediatismo absoluto, onde só havia o presente, o presente comum e exclusivo dos dois, as horas de amor que se prolongavam da manhã à noite e varavam a madrugada e ainda continuavam na manhã seguinte, e assim por diante, um presente que os cortava do mundo, que fechava a porta a tudo e a todos, a quem, aliás, eles desprezavam com todas as forças, ignoravam, relegavam-nos, tudo e todos, a essa grande massa de insignificância que era o resto e que não cabia naquilo que era, você já adivinhou, o estado da pura paixão dos dois pombinhos. Mas, bem, tudo anda, não é mesmo? E ali também a coisa andou, não há presente que resista ao futuro. A relação tomou formas mais estáveis, projetando-se no tempo e tornando-se mais permeável às coisas à volta. Aos poucos eles foram se descobrindo verdadeiramente, e gostando do que descobriam. Eram atenciosos e generosos o suficiente para que cada um sentisse no outro um apoio constante e seguro, e egoístas o suficiente para não abrirem mão de seus projetos pessoais e manterem certa dose de individualidade necessária a uma saudável vida a dois. Depois vieram os filhos, algum sentimento de responsabilidade acrescido e, sobretudo, os dias, uns depois dos outros, com um inabalável rigor de sequência matemática. Num desses (nem sempre) belos dias, sem saber a propósito do quê, ele disse a ela que não estava mais apaixonado. Disse assim, sem intenção de provocar ou magoar, mas talvez por alguma necessidade boba de dizer a verdade e ignorando essa regrinha de ouro do bom funcionamento das coisas entre duas pessoas que dividem a vida e a cama: dizer sempre a verdade, mas nunca *toda* a verdade. Mas o que interessa é que ele ainda a amava, não tinha a menor dúvida a esse respeito. Porém aquele arrebatamento inicial tinha dado lugar a outra coisa, essa coisa, aliás, responsável por os dois continuarem juntos, com filhos e tal. Nada mais simples, tão claro como farinha no sol. É bem possível que ela tivesse essa mesma percepção da coisa, pois estava longe de ser uma idiota. É possível que sentisse tudo do mesmo jeito, embora não o colocasse, ou ainda não o tivesse colocado, em palavras. O fato é que ela não suportou ver aquilo expresso assim, verbalizado de uma maneira que a ela, num primeiro momento, pareceu crua demais, em seguida agressiva e logo depois (escandindo bem as sílabas) u-m h-o-r-r-o-r. No início ele se assusta um pouco com a reação dela, depois tenta fazer uma brincadeira, relativiza, mas logo percebe que a coisa pode ir (ou já tinha ido) por caminhos perigosos, tenta explicar, ele ainda a ama, é certo, apenas o amor mudou de tom, de cor, talvez tenha até ganhado com isso (sim, sim, ficou muito melhor), tornando-se mais forte, mais maduro (muito, muito mais), mas não adianta, para ela amor e paixão se confundem, são a mesma coisa, não há um sem o outro, simplesmente porque na sua cabeça as duas palavras se correspondem, são sinônimos, mesmo que ela possa identificar em seu próprio sentimento uma diferença que poderia ser de intensidade, e que talvez fosse de qualidade, coisa que ela poderia concluir sem maiores problemas se desviasse um pouco o foco das suas preocupações, mas, enfim, para ela ele não a ama mais, ele mente, e ainda por cima é covarde porque continua a viver com ela. Para resumir a novela: tudo se degrada à velocidade da luz, eles ainda insistem, permanecem juntos, mas um mal-estar evidente vai afastando-os cada vez mais, as discussões tornam-se frequentes e, nesses casos, volta sempre à baila, em forma de acusação (da parte dela) rebatida agora com exasperação (da parte dele) o fato de ele não estar mais apaixonado. O desgaste é inevitável, as feridas vão se aprofundando, o rancor vai medrando. Mas eles são fortes, valentes, continuam tentando, primeiro por eles próprios, depois pelos filhos, até que chega um ponto em que é impossível continuarem juntos e, antes que o ódio mútuo se instale de vez e ideias homicidas aflorem, acabam por se separar. Ainda se amam, ou melhor, se amavam até o dia em que começou a confusão semântica. Mas a vida a dois tornara-se impossível. Veja bem, nada de externo tinha acontecido com eles. Não houve traições, revelações tardias de um passado mantido em segredo durante longo tempo, nada disso, também não houve mudança nos sentimentos, ou pelo menos não até aquela maldita frase aparecer. Mas aí, sim, com a confusão instalada, os sentimentos começam a mudar. Curioso, não? Que força pode ter uma simples frase na boca de alguém, não é mesmo? O ideal era poder pegar com as mãos o sentimento, ou a ideia, ou o pensamento, e depositá-lo inteiro na frente da pessoa, sem palavras. "Toma, é isso o que eu queria dizer." Seria mais fácil, não é? O certo é que o que sai não é nunca a correspondência exata do que fica lá dentro. Ou até pode ser, ou a gente pensa que é, mas é certo que não corresponde ao que o outro entende por aquilo que ele ouve. Basta abrir a boca para começar o mal-entendido. Quando você diz que ama alguém, o que você quer dizer exatamente? "Eu te amo", nada mais vago, nada mais impreciso e volátil do que essa frase. O que significa de fato "eu te amo" para você, que diz a frase? E para a pessoa que a ouve? O que significa para ela? Certamente o significado do que ela ouve não é o mesmo do que você diz. Não é a mesma coisa para ela e para você. Quando você diz que ama alguém, esse alguém, se não for surdo, vai entender que você o ama. Mas o que você quer dizer com "eu te amo" pode não ser, normalmente não é, a mesma coisa que ela entende por "ele me ama". Ela põe o entendimento que ela tem do feito de amar alguém ou, para complicar mais, de ser amada por alguém, no lugar do entendimento que você tem do mesmo feito de amar alguém. Não há como chegar ao ponto exato. Porque tudo isso tem de passar pelas palavras, e aí é que a história encrespa. Porque há coisas que resistem às palavras, que se exprimem por si mesmas, autônomas, como acontecimentos fora da linguagem. E tudo aquilo de que a palavra não dá conta, todo esse imenso território indizível, só pode ganhar forma e sentido no silêncio. Quer ver uma coisa? Outra historinha edificante (tem gente que adora isso). Um amigo meu tinha uma namorada cega. Um dia ela perguntou a ele qual era o gosto da manga. Ele estranhou. Se ela tivesse perguntado sobre a cor, ele teria entendido. Aliás, ele esperava por isso. É bem possível que fosse isso mesmo o que mais ele desejava desde o momento em que se sentira atraído por ela. É possível que o que o tenha aproximado dela fosse certa compaixão por sua deficiência e que no fundo tudo o que ele buscava era ser para ela os olhos que ela não tinha. É possível. A gente sabe que o bichinho da paixão mora na cabeça e não no coração, não é mesmo? Mas aí ela vem e pergunta qual é o gosto da manga. Primeiro ele responde, contrariado, que a manga tem gosto de manga, ou melhor, que o gosto da manga é igual ao gosto que tem a manga. O.k., ela diz, mas como é esse gosto? Tente descrevê-lo para mim. Sei que é doce, e não salgado ou amargo, mas se tivesse que pôr em palavras esse gosto doce da manga, o que você diria? Ele até tentou, se enredou em questões de acidez e adstringência, e acabou se irritando. Mas era uma irritação consigo próprio. Se não conseguia explicar o gosto de alguma coisa a uma pessoa que tinha o paladar intacto e, portanto, todos os parâmetros empíricos que permitem às pessoas se entenderem a respeito de gostos, como poderia pretender explicar como eram (de que cor, de que forma) as coisas que ela não via? Mas ela percebia tudo isso melhor do que ele, e o que tentava era fazê-lo ver que não há diferença entre tentar explicar por meio de palavras fora de um léxico, digamos, palatal, o gosto de algo a alguém capaz de sentir todos os gostos e tentar descrever a forma ou a cor de um objeto a um cego de nascença. É a mesma coisa. Tudo passa pela linguagem, e se não há uma que sirva de meio campo entre uma percepção e outra, não tem jeito. Sabe, tem gente que não vê determinada cor, escutei isso num programa de rádio certa vez. Sei lá, por algum defeito qualquer a sua retina não é capaz de responder à frequência de onda emitida por aquela cor. A pessoa simplesmente ignora a cor, não sabe o que é. Aí o problema. Como falar a essa pessoa de uma cor que nenhum objeto à sua volta é capaz de lhe transmitir visualmente? Como dizer qual é a cor dessa cor que ela não vê? Se ela não tem essa referência, você pode pôr quantas palavras quiser que não vai adiantar. E o que é ainda pior: mesmo com as referências, com a existência de uma linguagem comum, nenhuma verdade está garantida. Quem garante que o vermelho que eu vejo é o mesmo que você vê? Que aquilo que eu chamo de vermelho não é para você azul, verde ou cor-de-rosa? O que eu tenho é uma sensação de vermelho. Que você e todo mundo têm, mas quem garante que a gente vê a mesma coisa, que a minha sensação de vermelho corresponde à sua? Você cresceu repetindo que era vermelho aquela cor que lhe disseram ser vermelho. Mas o que cada um vê só pode ser visto por ele próprio. Você pode ter passado a vida toda chamando de vermelho aquilo que para mim é azul, ele disse, disse Ibrahim, entre outras coisas.

O que ele dissera ainda boiava na cabeça de Robert Bernard como se ela fosse uma piscina abandonada e com água de chuva dentro, e as palavras dele umas folhas secas, tocos de cigarro, papéis de bala, insetos mortos e algumas camisinhas usadas. E tudo isso boiava. Tinham falado de Ahmet e Fátima, mas não muito. Sobretudo Ibrahim falara de um tal Marc que ele conhecera durante uma briga numa *lan house* (e foi preciso o outro chamar a atenção para o que estava dizendo, para Robert se dar conta de que se tratava do mesmo Marc que ele conhecia), com quem tinha se encontrado e que lhe tinha passado algumas informações, que depois verificara serem todas falsas, sobre Ahmet. E contara ainda, e repetidas vezes, sobre um incêndio no Grande Bazar na década de 50, e sobre o pai que não falava a mesma língua que ele. Robert lembrava que em vários momentos a fala de Ibrahim fora interrompida por um choro desenfreado, deixando ele, Robert, preocupado e sem ação, até que o outro parava de chorar e recomeçava a falar, meio que a contragosto, mas como se lhe fosse impossível não continuar. Mas a partir de determinado momento, talvez por causa do uísque ingerido, ou do uísque que o outro tinha ingerido, porém mais provavelmente por causa da litragem (invejável) alcançada em conjunto, o relato, e aquilo que Robert conseguia apreender do relato, foi se tornando meio pastoso, semelhante ao sono de uma sesta após um copioso almoço de digestão difícil. Então Robert começou a se sentir como se dentro de um sonho, um sonho onde ele sonhava estar dentro de um sonho do qual não conseguia sair, que era um sonho onde ele sonhava estar dentro de um sonho do qual não conseguia sair, e assim por diante, e para complicar as coisas o sonho, ou todos aqueles sonhos encaixados como bonequinhas russas, era ruim. Esforçava-se para se agarrar a alguma coisa mais firme, mas tudo na fala do outro escorregava. E era isso que lhe dava a sensação de sonho: se sentir escorregando, tentar com todas as forças parar de escorregar e ao mesmo tempo perceber que não conseguia. Pensava aquilo (que estava dentro de um sonho ruim) provavelmente como forma de autodefesa. Mas chegou a um ponto em que desistiu de tudo (de se agarrar e de pensar no que quer que fosse) e passou a se concentrar no uísque, dizendo a si mesmo que afinal tudo aquilo era apenas um sonho.

O problema é que não era.

Ibrahim continuava a falar. Da infância, da cidade, de coisas abstratas como a ausência, a língua e a memória, e de outras concretas como seu passaporte turco e uma foto tirada com o pai no Taksim, sem explicar direito o que aquelas coisas queriam dizer. Muitas vezes começava histórias de sua filha criança, mas não conseguia terminá-las. Às vezes parecia ficar em silêncio mesmo falando. Continuava a falar, mas como se estivesse em um pio silêncio, simplesmente ouvindo-se falar.

Quando Robert percebeu que além de não entender mais nada do que o outro falava tampouco conseguiria continuar bebendo, foi como se um elefante sentasse sobre sua cabeça. Então fechou os olhos e rendeu-se de vez ao cansaço, deixando-se embalar pelo som que saía da boca de Ibrahim, o tom da sua voz, as modulações ora mais graves, ora mais agudas que serviam para quebrar o ritmo em vários pedaços, a fim de recompô-lo em seguida como em um lego de sons que dava um colorido diferente às palavras. E essas palavras escutadas assim, de olhos fechados e quase dormindo, pareciam significar coisas bem diferentes daquelas que a princípio elas diziam, ou pareciam dizer.

Em algum momento Robert Bernard adormeceu. Profundamente. E em outro da manhã seguinte ele se viu andando por um terreno baldio, um espaço fluido e sem referências nem com a sua nem com nenhuma outra realidade digna desse nome. Não sabia onde estava, nem quando nem como. Não sabia sequer quem era: alguém, alguma coisa, vagamente uma ameba desmemoriada que zanzava por aquela zona incerta, um espaço sem espaço durante um tempo que, parecendo infinito, não tenha talvez durado mais do que dois segundos. Então começou a reconhecer alguns móveis, as paredes, a orientação do seu corpo dentro do quarto e, finalmente, seu corpo como sendo o de alguém que se chamava Robert Bernard. E quando se deu conta do resto teve vontade de continuar dormindo.

Ibrahim já tinha acordado, ou ainda não havia dormido, em todo caso estava ali, sentado à mesa da cozinha: só de cuecas, um corpo magro, encurvado, mexendo com os dedos num montinho de farelo de pão sobre a toalha. Num canto da mesa estava o livro de Lucas. Havia cheiro de café. Como um animal agonizante, uma máquina roncava sozinha na outra ponta do balcão da pia. Ibrahim demorou para se aperceber da presença de Robert à porta da cozinha e, quando o fez, apenas olhou para ele e logo voltou a seu montinho de farelo.

Robert sentia vontade de beber chá e lembrou-se do lugar onde costumava fazer o desjejum todas as manhãs, quando habitava aquele apartamento. Por compaixão, talvez, mas poderia ter sido só por cordialidade, convidou Ibrahim para irem até lá.

Ibrahim olhou de novo para Robert e mais uma vez retornou aos farelinhos. Foi só quando Robert repetiu a pergunta que ele pareceu se dar conta de que havia alguém ali em pé à sua frente e que esse alguém lhe dirigia a palavra. Então ele falou. E sua fala soava diferente daquela da noite anterior, mais pausada ou mais cansada, ou mais vazia, Robert não soube dizer. Mas até a voz era outra, mais grave:

Passei a noite em cima disso aí, ele disse, apontando com o queixo para o livro sobre a mesa. Foi fácil reconhecer a narrativa de Fátima, a voz dela, em meio a todos esses relatos de perdas. A voz, não. A fala, o que ela diz.

E então?

Então Ibrahim pigarreou, desmanchou o montinho que tinha juntado com o dedo e voltou a fazê-lo:

Ela fez o que sempre achou que eu devia fazer. Foi atrás do meu passado. O que ela conta aí não diz respeito a ela diretamente, mas a mim.

E então?

Que minha mãe já era morta quando fomos para o Brasil, isso eu já sabia. De alguma forma eu sabia. Lembrava ou me fizeram acreditar, ou eu próprio fui me dizendo isso ao longo dos anos. O que eu não sabia era que ela tinha morrido naquele incêndio. E sobretudo que junto com ela estava a sua filha, essa irmã que eu simplesmente apaguei da memória.

Robert contornou a mesa. Postou-se à frente de onde Ibrahim estava, encostando-se de braços cruzados a uma cristaleira cujo fundo de espelho multiplicava os copos lá dentro.

E o resto?

Não tem resto. Agora me dou conta que se eu não esquecesse algumas coisas teria sido difícil, ou mesmo impossível, continuar.

Robert puxou a cadeira à frente dele e sentou-se. Buscando o olhar de Ibrahim, insistiu:

Mas e as fotos? É isso o mais intrigante nesse livro. Aquela foto de Fátima na segunda parte? Aquelas fotos todas?

As fotos, ele disse, ainda amontoando os farelinhos. As fotos.

As fotos?

As fotos são pura encenação. Só isso.

Você fala como se não quisesse ver, disse Robert, levantando-se de súbito e voltando para onde estava: Lucas também aparece ali, *só encenando*, como você diz.

Sim. Lucas. Marc falou muito nele quando me falou de Ahmet, essa história de "releitura" e tal, mas para mim aquele nome não dizia nada. Agora é que dá para ligar um pouco as coisas.

E?

Ibrahim não disse mais nada. Levantou-se, foi até a pia e ao se voltar confundiu num relance seu reflexo no fundo da cristaleira com a figura de Robert que lhe devolvia o olhar, como que à espera de outro gesto.

Você deve ter recebido minha mensagem. Foi o mocinho da imobiliária quem me passou o seu e-mail, disse finalmente Ibrahim.

Que mensagem?

Ibrahim foi até a cristaleira e, entre copos e alguns bibelôs, apanhou um envelope amarelo encostado a uma caixinha decorada com mosaicos. Estendeu-o a Robert:

Chegou acho que uns dois ou três dias depois de eu ter me mudado pra cá. Como eu não sabia o seu novo endereço e não havia remetente, avisei a imobiliária e deixei aí.

Ao pôr os olhos no envelope, Robert experimentou de imediato a sensação de reconhecer uma caligrafia familiar naquela letra, embora lhe fosse impossível dizer a quem ela pertencia. Um pouco como quando identificamos o rosto de um conhecido que há muito não vemos sem que possamos dizer seu nome ou de onde conhecemos a pessoa.

Então abriu. Dentro havia apenas um DVD em seu estojo transparente. Nenhuma inscrição no disco ou na caixa, como se fosse um disco virgem.

Robert voltou a colocá-lo no envelope e guardou tudo na mochila.

Ibrahim estava parado à sua frente.

Mas você ainda não foi pôr uma roupa? Vai sair na rua pelado desse jeito?

Ibrahim fitou-o, e pela primeira vez naquela manhã Robert sentiu-o de fato presente naquela cozinha, naquela conversa. Ele não disse nada e foi ao quarto se vestir. Robert dirigiu-se à sala, postou-se diante da janela e olhou mais uma vez para a vista que se descortinava à sua frente. Agora sob a luz do sol, a cidade parecia mais concreta. Tentou tornar mais precisa sua impressão. Mas desistiu ao perceber que, se o fizesse, a cidade se dissiparia no vento.

Voltando do quarto e ao vê-lo parado olhando pela janela, Ibrahim perguntou se ele já tinha ido à Mherda. Robert respondeu que não, e que inclusive não sabia o que era, assim, a Mherda. Ibrahim disse que era a galeria onde Ahmet teria exposto pela última vez.

De acordo com Marc, disse Ibrahim, era onde ele pensava expor seu último trabalho, segundo ele o mais radical, mas acabou desistindo, embora o que tenha ocorrido, pelo que Marc me contou, é que ele foi obrigado a desistir, ainda que não admitisse. Circularam especulações sobre o conteúdo, ao que parece, antiético, do tal trabalho, mas ninguém sabe exatamente do que se trata, do que se tratava. Parece que ele já tinha começado a montar a instalação, quando de um dia para o outro evaporou sem deixar vestígios. O certo é que ia ser lá. Dá pra ver daqui o prédio, fica perto daquele outro mais alto, cor-de-rosa, ao lado daquela mesquita que a gente só vê o minarete, tá vendo?

Não muito bem, disse Robert.

Bem na direção do meu dedo, um pouco antes daquela colina logo em frente e depois da mesquita de Beyazıt. Tá vendo agora?

Acho que não.

Mas não é possível! Aqui, ó, bem na linha do meu dedo, entre o prédio grande, cinza, e aquele outro que parece um caralho!

Desculpe, mas não estou vendo.

Ibrahim ainda insistiu e Robert terminou por dizer que estava vendo. Sim, agora via o que ele queria mostrar.

Ibrahim percebeu que o outro não vira nada e que dizia aquilo por gentileza ou para encerrar o assunto. Na verdade, nem ele tinha certeza de que o que tentava indicar a Robert era de fato o lugar onde se encontrava o que ele queria mostrar.

Desceram as escadas em silêncio.

Foi quando Ahmet disse, disse Marc, disse Ibrahim, enquanto o garçom de bigode trazia o enésimo chá de Robert, que o suicídio era um gesto artístico. O.k., disse Marc, disse Ibrahim, todo mundo gosta de pensar que se trata de uma atitude intempestiva do tipo um belo (ou mau) dia a dor é tanta, o cara já não se aguenta, pega uma arma e estoura os miolos, mas a gente sabe que um gesto desses se prepara, amadurece lentamente no silêncio do espírito, como todas as grandes obras. Camus, disse Ibrahim, aquilo tudo era puro existencialismo requentado, a coisa tomada em primeiríssimo grau, quase que de ouvido. E que estava ali apenas para justificar o injustificável, disse. Ou coisa pior, acrescentou.

Robert pediu um café. Ibrahim, um chá.

O garçom trouxe.

Mas a bosta é que isso não é tudo, continuou Ibrahim.

E então ele disse que Marc lhe disse que Ahmet lhe disse que tinha conseguido as imagens, que tinha conseguido o filme.

Assim, *ele conseguiu o filme, as imagens*, ele disse. E acho que dá pra pensar que é isso que estava no centro do tal trabalho que ele pensava em levar à Mherda, disse Ibrahim.

Robert bebeu o café, que deu umas voltas na garganta antes de descer:

E esse filme...

Sim, o filme...

Lucas?

Digamos que mais ou menos isso, disse Ibrahim.

Depois não disse mais nada. Esperava. Tomou um gole do chá, olhou o relógio, foi ao banheiro, mijou, lavou as mãos, a cara, penteou o cabelo e, de volta à mesa, perguntou:

O que você vai fazer agora?

Acho que vou ao cinema, disse Robert.

E de fato foi. Meteu-se pelo corredor que levava às bilheterias do Emek Sineması, perto da İstiklâl e, como costumava fazer no Cinéma Les Carmes sempre que as coisas engrossavam para o angustiado adolescente que então ele era em Orléans, foi à bilheteria e tirou uma entrada para a primeira sessão a se iniciar, sem saber de que filme se tratava. Quando entrou na sala, as luzes já estavam apagadas e os créditos corriam na tela. Sentou-se à primeira poltrona que, graças ao fundo claro da abertura do filme, conseguiu perceber vazia. Nunca fora um grande conhecedor de línguas, mas a julgar pela grafia dos nomes que ainda pôde ler antes das primeiras sequências, devia se tratar de um filme polonês. Com legendas em turco, óbvio. O que para ele, óbvio, era acrescentar água à chuva.

Era um filme em preto e branco. Não somente um filme rodado em preto e branco, mas todas as cenas, por assim dizer, ou boa parte delas, ou pelo menos aquelas que ele poderia chamar de mais poéticas e que se agarravam com mais força à sua memória, eram construídas através dos contrastes entre o preto e o branco, entre sombra e luz, entre a escuridão e a brancura total. Nasciam dessas oposições, assim como elas próprias, as cenas, intercalavam-se de maneira brusca e sem continuidade, seguindo o mesmo princípio das contraposições, na maioria das vezes bastante aleatórias, como se a montagem do filme tivesse ficado a cargo de um amador, ou de um gênio.

Embora essas considerações tenham vindo à mente de Robert, se é que vieram, a posteriori, no momento em que o filme se desenrolava diante de seus olhos cansados e ele acompanhava aquela sucessão de imagens com a entrega dos que esgotados por uma jornada cheia se abandonam ao sono, inconscientemente uma parte de seu cérebro trabalhava duro para atar os fiozinhos e compreender o que se passava na tela.

O resultado desse trabalho (um resumo) é apresentado nas linhas seguintes.

No fundo era uma história de amor. Ao menos ele assim entendeu: um jovem que deixa seus companheiros (de quarto, de pensão?) e sai a vaguear pela cidade com uma mala (e a partir de determinado momento do filme, com uma espada), o personagem tem o aspecto de alguém inquieto, certo ar de revolta juvenil, meio perdidão, de quem não sabe bem o que quer, de quem busca alguma coisa que não sabe o que é. Acaba por encontrar, no meio da noite (uma noite de muito frio e neve em uma cidade que volta e meia é atingida por cortes de energia e que, aceitando como correta a suposição de que o filme era polonês, devia ser Varsóvia), uma jovem e bela motorista de *tramways*. Um clima amoroso se estabelece entre os dois, embora nada se passe além de algumas peripécias noturnas pela cidade, inclusive um jantar (sem comida) num restaurante estranhíssimo, imenso, absolutamente vazio no início e de um momento para o outro completamente lotado, onde a certa altura todos começam a dançar uma dança que consiste em dar pulinhos no mesmo lugar portando chapéus feitos com folhas de jornal. Já de manhãzinha, por algum motivo os dois se separam, ou se perdem, embora é bem possível que ele tenha fugido, e o filme, que até então era centrado na figura do personagem masculino, sofre uma espécie de inversão e passa a se focalizar nela, que agora está à procura dele.

Parecia ser isso, pelo que via. E devia ser isso, porque cada plano do filme era como uma reiteração de que apenas o que se via era importante. Havia muito de onírico, e símbolos quase sempre indecifráveis naquelas imagens que mais pareciam quadros independentes, objetos pictóricos a desfilarem na tela. Falas, diálogos, palavras, tudo inútil. Mas talvez Robert tivesse essa percepção (se é que tinha) justamente porque não podia compreender o que estava sendo dito. É provável que, se conseguisse entender os diálogos, a história se revelasse bem diferente. Na verdade, se conseguisse entender os diálogos, a história se revelaria bem diferente. Banal, talvez. Uma história com todas as suas palavras, banal.

Mas, ao contrário, Robert Bernard saiu do cinema meio que em transe, atordoado, como quem sai de um desses sonhos de noite inteira onde acontecem muitas coisas em sequência, riquíssimo em desdobramentos e imagens bastante vivas e que mesmo não sendo reais deixam uma forte impressão de realidade, ainda que sem nenhuma lembrança precisa ou detalhada do que se passara. Só a sensação de ter sonhado, de ter passado por *aquilo*. E Robert saiu sem poder impedir-se de tentar puxar o fio daquele desfile de imagens, ou pelo menos de resgatar a intensidade com que elas se imprimiam em seu *sonho*. E como em geral ocorre com tais sonhos quando se consegue reter alguma coisa deles enquanto ainda estão ali disponíveis e se pensa neles, uma cena sobressai, uma cena sobressaía, a mais viva, um pouco assustadora de tão viva, talvez aquela que se desenrolava no momento em que o sonhador despertou, a cena síntese, aquilo em que Robert pensaria toda vez que, dali em diante e para o resto dos seus dias, voltasse a pensar no filme.

Pois a cena era a seguinte: um travelling que começa no interior às escuras do hangar da garagem central da companhia de *tramways*, as portas se abrem de par em par e o *tramway*, avançando do fundo da escuridão e trazendo consigo o espectador — a câmera ocupa a posição do condutor (da condutora) —, mergulha na luz crua do exterior, deixando a tela inteiramente branca por alguns segundos. Isso tem um efeito vertiginoso. Como se ele (Robert, o espectador) tivesse sido lançado em pleno espaço cósmico: por alguns segundos, uma estonteante sensação de liberdade, e ao mesmo tempo a consciência, atroz, do vazio absoluto, de não ter onde se agarrar. Esse excesso de luz abria no mundo um espaço sem mundo, branco, infinito, à espera. Era quase exatamente isso: à espera. Um nada inteiramente disponível para que alguma coisa, à força de um desejo só possível no desespero, pudesse tornar visível uma outra coisa: uma mancha qualquer sobre aquele branco, uma transformação do branco, uma marca, que poderia ser um ou muitos traços negros, por exemplo, mas não de palavras, e sim daquilo que as palavras jamais conseguirão expressar. E isso, ou aquilo, não seria, não é, nem o começo nem o fim de nada, muito menos parte ou fragmento de uma sequência ordenada, mas uma simples respiração, só isso, um tremor de vida em meio a algo infinitamente maior e inapreensível, sem começo, sem fim, sem nenhuma ordem possível para além daquela que fingimos ser possível.

Neste momento, talvez, Robert soube, ou intuiu, ou simplesmente imaginou, que uma pessoa podia fechar os olhos e não ver, que podia inclusive perder a visão — por alguns segundos como na saída do *tramway* do hangar ou para sempre —, mas nunca as visões, as paisagens interiores, aquilo que só ela pode ver: porque nada disso depende dos olhos ou de outro sentido a nos pôr em contato com o exterior, não depende sequer da inteligência ou da razão, mas de uma capacidade de resgatar o mundo tal qual ele era antes das palavras.

Robert recordou o filme outra vez e tentou pensar em como tinha chegado até ali. Phillippe, Hélène, Lucas, a vida em

Paris, a errância em Istambul e até mesmo Fátima e aquele pai entre desesperado e louco, ou simplesmente resignado. Como as coisas tinham chegado àquele estado? Buscava em seu passado recente algum ponto que indicasse quando tudo começara a bascular. Buscava reconstituir os fatos e era como lembrar de coisas que não tinham acontecido, ou no máximo coisas que *poderiam ter* acontecido, ou ainda pior: era como lembrar de coisas que certamente *teriam acontecido* se ele não as tivesse recordado antes — o que transformava sua vida inteira em um grande lapso de memória, em uma sucessão de fatos esquecidos, onde tudo que lhe acontecera na realidade só tinha acontecido porque em algum momento ele foi capaz de esquecer aqueles fatos, ou incapaz de recordá-los.

Robert pensou em Lucas. Em Lucas pensando nele, Robert. Lucas em Montreuil. Lucas em Istambul. Lucas sobre um tapete sujo no chão do apartamento de Marc. Lucas contra a parede, na fotografia em seu ateliê.

Lucas contra a parede. Lucas ajustando sua câmera sobre o tripé.

Lucas posicionando-se diante do aparelho.

E disparando.

Lucas esteve sempre antes das palavras. E para Robert, entre esse antes e tudo o que pudesse vir depois, alguma coisa de intransponível, uma barreira, se impusera.

No filme, após a saída do *tramway* do hangar, quando a vista se habitua à intensidade da luz, isto é, quando o diafragma da câmera repete o olho e filtra o excesso, os trilhos ressurgem à frente. Como duas linhas paralelas rumo ao encontro final, no infinito.

No filme é assim.

Agradecimentos

Ao contrário do que alguns pensam, o livro não é (só) fruto do trabalho solitário de seu autor. Quando chego ao fim de um, me parece evidente que uma série de circunstâncias conspiraram para sua realização. E por trás de circunstâncias há gente. Em diferentes níveis, e por várias razões, sempre muitas pessoas participam. Algumas eu cito aqui, esperando com isso agradecer a todos que, cientes ou não, contribuíram para isto que agora é o livro.

J. P. Cuenca e Rodrigo Teixeira, pelo convite para participar do *Amores Expressos*, começo da viagem.

Pela leitura prévia e muito atenta: Alexandre "Leco" Alves (que loucamente leu em voz alta — e gravou — o livro inteiro para me chamar a atenção para aspectos do ritmo), Ernani Ssó (que não gostou, mas me disse isso de forma ao mesmo tempo tão direta e tão gentil que merece um beijo), Everton V. Machado (que acompanhou o meu *work in process*, sempre em meio a sessões de repetidas *demis* e *imperiais*), Luiz Antonio de Assis Brasil (aquele abraço, meu Coronel!) e Michel Laub.

Obrigado também a: Ilda Mendes dos Santos, António Gonçalves, Zarina Vasconcelos, Zeferino Coelho, Carlos da Veiga Ferreira, Héloïse Behr e Maria do Rosário Pedreira, pela disponibilidade de vocês; Heloísa Jahn, sempre; Ilkay Baliç e Halil Dokmen, meus queridos "assessores para assuntos turcos"; Şişko Osman, pela simpatia, a prosa e os incontáveis copos de chá.

Um obrigado especial a Gonçalo M. Tavares, pela gentileza das palavras que o talvez livro não mereça.

Outro a Emilie, pela leitura, comentários e por razões que dizem respeito apenas a nós.

E finalmente a Davit Eskenazi, que está bem na origem da história que virou "Bariyer" e depois "Barreira". Sem ele (e sem os demais) este livro não seria assim, não seria.

ESTA OBRA FOI COMPOSTA EM ELECTRA PELO ESTÚDIO O.L.M. E IMPRESSA EM OFSETE PELA GEOGRÁFICA SOBRE PAPEL PÓLEN SOFT DA SUZANO PAPEL E CELULOSE PARA A EDITORA SCHWARCZ EM AGOSTO DE 2013